EN

CADA

LATIDO

EN CADA LATIDO

UNA NOVELA DE
ALEJANDRO ORDÓÑEZ

NUBE **DE TINTA**

El papel utilizado para la impresión de este libro ha sido fabricado a partir de madera
procedente de bosques y plantaciones gestionadas con los más altos estándares ambientales,
garantizando una explotación de los recursos sostenible con el medio ambiente y beneficiosa para las personas.

En cada latido

Primera edición: mayo, 2022

D. R. © 2021, Alejandro Ordóñez

D. R. © 2022, derechos de edición mundiales en lengua castellana:
Penguin Random House Grupo Editorial, S. A. de C. V.
Blvd. Miguel de Cervantes Saavedra núm. 301, 1er piso,
colonia Granada, alcaldía Miguel Hidalgo, C. P. 11520,
Ciudad de México

penguinlibros.com

ISBN: 978-607-381-316-7

Impreso en México – *Printed in Mexico*

A mi tía, Eva.
Por apoyarme toda la vida,
incluso cuando te dije que quería ser escritor.

Y a mi abuela, ya eres eterna.
Te echo de menos.

1

A veces siento que la vida es mucho más que todo lo
que estoy viviendo. ¿No te pasa a ti también? Como si
faltara algo, una chispa que detone el incendio que
se lleve, por fin, toda la rutina que te envuelve
y te obligue a tener que hacer todo eso con lo que
ahora solamente sueñas.

Como si necesitáramos de ese gigantesco empujón
para empezar a vivir.

¿Será que la vida está en pausa hasta entonces?
No lo sé, solo sé que siento que necesito cambiar
demasiadas cosas en mi vida y tengo miedo de hacerlo.

—¿Qué haces? —preguntó Luis entrando en la cocina.

—Nada, escribiendo —respondí dándole un pequeño sorbo al café que me había preparado hacía un rato y con el que, cómo no, ya me había quemado dos veces la lengua por impaciente.

—¿No te cansas de perder el tiempo con ese diario?

Puse los ojos en blanco.

—Y tú, ¿no te cansas de meterte en lo que no te importa? —me tenía bastante harta ya con ese tema.

Éramos novios desde hacía cinco años. Las cosas no estaban demasiado bien entre nosotros. Quizá nos mudamos a vivir juntos demasiado pronto. No lo sé, en ese momento me irritaba hasta que respirara.

—No es eso... —levantó ambas manos en señal de paz antes de pasarlas por su cabello castaño—. Es solo que no sé por qué ahora de repente te ha dado por escribir un diario.

—No es un diario, ya te lo he explicado muchas veces. Es...

—Sí, sí... "un lugar donde expresar lo que llevas dentro" —se burló él.

No quise responder. Miré por la ventana, que daba a un patio interior, como si fuera a ver algo diferente a la pared del edificio de enfrente. Aun así, cualquier cosa era mejor que mirarlo a él.

Sí, era guapo. Eso fue lo primero que me gustó de Luis. Media metro ochenta y era el típico hombre que las mujeres miran dos veces siempre. Sus dientes, blancos como la nieve, completaban un rostro algo redondo que siempre me resultó muy atractivo. Sin embargo, con el tiempo aprendes que la belleza no es lo que te mantiene junto a una persona. A veces te ciegas con una sonrisa y no eres capaz de ver lo estúpido que puede llegar a ser alguien. Y Luis, pese a ser abogado, últimamente estaba demostrando tener muy pocas neuronas.

—Perdona —dijo él, como queriendo así evitar el resto de la discusión—, empecemos de nuevo: buenos días.

—Hola —respondí secamente viendo cómo se sentaba a mi lado en la única silla de madera que había sobrevivido a los dueños anteriores de aquel departamento. Una especie de reliquia que había intentado limpiar en repetidas ocasiones y que seguía estando tan negra como el primer día que nos mudamos a aquella casa.

Todavía lo recuerdo. Habíamos decidido vivir juntos a pesar de que a todo el mundo le pareció una locura. Apenas llevábamos medio año de novios y, por los trabajos de ambos, casi no nos veíamos. Por eso pensamos que mudarnos juntos nos ayudaría a compartir muchos más momentos. Y sí, al principio todo fue maravilloso. El primer día Luis quiso que cruzara la puerta principal subida en sus brazos. Su metro ochenta casi no entraba a través del marco cargando conmigo. Nos reímos cuando tropezó y terminamos estrellando los huesos en el suelo del antiguo piso de madera.

No era un departamento muy grande. Es lo que ofrece la Ciudad de México: rentas altas, y, casi siempre, espacios pequeños y viejos. Solo teníamos una habitación, cocina, baño y una pequeña sala en la que habíamos colocado una televisión que nunca veíamos.

Las primeras semanas apenas salimos de la cama, solo íbamos a trabajar. Recuerdo que despertar a su lado era una de mis cosas favoritas de la vida. Observarlo despertar, con su cabello largo enredado en su rostro, su nariz aguileña asomando justo encima de unos hermosos labios, me tenía loca.

Después pasaron los meses, los años, y la rutina empezó a devorarnos. Dejamos de platicar lo de antes, incluso a veces empezamos a evitarnos para encontrar momentos de privacidad y descanso. Nada raro. Seguíamos amándonos, creo, pero los dos necesitábamos espacio.

—Hoy voy a llegar muy tarde del despacho —comentó Luis, trayéndome de regreso al presente—. Tenemos un caso importante la próxima semana y, como es viernes, vamos a aprovechar que mañana no tenemos que trabajar para descansar todas las horas extra que hagamos hoy.

—Claro, perfecto —respondí algo molesta.

Su ausencia se estaba volviendo algo habitual. Di otro sorbo al café, volví a quemarme. Un agradable aroma llegó a mis fosas nasales, más allá del fuerte olor de la bebida: noté que Luis se había perfumado. Podía reconocer ese perfume en cualquier lugar, yo se lo regalé y me encantaba.

—¿Por qué te has puesto tan guapo hoy? —pregunté, curiosa.

Iba de traje, como siempre, pero se había rasurado y peinado como antes, cuando todavía me invitaba a cenar.

—Pues… solo quería verme bien, no sé —respondió restándole importancia al asunto.

—Ya…

Suspiró, se levantó y se acercó hasta mí.

—¿Estamos bien? —preguntó.

—De maravilla —mentí.

Suspiró de nuevo, se acercó a besarme en la frente y salió de la cocina. Lo último que escuché antes de quedarme sola de nuevo fue la puerta exterior cerrarse con un golpe.

No siempre eran así nuestras mañanas, también había días mejores. Sin embargo, aquella semana había sido especialmente… irritante, para ambos. En definitiva necesitaba ser rica para poder tener una casa gigante y no ese minilugar rodeado de edificios, vehículos, contaminación y mucho, mucho ruido.

La Ciudad de México es un monstruo, uno gigantesco que solo duerme bien entrada la noche y que madruga más que el sol. Ríos de coches surcan las maltrechas calles de lo que, no hace demasiado tiempo, era una ciudad completamente diferente.

Ahora, parece que todos viven aquí. Y me gusta, en parte, sentir que estoy rodeada de tantas personas, de tantas historias. Fue uno de los motivos por los que estudié Periodismo: poder llegar a la gente, conocer sus vidas y tocarlas durante un breve instante para plasmarlas por siempre en papel antes de ver cómo se alejan corriente abajo, rumbo a todo lo que está por sucederles, a un futuro incierto del que nada sé, pero que puedo imaginar gracias a lo que me cuentan de su pasado.

Me encanta escribir. De hecho, el diario es algo nuevo… ¡No! Ya lo estoy llamando *diario* también yo. No, no escribo en él todos los días ni le digo "querido diario".

Es más una especie de "blog online", pero en papel y que escribo solo para mí. Jamás verá la luz del sol.

Luis parecía haberla tomado contra él; sospecho que piensa que escribo sobre todo lo que no me gusta de él y que eso lo hace sentir vulnerable, aunque no tenga demasiado sentido. Sin saber muy bien cómo, un día empecé a escribir, porque sentía que me había perdido, que no estaba viviendo la vida que debería estar viviendo. Y sí, en parte escribo sobre él, sobre nosotros, pero siempre desde mis sentimientos. Me sirve para conocerme un poco más.

"Mierda, ya son las siete", pensé, saliendo del trance en el que me encontraba.

Fui al baño para empezar a prepararme. Como toda mujer moderna, mi cuento de hadas incluye un mal pagado trabajo de tiempo completo que sobrevalora la puntualidad y aumenta mis niveles de estrés día con día.

Me miré en el espejo colocado en la pared exactamente a 158 centímetros, mi altura. Soy pequeña, pero matona, como suele decirse. Luis lo sabe bien. Me enojo con rapidez y se me suben los apellidos tan arriba que cuesta horrores volver a bajarlos.

Al menos me había vestido antes de ponerme a escribir y perder la noción del tiempo, porque me bastó echar un vistazo a mi cabello castaño y rizado para decidir que era imposible ponerle orden alguno con el tiempo que me quedaba para salir de casa y llegar a mi hora a la oficina. Traté, al menos, de arreglarme con algo de maquillaje que resaltara mis ojos azules. Siempre han sido la parte favorita de mi cuerpo.

Le lancé un beso a mi reflejo a medio arreglar que parecía burlarse desde el espejo y salí corriendo a la calle. Vivía a una hora en transporte público de la oficina.

Miré el reloj: las 7:25.

"No voy a llegar", pensé, irritada, mientras detenía un taxi para intentar cumplir con mi horario; subí en él a toda prisa dándole la dirección al conductor.

El taxista aceleró, no sin antes mirarme de arriba abajo, preguntándose, sin lugar a dudas, si tenía dinero suficiente para pagar el viaje. Por suerte, eso es una de las cosas que no me faltaba: dinero. No soy rica, claro, pero el seguro de vida tras la muerte de mi mamá me dejó una pequeña suma de la que no le hablaba a casi nadie. La tenía ahí, guardada, para alguna emergencia o sueño... quizá para la boda con Lui... No creo. Con alguien.

La mirada del señor a través del espejo retrovisor hizo que recordara a mi mamá. No por el dinero, sino por su ausencia. Ella siempre me miraba a través de ese pequeño espejo cuando íbamos en coche. Se me hacía tremendamente cuesta arriba la vida sin ella. Sufrió durante ocho largos meses contra el cáncer de estómago. Hace ya cinco años de su muerte, pero su ausencia me pesa en cada cosa que hago. Me pregunto demasiadas veces si seguiría estando orgullosa de mí, y me sorprendo creyendo siempre que no.

No soy mi mejor versión, estoy lejos de serlo. Sigo equivocándome constantemente. Odio mi trabajo, no soy feliz en mi relación... incluso estoy peleada conmigo misma por alguna que otra herida que tengo pendiente sanar, y sé que a ella no le habría gustado verme así. Pero… no es fácil arriesgarse a perder lo poco que crees tener si sientes que es casi imposible salir del pozo en el que tú misma te has condenando.

—¿Es aquí? —preguntó el chofer al llegar a una casa amarilla en la colonia Roma.

—Sí, gracias —respondí extendiendo la mano con el dinero que marcaba el taxímetro.

El hombre tomó los billetes.

—Gracias a usted, que tenga un buen día —me respondió mientras los guardaba en una cartera de piel que había visto tiempos mejores.

Eché una rápida mirada al gris edificio en que se ubicaba la Redacción de *El Amanecer*. Antiguamente había sido una casa que un día alguien decidió transformar en oficinas, como sucede con tantos lugares abandonados por el tiempo. Recuerdo haber imaginado muchas veces las vidas de los que allí habitaron alguna vez mientras recorría sus pasillos. No era un lugar grande, de hecho, su color sumado a la evidente falta de limpieza en la fachada le daban un aire realmente deprimente que obligaba a los visitantes a mirar dos veces la dirección para cerciorarse de que se estaba en el lugar correcto.

Una vez dentro del edificio subí las escaleras que me llevaban hasta el piso en que estaban todos los cubículos.

—Eva, comenzaba a pensar que no vendrías —me saludó al verme entrar Estefanía, sentada en el escritorio contiguo. Éramos compañeras en la Redacción desde hacía casi un año y nos llevábamos más o menos bien. Mucho

mejor cuando no me hablaba. No era mala persona, solo…
muy, *muy* pesada. Y con una voz… estridente.

—El tráfico, ya sabes —respondí, dejándome caer en
mi silla y quitándome la chamarra de mezclilla que era
herencia de mi madre.

Trabajaba en *El Amanecer*, una revista tan tonta como
su nombre en la que no se publicaba nada interesante.
Algún suceso de la ciudad, pero sobre todo chismes que no
le importan a casi nadie. Nunca verás información sobre
personas realmente conocidas, solo famosillos de poca monta que buscan aparentar grandeza contratando artículos
por cantidades demasiado altas. Odiaba entrevistarlos, pero dinero es dinero y siempre tuve la esperanza de que,
algún día, alguna editorial o revista importante se fijara en
mí. Era un autoengaño consciente, pues nadie con verda-
dera cultura literaria pondría sus manos en *El Amanecer*.

—¿Ya te enteraste? —preguntó Estefanía, bajándose
los lentes hasta la punta de la nariz y observándome por
encima de ellos.

—¿De qué?

—El señor Braulio se jubiló ayer y está libre su vacante
de redactor jefe.

Abrí mucho los ojos.

—¿Cómo que se jubiló? Pero ¿cuántos años tiene?

—¿Qué importa? Lo importante es que pronto seré tu
nueva jefa —sonrió ella socarrona.

—Ni en tus mejores sueños. Ascenderán a Paula, que
hace tiempo que no hace otra cosa que adular a los jefes. Uffff… va a ser insoportable como jefa —lamenté

imaginando lo que serían los próximos años en aquel trabajo, que ya era malo de por sí.

Lo que parecía un día bastante malo se estaba confirmando mucho peor a cada minuto que pasaba.

—Antes de irse el señor Braulio nos dejó pendientes. En tu mesa tienes el tuyo —me indicó Estefanía.

No me había dado cuenta antes de la hoja de papel amarillo que reposaba en mi escritorio. La tomé y leí en voz alta:

—"Entrevistar al encantador de perros callejero para la edición de la próxima semana."

Estefanía rio.

—No te rías. ¿Qué te tocó a ti? —pregunté malhumorada, poniendo el papel encima de mi escritorio.

—Probar las nuevas bicis de Paseo de la Reforma y escribir sobre ellas —comentó con una sonrisa maliciosa.

Siempre igual. Las mayores tonterías me tocaban a mí. Deseé que me dieran el puesto que acaba de quedar vacante; al menos podría haber hecho algo bueno por esa revista eligiendo temas que en verdad pudieran interesarle a alguien.

En el papel algo arrugado que habían dejado encima de mi escritorio venían todos los datos para encontrar a mi querido encantador. Una señora parecía haber sido la que nos dio el aviso y, cómo no, había que enviar alguien urgentemente.

Recogí de nuevo mis cosas y busqué al chofer que siempre nos llevaba a estas salidas. Lo encontré en el lugar habitual en la entrada del edificio, con su barriga empujando fuerte los botones de su camisa azul y su barba a medio afeitar llena de las migajas del pan que estaba comiendo. Me sorprendí de no haberlo visto antes al llegar.

—Jesús, ¿cómo estás? Necesito que me lleves a un lugar —le dije, interrumpiéndolo a media mordida.

—Señorita Eva, ¡qué gusto verla de nuevo! —sonrió él dejando la comida a un lado, se sacudió las migajas apresuradamente y se levantó a buscar su chamarra—. A sus órdenes.

Le entregué amablemente un papel con la dirección y él asintió.

—¿Cómo está su mujer? —le pregunté de camino al coche, tratando de suavizar mis ánimos con alguien que siempre había sido amable conmigo.

—Tan hermosa como siempre.

Sonreí.

—Sabe que no lo está escuchando, ¿verdad?

Se dio un golpe con la palma de la mano en la frente.

—¡Disculpe! La costumbre. Sigue igual de insopor…

—¡Jesús! —lo interrumpí antes de que dijera algo que, sabía, no pensaba—. Es afortunado de tenerla, no lo olvide.

—No lo hago, ella se encarga de recordármelo todos los días —rio a carcajadas.

La dirección nos llevó a un feo parque al que no tardamos demasiado en llegar. Había algunos árboles aquí y allá y una fuente seca en el centro. Los pájaros volaban bajo buscando dónde posarse mientras el sol empezaba a calentarles las alas en una mañana tan tranquila para ellos como cualquier otra.

Casi en la otra punta del parque pude ver al sujeto que iba a entrevistar. Era inconfundible, uno de esos seres de la Ciudad de México (y seguramente de cada ciudad del mundo) que brillan con luz propia, ajenos al mundo terrible que los rodea: viven en una realidad aparte en la que, al parecer, cuanto más extravagante seas, mejor considerado serás. Vestía pantalones y botas militares, y nada más. Exacto, nada más. Su gran barriga contrastaba con el aspecto físico que esperas tenga alguien así vestido, pero no parecían molestarle en lo absoluto las miradas que le echaban los transeúntes que cruzaban el parque rumbo a unos empleos, espero, mucho más gratificantes que el mío.

Al acercarme más a él pude observar que estaba bien afeitado, incluso peinado. No parecía una persona sin hogar como me habían indicado, sino alguien un poco mal de la cabeza. A su alrededor, cinco perros dormían en el césped mientras él permanecía en pie, inmóvil, mirándolos.

—Buenos días —saludé, acercándome—. Soy Eva, de la revista *El Amanecer*. ¿Cómo está?

El hombre no respondió, siguió concentrado en… no lo sé, pero en algo estaba realmente concentrado.

—Disculpe… ¿me escucha? —insistí.

Suspiró, agitó la cabeza y me miró. Los perros, curiosamente, despertaron y me observaron también.

—Eva, ¿verdad? —quiso asegurarse—. ¿No ves que estoy ocupado? —continuó sin dejarme responder a su primera pregunta—. Ahora, por tu culpa, mis perros tuvieron que interrumpir su descanso.

—Este... lo siento, no quería molestarlo —respondí nerviosa —. Me envían a entrevistarlo.

Levantó una ceja, incrédulo.

—¿A mí? ¿Por qué?

—Pues... dicen que es un encantador de perros y, por lo que veo, estos que tiene aquí le hacen mucho caso.

Miró a su alrededor y sonrió.

—Son mis bebés: Pancho, Pencho, Pincho, Poncho y Puncho —dijo orgulloso señalándolos según los nombraba.

Curiosamente, aunque todos tenían nombres similares, ninguno se parecía entre sí. Los dos primeros eran de color blanco, Pincho cafecito y los dos últimos, negros. Supuse que eran compañeros que se había ido encontrando por la calle y, de alguna manera, habían formado con él una manada que se cuidaba mutuamente.

Saqué mi grabadora con una sonrisa amable para tranquilizarlo.

—¿Le importa que lo grabe? Para poder repasar lo que diga luego y no perder tiempo ahora escribiendo.

Él asintió, aún algo confundido por ser entrevistado.

—¿Segura que no se confun...?

—¿Cuánto hace que vive en la calle, señor...? —lo interrumpí queriendo empezar la historia por el principio, y tratando de evitar que él se negara.

—Marcos —respondió rascándose la cabeza, pensativo—. Diez años ya, toda una vida.

Pancho se levantó y se acercó a su amo; él lo acarició. Los demás permanecían inmóviles mirándonos fijamente.

—Se nota que le hacen mucho caso, ¿de verdad los encanta?

Marcos sonrió.

—Claro que no. Solo les doy el amor que otros les negaron y ellos saben que conmigo tienen una buena vida, así que me obedecen.

—Una señora nos dijo que los encantaba —insistí.

Puso los ojos en blanco.

—Malditas señoras, me tienen harto. Vienen cada poco a molestarme a mis perros y a mí. Dicen que los drogo o qué sé yo —escupió en la tierra con desprecio—. Les tienen miedo y su forma de hacerme la vida imposible, ahora, es enviándome a reporteras a preguntarme por encantamientos —suspiró sentándose en el suelo con esfuerzo, justo en el centro de los perros, y Pancho, que no había dejado de recibir caricias, se recostó en el lugar en que estaba cuando llegué—. Eva... pierdes el tiempo conmigo, no tengo nada interesante que contar.

Algo en aquel hombre me dio pena. Notaba que no era una persona tan rara como parecía a simple vista. Sí, era algo extravagante, y todos lo miraban y evitaban a partes iguales. Incluso podía sentir cómo él mismo se había aislado del resto del mundo. Supongo que, después de diez años en la calle, uno cambia y la sociedad pasa a ser algo de lo que te sientes excluido, por lo que tú decides hacer lo mismo.

—Algo más tiene que haber —había dejado todo mi enfado atrás—, no me diga que no tiene usted una historia increíble que contarme.

Siempre me han gustado las historias. Me agrada conocer a todo el mundo y que me cuenten la suya. De hecho, era algo que disfrutaba plasmar en mi "no-diario". Inspirarme en lo que escucho para entender mejor mis emociones. Luego, escribir sobre mí misma para procesar mis propios sentimientos.

—El pasado es una losa que, a veces, es mejor no mover —comentó Marcos con la vista perdida detrás de mí.

—Pero, otras veces, los recuerdos nos traen de nuevo la vida que ahora nos falta —rebatí.

Mi comentario pareció hacerle mella, pues clavó sus ojos en los míos. Percibí… ¿miedo? No sabía si de mí o del pasado del que tanto había huido.

—Supongo… pero no creo que haya algo que realmente le interese a usted de mí, señorita.

—¿De dónde es?

—De aquí, de la ciudad.

—¿Nunca ha vivido en otro lugar?

—No —dijo tajante—. Aquí nací, aquí moriré.

Esta vez fue Poncho el que se levantó y, sorprendentemente, se acercó a mí. Un leve asentimiento de Marcos me hizo entender que lo podía acariciar sin miedo.

—¿Qué hacía antes? ¿Tenía algún trabajo? —pregunté, enterrando mis dedos detrás de las orejas de Poncho y empezando a masajearlo suavemente.

—Era militar.

—Eso explica las botas y el pantalón —señalé con la cabeza.

—Puede ser… aunque hace mucho tiempo ya de eso.

—¿Y su camisa?

—Ya sabes, el calor —se excusó algo avergonzado de repente—. Además, me van a mirar igual de feo la use o no. A nadie le gusta la gente sin hogar. Solo nos miran para juzgarnos y, ¡eh!, uno no elige vivir así.

Guardé silencio por un momento, dejando que los sentimientos afloraran. Eso era lo que necesitaba, encontrar la brecha en el muro de Marcos que rompiera sus defensas y le permitiera contarme esa historia que, estoy segura, tenía escondida.

—¿Qué lo llevó a vivir en la calle, señor Marcos? —presioné.

—La vida.

—Pero ¿qué, concretamente? ¿Se quedó sin trabajo?

Negó con la cabeza.

—¿No pudo pagar la renta por algún motivo?

Negó de nuevo.

—¿Lo echaron de casa?

Clavó los ojos en mí.

—Algo así…

—Entiendo —murmuré—. ¿Quiere contármelo? Quizá le ayude de alguna manera. A veces el pasado pesa demasiado como para guardarlo siempre en el pecho.

Noté cómo dudaba.

—Supongo que ha pasado demasiado tiempo ya como para seguir sintiendo tanto miedo.

—¿A qué le teme?

—A mí —respondió lacónico.

No entendía.

—Fui infiel, señorita —explicó al fin al ver mi cara de duda—. Infiel a la única mujer que realmente me amó. Y tengo miedo de mí, miedo de lo estúpido que puedo llegar a ser —una pequeña lágrima asomó a sus ojos, que rápidamente enjuagó—. Cuando se enteró, me echó y yo no tuve el valor suficiente para reconstruir ni un solo aspecto de mi vida. El tiempo fue pasando y… diez años hace ya de todo aquello.

Guardé silencio procesando lo que acababa de escuchar. Me miró y, al ver que yo no hablaba, se sintió obligado a continuar.

—Se llamaba Carla —murmuró—. Era la luz de mis ojos, de mi vida. Cuando la perdí, todo se volvió negro. Y no la culpo, toda la culpa fue mía. Así como me ve, antes era un joven medio guapo y con cuerpo de militar. Siempre tuve algo de éxito con las chicas y nunca supe sentar realmente la cabeza.

Los perros a su alrededor sintieron la tristeza de Marcos y todos se acercaron, salvo Poncho, que seguía disfrutando de mis caricias.

—Carla fue la única que supo cómo frenarme y hacerme suyo —continuó—. Ni siquiera sé cómo, pero lo hizo. Ya no quería mirar a ninguna otra mujer. Ni siquiera quería hablar con ellas. Carla era mi mundo —hizo una larga pausa, queriendo ordenar sus recuerdos—. Nos conocimos en un antro de mala muerte en el que ella nunca debería haber entrado. De hecho tuve que defenderla de un par de tipos que llevaban encima unas copas de más y que no acataban su negativa. Por suerte, los detuve a tiempo y a ella me la llevé de allí —se veía las manos mientras hablaba, con la mirada una vez más perdida—. Terminamos paseando largo rato aquella noche hasta que me armé de valor para besarla ante la entrada de su casa. Le prometí llamarla al día siguiente, y lo hice, claro. Era la primera vez que alguien me besaba con el corazón en los labios, ¿sabe? Pude sentirlo —levantó su mano derecha hasta rozar con increíble suavidad su boca—. ¿Lo ha sentido alguna vez?

No supe qué responder.

—Eso es que no —sentenció Marcos al darse cuenta de mi prolongada espera—. Cuando alguien te besa así, lo sabes. Y hasta entonces, no diferencias un beso de otro. Ella me besaba así en cada ocasión…

Esta vez no pudo contener la lágrima que se derramó por su mejilla. Mantuvo la vista fija en las manos y prosiguió.

—Estuvimos cuatro años juntos y, de la noche a la mañana, me enviaron lejos. Iban a ser solo tres meses, pero terminaron siendo ocho. La llamaba a menudo, aunque reconozco que la descuidé. Tanto, que una parte de mí se perdió en aquella distancia y creo que hasta olvidó que ella existía. No sé explicarlo. Un día amanecí al lado de otra mujer y me sentí miserable al darme cuenta del gravísimo error que había cometido —hizo una larga pausa—. Cuando regresé a la ciudad y volví a sus brazos, la culpabilidad no pudo sellarme los labios. Le confesé lo que había hecho, que había sido una única vez y juré que jamás volvería a suceder.

Sentí cómo, al decir aquellas palabras, este hombre trataba de convencerme a mí, tanto tiempo después, como si yo misma fuera su amante perdida.

—No me creyó, y no pudo permitir esa traición —sentenció al fin, con la mirada perdida en el suelo—. No la culpo, yo tampoco le habría perdonado algo así. Me echó de la casa apenas dos días después de regresar a ella y… el resto no es más que miseria hasta el día de hoy.

Un denso silencio nos envolvió mientras Marcos se daba cuenta de todo lo que me había compartido. Me miró con ojos húmedos, no sé si herido o agradecido. Quizá dolió demasiado recordar, quizá fue bonito pensar en su Carla de nuevo. Dios, ojalá alguien pensara en mí con tanto amor como ese hombre lo hacía con aquella muchacha.

—¿Intentó buscarla después?

Negó.

—¿Para qué? No se merece lo que le hice. Ojalá haya encontrado a alguien que la haya amado mejor que yo.

Estaba realmente conmovida, casi no sabía qué decir y sentía que yo misma iba a terminar llorando delante de aquel desconocido que acababa de abrirme su corazón. Poncho lamió mi mano en busca de las caricias que, inconscientemente, había detenido y eso me ayudó a reanimarme.

—Gracias por contarme su historia, Marcos —atiné a decir.

Él se encogió de hombros. Ya no lloraba.

—Al pasado, como le dije, es mejor no moverlo demasiado —comentó incorporándose con gran esfuerzo—.

Debería irse, mis chicos y yo tenemos que seguir con nuestros planes y, como ve, aquí no hay historia alguna de ningún encantador de perros.

—¿Puedo escribir su historia? —pregunté de prisa refiriéndome a lo que me había contado.

El hombre me miró fijamente, midiendo cada una de las posibilidades en su mente mientras se rascaba la panza.

—Hágalo, si quiere —dijo al fin—. Solo… no la llame Carla, ni a mí Marcos. No quiero que, si ella llega a leerlo, sepa cómo he acabado.

Asentí.

—Claro, lo comprendo, pero… no sea tan duro consigo mismo, creo que ya se ha castigado bastante por el error cometido.

—Eva… —Marcos hizo una larga pausa—. Hay errores de los que no puedes huir.

2

Qué difícil el amor. Qué difícil encontrarlo, difícil mantenerlo, difícil cuidarlo, difícil soñarlo. Lo perseguimos casi toda la vida y, cuando lo encontramos, podemos perderlo en un solo instante. O no. Quizá sea para siempre. Igual que yo creí que sería mi amor por Luis y... ahora lo siento cada vez más lejos.

¡Qué difícil también decir adiós! Romper algo que construiste durante tanto tiempo. El adiós también es para los valientes. No es fácil enfrentar algo que sabes bien dolerá. Tu cabeza te grita que no lo hagas mientras tu corazón, aburrido, dolorido y harto ya de sufrir, tira de ti en dirección contraria, lejos de allí.

Qué difícil obedecer al corazón, a veces, aunque tenga razón.

La entrevista con Marcos había removido sentimientos en mi interior. Hice todo el camino de regreso hasta la oficina en silencio, a pesar de los reiterados intentos de Jesús de hacerme conversación. Cuando llegué a la oficina, Estefanía no estaba ahí. Seguramente andaba dando vueltas en bicicleta todavía.

A pesar de que no era el encargo que tenía escribí la historia de Marcos, cambiando los nombres, como me había pedido. No pude evitar volver a emocionarme otra vez al recordarla.

Mientras la redactaba sentí, por primera vez en mucho tiempo, que al fin había verdad en todo lo que estaba tecleando, que lo hacía con calidad; este sería uno de esos artículos que logran emocionar al lector… de los que nunca se habían publicado en *El Amanecer*. Y, la verdad, me daba igual. No quería que se me fuera la vida escribiendo tonterías. De acuerdo, admito que algunas sí, pues con ellas pagaba la renta, pero Marcos y su historia me recordaron una vez más mi sueño, y lo lejos que estaba de conseguirlo en aquel horrible lugar.

Fueron casi dos páginas. Las terminé, las entregué y me fui de la oficina antes de mi hora oficial de salida. Después de todo, sin el señor Braulio nadie iba a enterarse y tampoco tenía otra encomienda.

♥

Esa tarde había quedado de verme con mis amigas. Llegué primero, como siempre. Y eso que las conocía, pero igualmente, aunque intentara retrasarme, siempre llegaba antes que ellas. No sé cómo lo hacían. Por suerte, no tuve que esperar mucho hasta que Sara se bajó de un Uber.

—¡Querida! ¿Cómo estás? —me preguntó abrazándome fuerte.

Era mi mejor amiga. Nos conocíamos desde la escuela y se trata realmente de la única persona que conocía todos mis secretos. Morena, bajita, de ojos un poco saltones y una nariz chata que, aunque no me lo crean, la hacía ver mucho más guapa. Tenía algo especial.

—¡Muy bien! ¿Y tú? —respondí mientras nos separábamos.

—Bien también, gracias… aunque me cuesta creerte, ¡eh! Ven, vamos a sentarnos y me cuentas por qué esa cara tan larga.

Me tomó de la mano y nos sentamos de nuevo a la mesa que yo había reservado al llegar.

—Es por Luis, ¿verdad? —me interrogó—. ¿Cuándo vas a romper por fin con ese cretino?

Ninguna de mis amigas tragaba a mi novio, y mucho menos Sara. Desde que tiene claro que ya no estoy enamorada de él, no deja de empujarme para que le dé con la puerta en la cara.

—No empieces. Hoy no es por él.

—Ya… ¿entonces? ¿El trabajo que odias?

A ella sí que la odiaba. Bueno, no, pero a veces es muy molesto ser un libro abierto para los demás.

—Exactamente —asentí mientras veía cómo el mesero se acercaba.

—¿Listas para ordenar? —nos interrumpió este haciendo un gesto con su libreta, listo para tomar nota.

—Danos un rato más, estamos esperando a otras dos personas —respondió amablemente Sara, con una sonrisa que derritió al pobre hombre.

—Claro, señoritas. Dejen que les traiga mientras tanto una pequeña cortesía de la casa.

—Eres un encanto, querido —sonrió de nuevo mi amiga mientras yo intentaba contener la risa.

El mesero apuró el paso rumbo a la cocina.

—Si te viera Alfred… —le dije riendo ahora abiertamente.

—Se reiría tanto como tú, y lo sabes.

Alfred era el marido de Sara. Llevaban… no sé, tres vidas juntos ya. Empezaron a salir muy chicos, en la escuela, y desde entonces eran inseparables. No se habían acostado con nadie más, y de hecho sospecho que Alfred ni siquiera había besado a otra mujer.

—Tienes razón —convine.

—Vamos, cuéntame qué te pasa —insistió ella sin soltar la presa.

—No soy feliz, Sara. Ni con mi vida personal, ni con el trabajo —confesé al fin—. Y sé que tengo que cambiar demasiadas cosas, pero no sé cómo, ni me atrevo tampoco. Y, para colmo, hoy entrevisté a un hombre con una historia de desamor muy profunda y me sentí increíble escribiendo sobre ello después. No por la tristeza del relato en sí —aclaré rápidamente—, sino porque, por una vez, estaba escribiendo algo real, con sentimiento, interesante y emotivo…

y luego me doy cuenta de que lo más probable es que nadie lo lea porque ni siquiera llegarán a publicarlo.

Sara me miraba fijamente, con los ojos un poco más abiertos de lo habitual, como sorprendida por mi repentina verborrea.

—Pues… tú misma te estás respondiendo, ¿no? —dijo.

—¿A qué?

—No eres feliz con tu vida, y tampoco con tu trabajo. Pero hoy has tenido una muestra más de lo que buscas.

—Ya… ¿y la renta? —resoplé—. ¿Quién la pagará mientras intento encontrar otro trabajo, igual que otros diez millones de personas en esta ciudad?

—Puedes quedarte conmigo y con Alfred —propuso.

—Claro, a él le encantará eso, seguro —reí.

—¿Tener a dos chicas guapas en la casa todo el día? ¡Ja! Seguro que no le agrada, no…

Nos reímos fuerte las dos.

—¡Ey! ¿Ya empezaron la fiesta sin mí? —se escuchó la inconfundible voz de Gloria a nuestra espalda.

Al mirar en su dirección no pude evitar fijarme en los rizos oscuros de su melena. Era muy guapa, de estatura media y con una personalidad fuerte. Igual que ese día, solía vestir con faldas cortitas o pantalones ajustados.

La estábamos saludando cuando volvió el mesero con dos platitos.

—Aquí tienen, señoritas, un poco de pan con aceite y jamón como cortesía de la casa —proclamó exultante.

Me imaginé la conversación con su jefe y no pude evitar sonreír otra vez.

—¿Cómo? ¿Solo dos platillos, amigo? —exclamó Gloria mirándolo fijamente a los ojos.

Sentí cómo el muchacho encogía los tres centímetros que había ganado con Sara. Nuestra querida Gloria era... ¿cómo decirlo? La más "activa" de nuestro grupo y la que mejor usaba sus encantos. Tal y como ella siempre nos decía, se cansaba demasiado rápido de todos los hombres con los que salía.

—Disculpe, señorita, no estaba cuando vine antes y...

—Pero ahora estoy, encanto —dijo posando una mano en el brazo del camarero.

—Claro, claro —carraspeó él, perdiéndose en los negros ojos de nuestra amiga—, enseguida vuelvo.

Y se fue corriendo.

—Eres imposible —le dijo Sara, riendo.

—¿Cómo? ¡Pero si tú le hiciste lo mismo al pobre! —exclamé yo sin dejar de reír.

—No sé por qué eso no me sorprende en lo absoluto —comentó Gloria uniéndose a mis risas y dejándose caer por fin en la silla.

En ese instante, otro Uber se detuvo en la calle y de él salió Sofía. Ella era la más simpática del grupo (así le decíamos siempre porque es lo que solían decirle los hombres: "qué simpática eres" y no le hacían mucho más caso después). También era la más alta de todas nosotras: nos sacaba una cabeza a las tres y, a veces, eso también ahuyentaba a algunos chicos. Era la única rubia del grupo, de ojos azules, como yo. Alguna vez me sorprendí preguntándome cómo me veía yo de rubia mientras admiraba el cabello de Sofía.

Como sea, al final éramos buenas amigas llenas de diferencias, pero que siempre estábamos ahí unas para otras cuando hacía falta.

—Este... ahora mismo vuelvo con otro platillo —comentó el mesero, que acababa de aparecer con el plato de Gloria en la mano.

—Eres un sol —le dijo esta última, lanzándole un beso.

Ya todas sentadas y con nuestros platillos delante, así como las bebidas que por fin ordenamos al pobre Raúl (así decidí llamarlo, aunque ignoraba su nombre), no tardé demasiado en ser el centro de atención.

—¿Ya vas a dejar a Luis por fin? —preguntó Gloria mientras mordía el popote de su malteada, dejando en el plástico rastros de su labial rojo.

—No.

Traté de ser tajante en mi respuesta más por mí que por ellas. Desde hacía algún tiempo era una idea que realmente me rondaba la cabeza cada vez más a menudo. Ya no sabía si lo amaba, de hecho, estaba bastante segura de estar dejando de hacerlo. La verdad, no sé por qué seguía con él.

—¡Tienes que dejarlo! No se merece una chica como tú —secundó Sofía.

—¡Ni siquiera lo amas ya! —apoyó Sara, que me conocía mejor que ninguna y atinó justo en mis pensamientos.

—¡Sí! ¡Déjalo ya! ¡Es un idiota! —dijeron entre todas a la vez y se juntaron a reír y gritar arrojándome las servilletas que tenían a la mano.

Las odiaba. Las quería. Así son las amigas y no pude dejar de reír a pesar de que sabía que tenían razón. Es solo que… no era fácil para mí cambiar tantas cosas en mi vida como las que tenía que cambiar y, encima, era incapaz de decidir por cuál empezar.

—¿Qué tal Juan? —cambié de tema disimuladamente.

—Ya es historia —respondió Gloria.

—Chica… no sé cómo lo haces, siempre estás con alguien nuevo —comentó Sara.

Y era verdad, le duraban muy poco las parejas, hasta el punto de que ni siquiera ella se refería a ellos como *novios*. Solo *amigos*, si es que llegaba a referirse a ellos de alguna manera que no fuera por sus nombres.

—Es un país libre, que cada una haga lo que quiera. Igual que Sofi, que ha decidido que prefiere tener eso —señaló la entrepierna de su amiga— lleno de telarañas.

Más risas.

—Lo que pasa es que no encuentro a alguien que me haga sentir especial.

—Amiga… el sexo está sobrevalorado. O, mejor dicho, el amor —empezó Gloria como siempre hacía—. Si cogieras más y amaras menos, no estarías como estás. O como está Eva, que tampoco creo que tenga mucha fiesta con Luis.

Suspiré.

—Razón no te falta —confesé.

—¿Ves? —insisitió ella—. Es mejor disfrutar de la vida que vivir eternamente midiendo todo lo que haces.

Vi cómo el mesero se acercaba de nuevo a nosotras.

—¿Todo bien, señoritas? ¿Necesitan algo más?

—Todo está perfecto, querido, gracias por todo —le respondió Gloria exagerando su forma de hablar.

El chico, sonrojado, se despidió con el rabo entre las piernas y no pudimos dejar de reírnos una vez más.

—Te pasas. Deja ya al pobre —quise defenderlo.

—¡Si no le he hecho nada! Solo alegrarle un poco el día —replicó ella justo antes de dar un largo trago a su bebida—. Además, tuve un día horrible y necesito distraerme.

—Lo mismo digo —secundó Sofía, estirando sus largas piernas por debajo de la mesa hasta colocar sus pies entre los míos, robándome todo el espacio.

—¿Y eso? —le pregunté dándole una pequeña patada que la hizo recoger de nuevo los pies.

—Nada: mi mamá, que no hay quien la aguante. Lleva toda la mañana criticándome por no ser capaz de pescar un pez en el océano.

—¿Qué? —pregunté sin entender.

—Hombres, Eva: hombres —me ayudó Gloria.

—Exacto. Dice que a este ritmo nunca le voy a dar una nieta y mil cosas más que prefiero no repetir. Me tuvo dos horas al teléfono con esa tontería.

Por primera vez en todo ese rato me di cuenta de que a Sofía realmente la agobiaba el tema. Sabía que quería tener hijos, por eso me imaginé el daño que le hacían los comentarios de su madre.

—Lo siento —dije yo.

—No te preocupes, ya sabes cómo es mi mamá a veces.

Sí... aunque no pude evitar sentir una punzada de envidia. Me pasaba de vez en cuando, cuando me acordaba de la mía. Yo no tenía una madre que pudiera sermonearme, ni siquiera hacerme comentarios de ningún tipo que me dolieran en el orgullo, pero tampoco su amor. Eso era lo que extrañaba. Y aunque la sentía en el pecho, no es lo mismo que un fuerte abrazo que te apriete hasta el alma.

No hablamos de nada serio hasta el final de la cena, cuando volvieron a pedirme (Sara incluso me suplicó) que rompiera con Luis de una maldita vez.

Sabía que tenía que terminar con él... pero no sabía cómo hacerlo. Nunca había dejado a nadie, siempre han sido a mí a la que han cortado. Me faltaba práctica y seguridad... además de una gran dosis de amor propio que seguía posponiendo indefinidamente.

3

¿Cómo se perdona una mentira? Es algo que siempre
me ha costado entender. Quien te quiere, no te
miente... hasta que lo hace. Puede ser en alguna
tontería, pero duele tanto que te preguntas si
de verdad van a ser capaces de recuperar la relación
que tenían antes... y eso si de verdad te demuestra
arrepentimiento.

Aunque, claro, hay que ver de qué mentira se trata.
Hay muchas que no tienen perdón. Duelen, sí.
Muchísimo. Pero de la herida que te dejan nacerán alas
con las que volarás más alto que nunca. De todo se
aprende, incluso del dolor.

Imagino que todo depende de la situación, pero... no te
ciegues. Quien ha decidido mentir aceptó desde el
principio que ponía en riesgo su relación, por pequeña
que fuera la mentira.

Abrí los ojos y me costó orientarme. El tenue resplandor que se colaba por la ventana dibujó mi habitación, oscura, solitaria y fría. Me giré en la cama, buscando el calor de Luis, pero él no estaba.

Miré el reloj: eran las siete de la mañana.

No tenía ningún mensaje suyo en el teléfono. Obviamente me preocupé y me pareció muy sospechoso: una cosa era llegar tarde del despacho, pero otra muy distinta era pasar la noche entera fuera. Desde hacía algún tiempo me costaba creerle todo lo que me decía. Nunca me había mentido, hasta donde yo supiera, pero una voz en mi cabecita me decía que algo no andaba bien.

Justo en ese momento escuché ruido en la puerta de la casa: llaves que tintineaban rompiendo el silencio del lugar; la cerradura abriéndose. Era Luis. Fue como si un sexto sentido me hubiera despertado justo antes de que él llegara.

Lo escuché entrar, cerrar la puerta y caminar por el departamento. Pasos lentos, casi sordos, se acercaron hasta la habitación. Inmediatamente me hice la dormida: cerré los ojos y traté de respirar lo más lento que me fue posible.

Entró en el cuarto cargado de silencio, intentando no despertarme. Susurros de tela deslizándose hasta tocar el piso, más roces cuando la tiró dentro del cesto de la ropa sucia. Más silencio, pasos… hasta que por fin sentí cómo se movía la cama y él se acostaba a mi lado. Suspiró.

Yo, sin saber muy bien por qué, no quería mostrar que estaba despierta. Me giré en la cama para poder observarlo en la oscuridad y volví a respirar pausadamente, como si algo hubiera perturbado por un breve momento mi sueño. Noté que estaba tenso y… ¿qué demonios era ese olor? Un leve rastro de algún perfume frutal, de esos que huelen casi a chicle de fresa, se desprendía de Luis. Olía a mujer.

Mi pulso se aceleró al instante. Traté de respirar más profundamente. Sentí la ansiedad crecer dentro de mí mientras trataba de encontrar aquel aroma que delataba al maldito bastardo que tenía metido en mi cama, en mi casa, en mi vida.

Ahí estaba. Muy tenue, pero no estaba loca. No lo había imaginado: ese imbécil olía a mujer, olía a otra.

—¿Dónde estabas? —pregunté.

Luis pareció sobresaltarse.

—Aquí, cariño, llegué hace un rato —susurró.

—No me mientas, te escuché entrar ahora.

Silencio.

—¿Y bien? —insistí, notando como poco a poco me empezaba a hervir la sangre en las venas.

—Sí, llegué ahora, no quería que te enfadaras porque sé que es tarde. Descansa, aún es temprano.

No dije nada. Sabía que me estaba mintiendo, lo tenía clarísimo. Me levanté lentamente de la cama.

—¿A dónde vas? —quiso saber él.

No respondí, pero me acerqué poco a poco hasta el cesto de la ropa.

—¿Qué haces, Eva? —insistió.

Abrí el cesto y tomé la prenda que tenía más cerca. Por el tacto imaginé que era su camisa. La olí y… sorpresa: allí estaba el aroma a perfume de mujer una vez más.

—¿Mi amor? ¿Se puede saber qué haces? —estaba nervioso, irritado.

Seguí sin decir nada. En mi cabeza corrían cientos de pensamientos diferentes. Me había mentido, había estado con una mujer. Eso lo tenía muy claro. No sabía si se había acostado con ella, pero nadie llega a las siete de la mañana oliendo a mujer y resulta inocente.

Una parte de mí quería enfrentarlo, una parte muy pequeña que todavía creía amarlo. La otra parte, la que tenía bastante claro que aquella relación estaba más que terminada, sentía cierta paz. La excusa perfecta para ponerle punto final a algo que no me generaba nada bueno. Ya no quedaba qué salvar allí, solo cenizas de lo que algún día fue un gran incendio lleno de pasión y sí, mucho amor, pero que terminó por morir en la rutina a la que terminamos cediendo ambos.

—¿Por qué huele tu ropa a perfume de mujer? —pregunté al fin. No porque tuviera dudas, sino porque quería tener la certeza absoluta de lo que había hecho para así poder tener la paz mental que iba a necesitar tras la ruptura.

Guardó silencio, ¿qué iba a decir?

—Dime, Luis, ¿por qué tú y tu ropa huelen a perfume de mujer? ¿Realmente eres tan estúpido para no bañarte antes de volver a casa conmigo?

—Eva, no es lo que imaginas… —empezó a decir

—¡Carajo! Hueles a ella, Luis, hueles a otra mujer.

—Escúchame —dijo mientras se levantaba de la cama y venía hacia mí—, será el olor de Raquel, la secretaria. Se quedó ayudándonos, pero no pasó absolutamente nada.

Dudé por un brevísimo instante.

—No solo huele a ella la ropa, tú hueles a ella. Llevas el aroma en la piel.

—¡Pues yo qué sé, Eva! Estuvimos muchas horas juntos —se defendió—. Sabe que estoy contigo, todos en la oficina lo saben.

¿Estaría reaccionando de forma exagerada? Una parte de mí comenzó a dudar de mi propia versión. Después de todo, la única prueba que tenía era aquel maldito olor.

—Mi vida, estás imaginando cosas que no son —trató de acariciarme el hombro, pero lo rechacé rápidamente. Me estaba mintiendo, lo sabía.

—Dame tu teléfono —le dije.

—Amor…

—¡Que me lo des!

Luis suspiró, caminó hasta su mesita de noche y encendió la luz. En el breve instante que tardé en acostumbrarme de nuevo a la luminosidad, él ya estaba a mi lado con el celular por delante.

—Ten.

Lo tomé con cierta desconfianza. No entendía por qué estaba tan seguro de que no encontraría nada.

Lo primero que hice fue abrir WhatsApp. Me senté en la cama a revisar su conversación con Raquel y, la verdad, no parecía haber nada extraño en ella. Aunque, pensándolo bien, ¿por qué me diría la verdad acerca de Raquel? Yo no tenía ninguna prueba de que hubiera sido ella quien había estado con él. Hasta donde yo sabía, podía haber estado con la reina Isabel y yo no tenía manera de probarlo ni de negarlo.

—¿Contenta? —preguntó, estirando el brazo para recuperar su teléfono.

Lo miré fijamente a los ojos. ¿Era preocupación eso que vi? Ese cabrón me estaba mintiendo. Volví a enfocarme en el celular y revisé las llamadas telefónicas. Había una de las 6:45 de la mañana, justo antes de llegar a casa, de un tal "Amado abogado". Me pregunté por qué iba a llamar por teléfono a alguien a las 6:45 de la mañana de un sábado y volví a abrir WhatsApp.

Luis empezó a inquietarse. Estaba de pie delante de mí, suspiraba cada poco, hacía aspavientos y comentarios acerca de que estaba loca, que cómo podía desconfiar de él y bla, bla, bla. Yo seguí con mi investigación.

No encontré la conversación hasta que me metí en sus chats archivados. "Qué raro", pensé. La abrí y… ahí estaba: una conversación llena de corazones, palabras bonitas y bastantes fotos subidas de tono.

Luis no podía ver lo que hacía en la pantalla desde su posición, así que traté de mantener la calma. Ese imbécil no se merecía mi enfado, ni siquiera una lágrima.

—Eva, por el amor de Dios, ¿ya terminaste con toda esta tontería? —estaba diciendo—. Devuélveme el teléfono y vamos a dormir.

Lo miré, por fin, una vez más. A los ojos. En cuanto nuestras miradas se cruzaron, enmudeció. Sabía que lo había encontrado.

—Te lo puedo explicar —empezó rápidamente.

—Ahórratelo —le entregué el teléfono y me levanté—. La verdad, casi te lo agradezco. Hace meses que no te soporto, solo sigo contigo porque soy así de tonta, me cuesta decir adiós. No te amo, no me gustas y, encima, eres más idiota incluso de lo que pensaba que eras. Por mí te puedes ir al infierno.

—Eva… —empezó, agarrándome del brazo y acercándome hacia él.

Sentí de nuevo ese olor a fresa y casi sufro una arcada.

—¡No me toques! —grité, soltándome de su mano y alejándome de él—. Ni siquiera me hables —lo señalé con un dedo—. Hay que ser muy cobarde para hacer lo que hiciste. Me da igual que ya no me ames, que no te guste o no me soportes, pero ten la decencia de cortar conmigo antes de cogerte a otras.

No dijo nada, creo que no sabía qué decir. Debía de creer que me iba a mentir para siempre, que soy tan tonta que jamás me enteraría de que tenía una amante. Y tal vez lo fui, a saber cuánto tiempo llevaba así, cuántas de aquellas noches que se había quedado en el trabajo, en realidad, andaba cogiéndose a… ¡qué sé yo cómo se llame! Porque seguro que no era "Amado abogado".

—Me voy. Mandaré a alguien por mis cosas —dije mientras me cambiaba rápidamente la piyama por unos jeans y una playera de los Rolling Stones.

—Eva, ¡espera! —gritó cuando pasé a su lado para salir de la habitación—. Hablemos.

No quise ni girarme. No dije nada. Salí de la casa sin un rumbo en mente: cualquier lugar era mejor que aquel, al lado de alguien incapaz de entender que en una relación

solo caben dos personas. ¡Y qué idiota! No tuvo ni la decencia de bañarse después de estar con ella.

♥

—Pasa —me dijo Sara en cuanto llegué a la puerta de su
casa.

Le había llamado por teléfono en el camino. Obviamente la había despertado, pero en cuanto escuchó mi relato me pidió que fuera con ella.

Estaba en piyama, con la melena revuelta y una clara
mezcla de sueño y preocupación.

—Te preparo un café —dijo mientras se dirigía a la
cocina, yo detrás de ella—¿Cómo estás?

—Bien…

—No me mientas, que tienes una carita que no puedes
con ella —me regañó mientras colocaba la cápsula de café
en su lugar, cerraba la cafetera y la ponía a funcionar.

Tenía una casa muy parecida a la mía. Bueno, a la que
hasta ese día compartía con Luis. La cocina me recordaba a
la de mi abuela, con muebles de madera blanca y acabados
brillantes que empezaban a reflejar la luz del día que ya se
colaba por la ventana abierta. Eso y el inconfundible sonido del
tráfico como banda sonora perpetua de la Ciudad de México.

—Es un cretino, no te merece —sentenció Sara—.
Piensa que por fin te lo quitaste de encima.

—Claro… pero igual duele.

—Igualito que arrancarse un curita —comentó haciendo el gesto de retirar una en el aire—, pero en el corazón y

con un parásito que lo único que te aportaba últimamente era no estar ahí contigo.

—¿Y? No dejaba de ser una persona en la que confiaba y duele mucho. Es una traición gigante.

—Solo trato de ver el lado positivo —se defendió—. Tu vida sin Luis va a ser mucho mejor que con él en ella.

El líquido comenzó a burbujear en la cafetera, llenando la cocina con su aroma y sacando al fin de mi cabeza el olor a fresa que no había podido olvidar hasta ese instante. Es curioso cómo ciertos aromas permanecen en nuestra memoria sin darnos cuenta.

—Nosotras vamos por tus cosas hoy mismo —comentó refiriéndose a ella y las chicas.

—Gracias. La verdad es que no quiero volver a verlo.

—No prometo no romperle la cara —comentó frunciendo el ceño y haciendo que sus pecas se juntaran todas un poco más.

—No esperaría menos de mi mejor amiga —le dediqué una media sonrisa.

Se acercó a mí y me dio un fuerte abrazo, de esos que te restauran de fuera hacia adentro.

—Gracias —susurré.

—No hay de qué agradecer.

Me soltó y sirvió café para las dos, acompañado de galletas de chocolate que sacó de una caja metálica que decía "NO ROBAR" en letras bien grandes y rojas. Levanté una ceja.

—Son de Alfred, pero no le va a importar en cuanto le cuente lo que pasó. Además, una ruptura siempre necesita chocolate —me dijo guiñando un ojo y lanzándome una de las galletas, que atrapé en el aire.

Nos sentamos en la sala para poder seguir hablando. Le conté todo lo que había sucedido, por poco que fuera realmente. Desde que Luis entró en la casa hasta que salí de allí no habían transcurrido más de 15 minutos, tiempo justo y necesario para darme cuenta de lo tonta que había sido y salir corriendo, dejando atrás una parte de mi vida, pero liberándome de un peso muerto que, siendo sinceras, había estado coartando mi felicidad.

No sé cuánto tiempo hablamos Sara y yo, incluso Alfred se terminó uniendo a la conversación cuando despertó (y me ofreció más galletas de chocolate), pero llegué a la conclusión de que aquello era lo mejor que me podía haber pasado. No era feliz con Luis, no lo amaba, y ahora podría volver a centrarme en mis amigas, en mi trabajo… en cualquier cosa nueva que pudiera hacerme feliz.

Puedo decir que no derramé ni una sola lágrima. No digo que no me doliera; claro que lo hizo, nunca esperas que te traicione alguien en quien confías. Pero decidí verlo como el empujón que me faltaba para salir por fin de una relación condenada y no seguir perdiendo tiempo y vida allí donde no había futuro.

A media mañana llegaron las demás, que corrieron a casa de Sara para estar conmigo en cuanto se enteraron.

—¡Te dije que tenías que cortar con él! —fue lo primero que me dijo Gloria al llegar mientras me abrazaba muy fuerte—. No se merecía a un mujerón como tú.

—Completamente de acuerdo —aprobó Sofía, abrazándome a su vez en cuanto Gloria me soltó y obligándome con su altura a echar demasiado la cabeza hacia atrás.

—Gracias, chicas.

Mi teléfono no dejaba de sonar con mensajes y llamadas de Luis que me limité a ignorar sistemáticamente hasta que Sofía tomó la iniciativa, bloqueó su contacto de WhatsApp y también su número. Desde ese momento, todo fue silencio de su lado.

Estuvimos hablando largo rato, decidiendo qué cosas necesitaba exactamente y haciendo una lista de todo lo que tenían que sacar del departamento. Una de las decisiones fáciles fue la de irme yo de aquella casa. No quería estar en un lugar que me recordara a él en lo absoluto.

Alfred iba a ayudar también, por si Luis se ponía hostil. No fue fácil pensar en todo lo que tenían que llevarse, porque había muchas cosas que Luis y yo habíamos comprado juntos y que ahora no sabía quién debía quedarse.

Decidimos hacer una lista de prioridades y que ellas negociaran en mi nombre qué se quedaba y qué se iba. Y si no quería negociar las cosas que yo más quería, se las llevarían sin más por ser él el causante de toda esta situación. Resolvimos que no tenía poder de decisión más allá de lo que ellas consideraran justo. Me costó convencerlas de que me dejaran sola. Querían que al menos una se quedara conmigo, pero yo sabía que una mudanza era pesada y cuantas más personas ayudaran, mejor.

Estaba bien… dentro de lo que cabe. Seguía dándole vueltas a preguntas tontas, como cuánto llevaría Luis viendo a esa mujer, si habría habido otras y cosas así, pero más allá de eso, en el fondo sabía que la ruptura era inevitable. Ya estaba casi segura de que no lo amaba desde hacía algún tiempo, así que dolió mucho menos de lo que me hubiera dolido meses atrás, cuando todo estaba bien entre nosotros.

Me terminé todas las galletas de chocolate de Alfred en cuanto se fueron. Luego pedí a Alexa que Andrés Suárez sonara a todo volumen, cerré los ojos y me dediqué a tratar de poner orden en mi vida y mi corazón. Eso da hambre, claro. Además de las galletas encontré helado de chocolate en el congelador que fue perfecto para la ocasión.

No sabía qué hacer, dónde vivir, cómo enfrentar todo aquello sin Luis pagando su mitad de la renta. El dinero del seguro de vida de mi mamá serviría de colchón para un tiempo, sumado a lo poco que sacaba de *El Amanecer*; sin embargo, sabía que tenía que encontrar otro trabajo mucho mejor pagado para poder hacer frente yo sola a una renta.

Sara y Alfred me habían ofrecido alojamiento indefinido y claro que pensaba aceptarlo, pero solo mientras ponía mi vida en orden y encontraba otro lugar. Incluso me pasó por la mente romper con todo e irme a vivir lejos en una casa rodante, viajar y ver el mundo que tanto ansío abrazar... y es que a mis 29 años ni siquiera había salido aún de la ciudad.

Descarté esa locura, claro. Vivir viajando necesita de mucho dinero y dudo que *El Amanecer* quiera subsidiar mi viaje. Aunque... soñar no cuesta nada.

4

Lo peor de un corazón roto no es el dolor en sí
mismo, sino tratar de reconstruirlo de nuevo con
unas piezas que no vuelven a encajar, por mucho que
quieras. Siempre se pierden y se deforman, dejan
lecciones imborrables en las paredes que un día
albergaron un amor que, creíste, era el más
importante de tu vida.

Hasta que todo explota, hasta que salta por los
aires y te encuentras tratando de recoger del suelo
las piezas húmedas de recuerdos que lloran por
todo lo que pudo ser, creíste que sería, y nunca
terminó cristalizando en nada más que estos
pedazos rotos que ahora sostienes intentando
no cortarte.

Duele. Mucho más de lo que me imaginaba al
principio. Incluso aunque sentía que ya no lo quería
como antes, nunca imaginé que pudiéramos ser una

de esas parejas que se rompen por una infidelidad.
Lo quise más que a mí misma, de hecho eso
es algo que nunca me perdonaré y que jamás
volveré a hacer con nadie.

—¿Qué demonios es esto? —preguntó Paula dejando sobre mi escritorio de la Redacción de *El Amanecer* el artículo que había escrito sobre Marcos, el supuesto encantador de perros.

Como predije, ascendieron a Paula al puesto que había dejado vacante el señor Braulio. Con su metro cuarenta y cinco, tacones gigantes para compensarlo, exceso de perfume y, a mi gusto, de escote, en la Redacción había conseguido con mucha adulación agradar a los jefes y así obtener un puesto que en absoluto merecía. Falta de talento, de ética y más dada al chisme que al trabajo duro, no tenía ninguno de los requisitos necesarios para ser redactora jefa de la sección.

—Es el artículo que me encargaron —respondí retrocediendo un poco para que el cabello rizado de Paula no me cayera en la cara. Se había inclinado sobre el escritorio de tal manera que me taladraba con la mirada mientras que su perfume me saturaba los sentidos.

—No. En las notas del señor Braulio decía que te había encargado un artículo sobre un encantador de animales —señaló las hojas con gesto despectivo—, no la historia de desamor de un vagabundo que a nadie le importa ni remotamente.

Puse los ojos en blanco. Sabía que esto podría ocurrir cuando decidí contar la historia de amor de Marcos, pero cuando me senté delante de la computadora no quise inventar nada. Conté lo que él me había relatado con el corazón porque sabía que esa era una buena historia, un desamor con el que mucha gente podría identificarse y tocarles a su vez el corazón.

Estaba harta, quizá por eso lo hice.

—Paula, es una buena historia, ¿siquiera la leíste?

—Leí lo suficiente para saber que a nadie le va a interesar algo así —gruñó—. Tienes hasta las dos de la tarde para entregarme la historia que te encargaron o estás despedida. No quiero a personas que se vayan por la libre en *mi* Redacción.

La miré muy sorprendida. La verdad, una amenaza así de alguien como ella era lo último que me esperaba. Mejor dicho, ser amenazada en aquel nido de mediocridad, en el que me sorprendía que hubiera más de tres personas capaces de juntar cinco frases con sentido, era algo que no iba a tolerar.

Me levanté despacio de mi silla, notando la sorpresa en la cara de Paula mientras la miraba fijamente, una mano por encima de ella (primera vez en mi vida, y seguro la última, que podré hacer algo así con alguien porque tampoco es que yo sea muy alta).

—¿Qué haces? —preguntó mientras yo recogía algunos objetos personales que tenía en la mesa.

No respondí.

—¡Te pregunté que qué estás haciendo! —gritó, llamando la atención de la Redacción completa.

Miré a mi alrededor y vi miradas cansadas fijas en mí. Algunos rostros me sonrieron, otros rieron al ver mi numerito, pero no me importaba. Estefanía me miraba también desde su escritorio con la boca muy abierta.

—¡Largo! ¡Estás despedida! —volvió a gritar Paula, señalando la puerta de salida.

Justo lo que quería: que fuera ella quien me despidiera para poder así cobrar lo que me correspondía y no perderlo por dimitir yo, que a todos los efectos era lo que acababa de hacer hasta que a Paula la venció el orgullo y la prepotencia de su nueva e inmerecida posición.

No era solo porque la historia de Marcos fuera buena, sino porque disfruté escribiéndola y también hablando con él. Algo dentro de mí cambió, un fuego que hacía mucho tiempo que no sentía. Quizá estaba demasiado emocional en esos momentos por la ruptura con Luis. Había sido fácil irme de la casa, pero no tanto ignorar sus mensajes, llamadas e incluso intentos de quedarse con cosas que ni siquiera eran suyas. Fue toda una escena la que protagonizó con mis amigas, pero entre Alfred y ellas consiguieron encerrarlo en nuestro antiguo cuarto mientras recogían todo lo que yo les había pedido. La ropa, por suerte, sí dejó que se la llevaran sin mayor problema una vez que se tranquilizó. Creía que iba a ir yo, que podría convencerme de… ¿perdonarlo? ¡Para qué! Estoy segura de que él tampoco me amaba ya. Creo que, más que querer recuperarme, lo que temía era a su nueva vida sin mí, esa soledad posruptura. Siempre había tenido muchos complejos al respecto de estar solo.

Y ahora, con esa señora delante de mí amenazándome con perder un trabajo que odiaba, sentí que la vida no podía ser solo eso.

Sonreí, feliz, reuní lo poco que había allí mío y puse rumbo a la puerta.

—¡Que les vaya bien! —grité desde el fondo de mi corazón.

No miré atrás, ni siquiera para disfrutar de la cara de susto que se le debió haber quedado a Paula mientras gritaba improperios y amenazas desde el escritorio al que jamás pensaba volver. La vida es mucho más que un trabajo que no te gusta, que un novio que no te ame, que perder el tiempo en una rutina que no te llene.

¿Qué iba a hacer ahora? No lo sabía. Pero mientras cruzaba las puertas de aquel lugar sentí que, por primera vez, amanecía a la vida.

♥

—¡Taxi! —grité desde las puertas de *El Amanecer* al ver pasar uno de los característicos coches rosas de la Ciudad de México.

Se detuvo y abordé.

—¿A dónde, señorita? —preguntó un hombre regordete desde el asiento delantero mirándome a través de un gran bigote por el espejo retrovisor.

Le dije la dirección de mi amiga Sara y aceleró.

—¿Qué tal su día, señorita? —entabló conversación el taxista.

—Perfecto, acabo de dejar mi trabajo y perder a mi novio —respondí sonriente.

Cruzó una mirada conmigo, levantando mucho las cejas a través del reflejo.

—Y eso… ¿es algo bueno? —cuestionó, confundido.

—Es lo mejor que podría pasarme —respondí sonriente.

Observé la ciudad a través de la ventana.

—¿Llevaban mucho juntos?

—Bastante…

—¿Lo dejó usted?

Afirmé con la cabeza.

—Me fue infiel, aunque antes ya se nos había terminado el amor —expliqué.

—Discúlpeme, pero hay que ser muy poco hombre para hacer algo así. Yo a mi Rosario jamás le pondría los cuernos ni con una veinte años más joven que ella.

Bajó el parasol del coche y me entregó una foto que tenía ahí colocada. Era su Rosario, claro, seguramente hacía muchos años a juzgar por su juventud y lo viejo de la foto, sin contar con que el taxista debería tener al menos sesenta años y la mujer de la foto no aparentaba más de treinta.

—¿Llevan mucho juntos?

—Toda la vida. La conocí en la escuela y no me he vuelto a separar de ella —contestó orgulloso—. Es mi vida entera.

—Qué bueno que queden hombres como usted… ¿cómo se llama? —pregunté sacando mi grabadora. Mi instinto de periodista me decía que allí había algo.

—Paco, señorita, para servirle. Paco Rodríguez.

—¿Le importa que grabe esta conversación, Paco? Soy periodista.

Me miró algo confundido a través del retrovisor.

—Claro, lo que quiera. Pero ¿qué va a hacer con ello?

—Si me lo permite, me gustaría escribir su historia y la de Rosario.

Su rostro se iluminó.

—¡Pregunte, pregunte! —respondió emocionado—. ¿Qué quiere que le cuente?

—¿Están casados?

—Ante Dios, señorita, y ante la ciudad también. Desde hace ya cuarenta años. Nos casamos a los veintidós, tenemos la misma edad. Fue una boda preciosa, ella estaba radiante con su vestido blanco —lo dejé hablar. Igual que había sucedido con Marcos, aquel hombre solo necesitó un pequeño empujón para soltar el corazón—. Tenía que haberla visto, no hubo ni habrá una novia más hermosa en todo el país. ¡Qué digo! En el mundo entero —exclamó haciendo gestos con los brazos—. Incluso se me cayó una lágrima al verla acercarse a mí en la iglesia. Su padre la agarraba tan fuerte del brazo que ambos pensamos que no iba a querer soltarla —rio de buena gana—. Al final, no le quedó otra opción al hombre y… no lo culpo. Ya era taxista en aquel entonces y él sabía que nuestra Rosario se merecía a alguien mucho mejor que yo.

—No sea tan duro consigo, parece que la ama con todo lo que tiene.

—¡Y más! Es la razón por la que me levanto cada día y hago kilómetros y kilómetros en este taxi —giró a la derecha, muy cerca ya de nuestro destino—. Pero me habría gustado poder darle una vida más lujosa —se lamentó—. ¡Ojo! Ella no se ha quejado ni una sola vez. Siempre que le digo algo así, me dice que "el amor que le doy es su mayor tesoro". ¡Tiene que conocerla!

Solo por cómo hablaba de ella, casi sentía que yo también la amaba: tanto era el amor que él irradiaba.

—¿Tienen hijos? —pregunté.

Una sombra cruzó su mirada.

—No me lo recuerde… —murmuró—. Por mucho que lo intentamos en nuestros buenos años, nunca llegamos a embarazarnos. Y ella tiene un corazón tan grande que habría sido la mejor madre del mundo. Nos tenemos el uno al otro y no sabe el miedo que me da perderla algún día —se detuvo delante de la casa de Sara—. Siempre le digo que me tengo que morir yo primero porque no me imagino pasar un solo día en esta vida sin ella.

—¿Y ella qué le responde?

—Que como me muera yo primero… ¡me mata! —nos reímos juntos. Me la podía imaginar, debía ser una gran mujer.

Con mi celular, y después de pedirle permiso a Paco, tomé una foto de la instantánea que me había compartido antes, y otra más a él con la imagen extendida hacia la cámara, desde afuera del taxi. Era otra gran historia la suya, igual que la de Marcos.

Realmente no tenía dónde escribirla, pero no podía dejarla sin documentar por si algún día pudiera hacerlo. Además necesitaba saber que aún quedan hombres así en el mundo, y no solo eso, sino poder algún día compartirlo con todas esas personas necesitadas de un relato de esperanza.

5

Le tengo tanto miedo al cambio que no soy capaz de tomar grandes decisiones en mi vida. Me cuesta arriesgarme por miedo a que, al abrir al fin los ojos, lo que haya más allá de este presente sea peor que lo malo que vivo ahora. Dios, qué horror.

Qué feo tenerle miedo a la oportunidad de cambiar algo que sabes no te hace feliz. Pero... imagino que decir adiós también es de valientes y últimamente ando demasiado escasa de valor.

Lo más difícil de un nuevo comienzo es dar el primer paso. Dejar de dar vueltas al asunto y empezar a caminar rumbo a ese futuro que tanto anhelas. Está ahí, al alcance de tu propio esfuerzo. Los sueños no están tan lejos como imaginas, al contrario, se hacen realidad cuando dejas de soñarlos y empiezas a luchar por ellos.

Encontrar el camino es lo difícil, aunque... en realidad no tanto. Dar un paso detrás de otro será siempre la respuesta cuando no sepas hacia dónde ir. Camina, deja que tus pasos te guíen. La vida no es tan mala como lo crees.

—¡No lo puedo creer! —exclamaba sin parar Sara, levantándose y volviéndose a sentar una y otra vez en el sillón de su casa.

Le acababa de terminar de contar toda la escena de mi renuncia/despido. Estábamos solas en su casa. Alfred aún no había llegado y Sara estaba mucho más impactada que yo.

Se apretó fuerte la bata azul que llevaba puesta. Cuando llegué a casa todavía estaba en el baño y en cuanto le hice un súper breve resumen de lo que había pasado tardó menos de cinco segundos en salir. Juraría que ni siquiera se había terminado de enjuagar el jabón del cuerpo.

—¿Quién eres y qué hiciste con mi amiga? —exclamó enrollándose una toalla seca en la melena—. Jamás te habría imaginado capaz de algo así.

—Qué quieres que te diga, estaba harta —respondí encogiéndome de hombros.

—¡Ya lo sé! Llevas harta de ese trabajo desde hace… ¡años! Pero nunca habías tenido valor para dejarlo —se levantó otra vez del sofá—. ¿Qué vas a hacer ahora, además? Sin casa, sin trabajo y…

—Te tengo a ti, amiga —la interrumpí.

Me miró mientras volvía a sentarse, dejando caer todo su peso y hundiendo los hombros. Creo que todo el tema de Luis y mi renuncia le estaba afectando mucho más a ella que a mí, al menos en lo que se refiere al ataque de nervios que parecía estar sufriendo. Reconozco que yo, seguramente, jamás habría dimitido si no hubiera estado tan afectada por la infidelidad de Luis, pero, igual, nada que ver con la reacción de Sara.

Me sonrió.

—Claro que sí, y sabes que puedes quedarte aquí todo el tiempo que necesites. Es solo que… —no supo qué decir y se encogió de hombros antes de darme un fuerte abrazo.

—Están cambiando muchas cosas en mi vida —terminé yo—. Y tú me quieres y por eso te preocupas. Pero… estoy bien, de verdad. Son decisiones que tenía que haber tomado hace mucho tiempo. De hecho, me siento libre por primera vez. Creo que nunca me había sentido así. No tengo miedo, ni siquiera dudas de haber tomado las decisiones acertadas. Estaba perdiendo el tiempo, ¡la vida! —exclamé mirándola intensamente a los ojos—, y ahora me toca encontrar mi camino. Uno que yo elija, que me haga feliz, que no me haga perder ni un segundo más.

Sara volvió a levantarse otra vez, volvió a apretarse el cinturón de la bata y me miró muy preocupada.

—Tienes razón —convino—, pero no me pidas que no me preocupe por ti.

—Jamás te pediría eso —sonreí y me levanté a abrazarla otra vez. Dios, éramos unas cursis.

Hacía tiempo que Sara era más una hermana que una amiga. Sabía que estaba preocupada y es normal: ni yo misma me reconocía. Ahora necesitaba pensar, y mucho, qué hacer con este mundo mío que se había puesto patas arriba.

—¿Qué vas a hacer ahora? —preguntó mi amiga leyéndome la mente.

—No tengo ni la menor idea.

—¿Vas a buscar trabajo?

—Sí, supongo. Pero quiero escribir sobre cosas que de verdad me gusten. Estoy harta de vender mis letras en revistas de mala muerte —guardé un largo silencio, perdida en un pensamiento que se abría paso en mi cabeza—. Quiero contar las historias de amor de la gente —dije al fin—. El otro día conocí a un hombre con una historia muy triste; hoy, a un taxista que amaba a su mujer de una forma que casi no puedo ni explicarte, Sara. Ojalá a mí me amen algún día así.

Mi amiga me miraba en silencio. Se había vuelto a sentar y me di cuenta de la gran mancha húmeda que había dejado en el sillón por culpa de la toalla empapada.

—Quiero contar esas historias porque sé que hay gente que busca leerlas. Tiene que haber amores mejores que Luises en este mundo y la gente necesita creer en ello. Yo también.

—Yo tengo a mi Alfred —intervino ella.

—Y es una historia digna de contar también —convine, poniendo una mano en su rodilla.

—Sí, pero… ¿dónde? —inquirió ella nerviosa—. O sea, no lo quiero salar, pero acabas de renunciar del lugar donde escribías y dudo mucho que puedas llegar a otra revista a hacer lo que te dé la gana, por romántica que sea tu idea.

Razón no le faltaba, nunca me habían dejado redactar nada que me gustara. Siempre había seguido órdenes de personas que lo único que les importaba eran las ventas semanales.

—Abriré un blog —dije, decidida de repente.

Sara puso los ojos en blanco.

—Lo que nos faltaba, otra bloguera muerta de hambre en el mundo.

—La gente lo leerá, ya lo verás —defendí, y puse mi brazo alrededor de sus hombros y la atraje hacia mí.

—No digo que no… pero de eso no puedes vivir —contestó, aceptando mi abrazo—. ¿Vas a gastarte todo el dinero del seguro de tu mamá en pagar rentas y comida? Dudo que fuera lo que ella querría.

Me dolió un poco su comentario, aunque sabía que ella misma estaba haciendo en esos momentos de madre preocupada.

—Mi mamá habría querido que fuera feliz, igual que tú.

Enmudeció.

—Además, puedo seguir buscando trabajo igualmente. Quizá salga algo que sí encaje con esta nueva Eva que estamos conociendo.

Eso pareció gustarle más, hasta que Sara se puso seria.

—Prométeme una cosa…

—Dime.

—Si en un año no has conseguido nada, aceptarás el primer trabajo que puedas para dejar de agotar tus reservas.

Me pareció razonable.

—Está bien, prometido: un año para encontrar mi camino —dije en tono solemne mientras me paraba delante de ella, estiré la mano y Sara, reticente al principio, me la estrechó finalmente.

—Te quiero —sonrió al fin.

—Te quiero —respondí—. Y gracias por todo lo que haces por mí.

♥

Cerré la computadora y suspiré mirando por la ventana abierta de la sala cómo el cielo se iba oscureciendo. Era mi momento favorito del día, cuando la gente dejaba de trabajar y retomaba esa vida que había dejado en pausa durante su jornada laboral. Una bandada de pájaros aleteó lo suficientemente cerca como para poder escuchar con claridad sus alas cortar el viento.

Me había quedado sola en la casa, sentada en el sofá donde horas antes había estado hablando con Sara. Estaba realmente confundida. Una parte de mí conservaba una calma demasiado serena mientras la otra, más consciente de todo lo que acababa de suceder, empezaba a atenazarme el estómago con un vértigo creciente que no sabía muy bien cómo controlar.

Sentía miedo, sí. Miedo de haber tomado muy malas decisiones. No respecto a Luis, ese idiota no se merecía seguir conmigo después de lo que hizo, pero verme sin hogar, sin trabajo y sin novio casi de un día para otro eran demasiados retos con qué lidiar para alguien como yo, que ni siquiera cambiaba de marca de cereal. Incluso me cuesta escuchar música nueva de artistas que sé que me gustan y prefiero volver siempre a las mismas canciones antiguas.

No sé. No me placen demasiado los cambios y mi vida había sufrido un auténtico terremoto. Por eso me sorprendía mucho la parte de mí que hallaba paz en todo aquello. Creo que era mi corazón, necesitado de una pausa de todo ese mal amor y de falta de felicidad o de por fin sentirme realizada con lo que ahora hacía.

Suspiré y me levanté para poder asomarme por la ventana, apoyando los codos y respirando profundamente el aire tan particular de esa hora del día. Abajo, en la calle, la gente deambulaba tranquila rumbo a algún amor que les esperaba en casa, una amistad en un café... quizá incluso una amante, como Luis... o la soledad de una vida falta de compañía.

Nunca me había fijado tanto en la gente. Vi pasar corriendo a una chica morena vestida de enfermera y mi mente se disparó imaginando una historia de amor con algún joven doctor que se hubiera enamorado perdidamente de ella en el hospital. Una de esas historias casi de telenovela de las que veía mi abuela un día sí y otro también. Con traiciones entre colegas y sexo fugaz en cuartos de limpieza, de enfermeras hipnotizadas por apuestos doctores, de doctoras que destacaban rompiendo todos los estereotipos y se enamoraban, quizá, de un gallardo enfermero que también luchaba su propia guerra personal.

A lo lejos, un señor mayor caminaba apoyando todo el peso de su edad en un bastón que, juraría, era más antiguo incluso que él. ¿Se lo habría regalado su difunta esposa hacía muchos años? O quizá lo había robado al suegro cascarrabias quien nunca aceptó verlo desposar a su hija, ese cuya herencia vieron perdida el día en que ellos se prometieron "para siempre" porque, para él, su princesa merecía algo mucho mejor. Por suerte, toda la familia se perdonó antes de su muerte, nadie merece irse con tanto resentimiento en el corazón por algo que, si lo piensas bien, no vale tantos años de ausencia.

Sonreí para mí. Estaba hambrienta de historias de amor a pesar de lo mucho que me dolía el corazón. Marcos y Paco habían conseguido tocar una fibra de mi corazón que nunca antes había conseguido otra historia. Quizá la herida abierta por mi reciente ruptura había sido la puerta de entrada para todos aquellos sentimientos. Una forma de sanar, como otra cualquiera. Alimentar la desilusión y el dolor con historias que demuestran que el amor no es el culpable de quien no te supo bien amar.

Se me puso la piel de gallina, no sé si por el frescor que traía la inminente noche o por el hilo de pensamientos que me estaba removiendo entera por dentro. Encontré una suave manta doblada en una de las esquinas del sofá, haciendo las veces de almohada cuando alguien se acostaba. Era suave, rojo sangre y lo suficientemente amplia para abarcar a Sara y Alfred en alguna de sus veladas románticas de película y manta en aquella misma sala.

Y empecé entonces, mientras me cubría con aquella manta testigo de innumerables instantes de amor, a preguntarme también cómo demonios había perdido tanto tiempo en un trabajo tan horrible y en una relación tan aburrida y falta de pasión, de amor. Cómo dejé que Luis me mirara con aquellos ojos vacíos de deseo durante tanto tiempo, que me acariciara con la misma pesada rutina con la que abría un periódico en la mañana e iba directo a la sección deportiva en lugar de disfrutar de la suavidad de las hojas, el olor del papel... de ser capaz de prenderlo en llamas con un solo beso en mi cuello, morderme hasta el alma, arrancarme la ropa y hacerme el amor como nunca llegamos a hacerlo.

Anhelaba un amor así, aunque al mismo tiempo sentía cierta repulsión en esos momentos hacia cualquier pensamiento que se aproximara a una nueva relación. Quería estar sola, no volver a enamorarme por un tiempo. De hecho, sentía que había muchas heridas que sanar antes de llegar a eso, y la primera de todas era ser feliz conmigo misma y con mi trabajo.

¿Cómo era posible, además, que Luis me fuera infiel? ¿Cómo alguien puede hacer algo así? Entiendo que se nos acabara el amor, pero... ¿no era más sencillo terminar lo nuestro antes de correr a los brazos de cualquiera?

¿Será que... todo es culpa mía, en realidad? Soy consciente de que, a medida que me iba desenamorando de él, me fui volviendo más fría, distante e irritable. Discutíamos bastante a menudo y, la verdad, muchas veces era por auténticas tonterías. Ninguno quería ya estar ahí y ambos lo sabíamos, aunque parecíamos incapaces de dar el paso, de decir adiós. Preferíamos vivir esa miseria de amor que cortar por lo sano para ser felices, al fin, lejos de aquella autoimpuesta rutina entre nosotros.

Trabajo, discusión, trabajo, discusión. "Recoge esto", "por qué no hiciste aquello", etc., etc., etc. Ni siquiera hacíamos el amor. Solo nos encontrábamos de vez en cuando en mitad de unas sábanas revueltas para un asalto desganado y, al menos para mí, rara vez satisfactorio.

Mis amigas siempre me habían dicho que lo dejara, eran más conscientes que yo misma de toda esa situación. Sin embargo, no les hacía caso. Dejé que la cuerda se estirara hasta romperse de esta manera y ahora sufro por ello, a pesar de ser culpa mía por no ponerle un final a tiempo.

Me sentía cargada de heridas, de dudas y de miedos. ¿Cómo podría confiar de nuevo en algún hombre cuando Luis, que parecía del todo correcto, fue capaz de acostarse con otra mujer estando aún conmigo? Incluso recuerdo cuando, al principio de nuestra relación, le pedí que si algún día dejaba de amarme, me dejara antes de serme infiel.

Él juró que nunca dejaría de amarme… pero ya sabemos que hay "para siempres" que solo se prolongan el tiempo que palpite un corazón por ellos. Después se olvidan en otros labios, en otros brazos, en otros amores "infinitos" tan finitos como vivos sigan los sentimientos que los hacen latir.

Me estiré a lo largo del sillón, cubierta hasta el cuello con la manta mientras la oscuridad se apoderaba de la estancia. Ni cuenta me había dado, pero se me había pasado el día completo perdida en aquellos pensamientos.

Un ruido de llaves me sacó del trance. La puerta principal se abrió y dos melenas castañas y una rubia entraron corriendo en la casa con Sara a la cabeza.

—¡Mírala! Toda deprimida por un hombre —exclamó Gloria al verme en el sofá—. Niña, ¡no merecen la pena!

A ver cuándo se dan cuenta de una vez por todas. Los hombres son para lo que son y luego sales corriendo antes de que te rompan el corazón.

—De verdad, no sé por qué te aceptamos aún como amiga —respondió Sofía dándole un empujón cariñoso—. Si todo el mundo pensara como tú, no existiría el amor.

—¡Ey! Yo soy muy romántica con quien quiero —protestó la primera mientras se quitaba el abrigo y lo arrojaba encima del sillón en el que yo estaba, aún cubierta hasta el cuello, como protegiéndome de ellas por haberme sacado tan abruptamente de mis pensamientos.

—¡Poner velitas para hacerlo no cuenta! —rio Sara, haciendo que todas las demás comenzáramos a reír también—. ¿Cómo estás, cariño? —preguntó sentándose en mis pies y arrugando un poco su nariz, haciéndola más pequeña de lo que ya era de por sí.

Me encogí de hombros. La verdad, no lo tenía demasiado claro aún.

—Bien, supongo —respondí—. Dándole vueltas a todo en mi cabeza todavía.

—¡Eres libre por fin! —gritó Gloria—. Perder a Luis y ese trabajo de porquería en la misma semana es lo mejor que podría haberte pasado. Hazles un luto rápido y conjunto, y a vivir la vida.

—De verdad, ¿cómo puedes ser tan fría con todo? —preguntó Sofía sacudiendo su rubia cabellera en señal de negación.

—No soy fría, solo soy práctica. Saca de tu vida todo lo que reste y quédate solo con aquello que sume. De hecho, puedes quedarte con lo que ni sume ni reste… —se quedó pensativa un momento—. Bueno, no. Porque entonces no avanzas en la vida.

Me sorprendí dándole la razón mentalmente.

—Nos salió filósofa ahora —comentó Sara medio en broma.

Ninguna dijo nada para contradecir a Gloria y de hecho se hizo un pequeño silencio que la propia Gloria se encargó de llenar.

—Oye, Eva… no quiero que pienses que le resto importancia a lo que pasó. Solo digo que estás mejor así, quizá este era el empujón que necesitabas para empezar a vivir y ser feliz.

Ellas sabían mejor que nadie mi falta de felicidad de los últimos años. No me encontraba a gusto emocionalmente, lo que había provocado que incluso no estuviera contenta con cosas de mi persona. A veces me veía demasiado flaca, por ejemplo. Otras, quería cortarme todo el cabello y cambiar radicalmente mi apariencia. Encontraba defectos físicos donde no los había porque mi cabeza no era capaz de delimitar todo ese caos emocional que sufría a causa de no sentirme mínimamente realizada.

—Lo sé, amiga, no me lo tomo a mal. Te quiero —le sonreí.

—¡EEHHH! Estás en mi casa, comiéndote mi comida y cortándonos el romance a Alfred y a mí —se hizo la indignada mi anfitriona.

—A ti también te quiero, tonta —reí—. Las quiero a todas. Gracias por estar en mi vida.

Nos fundimos las cuatro en un abrazo. La verdad, ellas eran lo más positivo de mis últimos años. Sara y yo nos conocíamos de siempre y no me imagino la vida sin ella. Sofía se nos unió hace unos cinco años, más o menos cuando yo estaba empezando con Luis. De hecho, ella era amiga de una amiga de Luis a quien él ya no frecuentaba y la conocimos en una fiesta en nuestra casa.

Desde el principio, a Sara y a mí nos generó mucha curiosidad su altura. Sin saber muy bien cómo, pasamos la velada hablando las tres y bebiendo vino y así, sin más, la aceptamos en nuestro selecto grupo de dos.

Lo de Gloria sí fue algo diferente.

Hacía tres años Sara, Sofía y yo habíamos terminado a las tres de la mañana en un antro de mala muerte, y algo más afectadas por el alcohol de lo que nos gustaría admitir.

El caso es que a esa hora abundan los buitres que tratan desesperadamente de merendar antes de terminar la noche. Nosotras estábamos bailando cuando un trío que se creía cómico se nos acercó sin dejarnos en paz durante un buen rato. Nos limitábamos a ignorarlos, pero seguían insistiendo hasta que uno agarró a Sara de la cintura, forzándola a girarse hacia él y haciendo que Sofía y yo nos pusiéramos alerta.

Justo en ese momento alguien le soltó un bofetón al individuo que lo dejó completamente desorientado. Juraría que escuché el golpe incluso por encima de la música.

—¡A ver, imbécil! ¿No ves que estas chicas no quieren nada contigo? ¡Lárgate de aquí antes de que te suelte otra!

—era Gloria, con su minifalda y sus taconazos, quien había encarado a ese grupo de amigos—. Y ustedes también, ¡largo o empiezo a repartir golpes para que se vayan todos calientitos de verdad para su casa!

Ni siquiera reclamaron. Se miraron entre ellos completamente desorientados, se dieron media vuelta y volvieron por donde habían llegado con el rabo entre las piernas y el orgullo por los suelos, pateado por aquella belleza morena que se giró hacia nosotras cuando se aseguró de que los muchachos no volverían a molestarnos.

—¿Están bien? —nos preguntó.

—Sí, gracias… —respondió Sara juntando las palabras lentamente—. No podíamos arriba de abajo.

—¿Qué? —preguntó Gloria sin entender a mi amiga.

—Que no podíamos quitárnoslos de encima —traduje yo—. Perdona, hemos tomado más de lo que deberíamos.

Gloria bufó.

—Ya veo, ya… —me tomó de la mano—. Vámonos todas afuera a tomar un poco de aire —dijo echando a caminar rumbo a la calle y hacia una amistad que se prolonga hasta el día de hoy.

Desde ese mismo día, Gloria, tan diferente en muchas cosas a las demás, había encajado perfectamente en este grupo de amigas que teníamos. De hecho, era una pieza fundamental que ponía color a la vida de todas nosotras.

Ahora las tres habían venido para apoyarme, como siempre. Cuando alguna tenía una crisis, las otras estaban ahí sin importar el día, hora o lugar. Éramos familia.

—Vas a estar bien —dijo Sofía mientras rompíamos el abrazo—. Yo también creo que esto es exactamente lo que necesitabas.

—Pero... tengo miedo, ¿saben? —confesé yo—. No me arrepiento de lo que hice, pero sí me da mucho vértigo el camino que tengo por delante. No sé qué voy a hacer.

Ellas asintieron, comprensivas.

—Sea lo que sea, aquí estaremos para apoyarte —dijo Sara, agarrándome fuerte de la mano.

—¿Aunque les corte el romance a Alfred y a ti? —no me había olvidado de ese comentario, que sí me dejó un poquito preocupada.

—¡Claro, boba! Lo decía en broma. Además, ni te creas que nos vamos a cortar mucho porque estés en casa. Si no quieres ver algo, no mires, es tu problema —todas reímos. Tenía razón, en realidad. Después de todo, era su casa, su marido y su vida donde yo había aterrizado por un tiempo.

—Encontraré algo pronto, ya lo verás —prometí.

—Cariño, tómate el tiempo que necesites, nadie va a echarte de aquí.

—También puedes venir conmigo —dijo Gloria feliz.

—¡O conmigo! —exclamó Sofía.

Sí... era afortunada de tenerlas en mi vida. A todas y cada una de ellas.

6

El secreto de una vida plena no puede ser otro que luchar por conseguir todos los sueños que albergas. Aunque no se cumplan, de la lucha y el esfuerzo nacerá la felicidad que te falta cuando solo vives, cuando te limitas a seguir en la rutina de unos días que nada positivo aportan ya a tu vida.

El camino de la felicidad es tumultuoso, a veces ni siquiera es un camino como tal. Pero cuando te esfuerzas en encontrarlo y andarlo, cuando delimitas qué es lo que en verdad buscas en la vida y luchas por ello, empiezas al fin a vivir.

Hasta entonces... diría que la vida no es más que una rutina de días que se suceden uno detrás de otro en agónica despedida, pues todos te llevan a una muerte en vida tan llena de vacíos que te sientes llena de nada. Cansada, irritable y vulnerable. Infeliz.

Tanto, que dejas de soñar y cometes así el mayor error de tu vida: no luchar por alcanzar todos esos sueños que fuiste abandonando en el camino.

Recupéralos, desempólvalos, ve a la guerra por ellos. Contigo misma primero, con el mundo después. Y entonces disfruta del camino. Disfruta de todo lo que tienes a tu alrededor mientras tu vida se llena del color que le faltaba entre tanta pálida rutina.

Tenía una idea. Pequeña, de momento, pero crecía en mi interior. Sabía qué tipo de historias quería escribir y solo me faltaba un lugar donde publicarlas. Se lo había contado a las chicas la noche anterior mientras tomábamos vino y hablábamos del futuro.

—Quiero escribir historias de amor reales. Buenas, malas, felices y tristes —había respondido yo cuando Gloria me preguntó qué planes tenía para mi nuevo futuro—. Quiero que la gente siga creyendo en el amor y, sobre todo, que entiendan que este no tiene la culpa de nada, que son algunas personas las que no saben bien amarnos. Pero el amor ahí está. El amor es algo bueno en nuestras vidas.

—Suena interesante, pero… ¿dónde vas a publicarlo? ¿Escribirás un libro o qué? —me interrogó Gloria con el ceño fruncido y su penetrante mirada taladrándome el alma.

"La pregunta del millón", pensé.

—Quiere abrir un blog —se adelantó Sara, dejando la pelota botando delante de todas mientras se recostaba en el sillón y le daba un trago a su copa de vino, divertida.

—¡Otra bloguera muerta de hambre! —exclamó Gloria mientras Sara se atragantaba con el vino por culpa de la risa.

—¡Eso mismo dije yo! —consiguió exclamar al fin cuando dejó de toser.

Puse los ojos en blanco.

—Es solo una idea —me defendí—. Es gratis y puedo ir publicando ahí algunas cosas mientras encuentro un lugar que aprecie mi proyecto.

—O sea —interrumpió Sofía—, ¿pretendes que no solo te contraten como redactora, sino que además incluyan todo este proyecto de historias de amor como parte de su labor?

—Pues sí… —murmuré—. Aunque todavía no lo he pensado mucho.

—No sé, amiga, ya es bastante difícil que te contraten con la cantidad de personas que hay con tu preparación como para que encima acepten el proyecto que traes debajo del brazo.

—Por eso el blog —esgrimí—. Ahí puedo escribir lo que me dé la gana.

—¿Y cómo van a encontrar tu blog? —insistió Sofía, sin dejar de fruncir el ceño.

—Pues…

No lo había pensado, tampoco tenía una respuesta.

—Puedes abrir unas redes sociales —colaboró Sara—. Eso hace todo el mundo. Empiezas a subir las historias a Instagram y otros lugares con la esperanza de que la gente luego vaya a leer tus historias en tu blog.

Tenía sentido, sí.

—¿Y cómo vas a llamarlo? —Gloria volvió a la carga.

Tenía ambos brazos apoyados en sus rodillas, con todo su peso echado hacia adelante y con el semblante más serio que le había visto jamás. De hecho, al mirarlas detenidamente, me di cuenta de que estaban igual de serias en ese instante. Ya no había risas, solo mis amigas ayudándome en esta locura que tomaba forma.

—No… no sé, no lo he pensado todavía.

—"El amor en mi vida" —propuso Sofía, pensativa.

—No, ese no le sirve porque va a hablar de amores que no son suyos —replicó Sara.

—Mmmm…. ¿"El amor en la vida"? —devolvió Sofía sin mucha confianza.

Guardaron silencio, seguimos pensando. Fueron decenas de nombres: amor es vida, amar en estos tiempos, amores de México, *amore* amor, el amor es bueno, amor de verano… Ninguno me gustaba, claro. De hecho, yo no había hecho ninguna propuesta todavía, solo me limitaba a rechazar todas las de mis amigas.

Se había vuelto un auténtico proyecto de grupo. Copa de vino en mano, cada una buscaba inspiración en sus celulares. Yo había tomado pluma y papel y escribía cada una de las propuestas. Incluso íbamos puntuando cada nombre. Cuando alguno parecía gustarnos a todas, lo buscábamos en redes sociales e internet con la esperanza de que no se le hubiera ocurrido a nadie primero. Tuvimos que descartar varios nombres solo por eso.

Miré el reloj y era casi la una de la madrugada. Tenían que irse todas pronto o iban a odiarme el día siguiente cuando tuvieran que ir desveladas a sus respectivos trabajos. Me acaricié la sien, me dolía e incluso sentía mi propio pulso con cada latido.

"Pum, pum, pum."

"Latido, latido, latido."

Se me prendió el foco.

—"En cada latido" —exclamé en voz alta dejando caer la pluma en la mesa.

Todas me miraron pensativas, asintiendo lentamente.

—Me gusta, es muy profundo —comentó Sara—. Búscalo, Sofía, ya casi no tengo pila.

—Mmm… parece que está ocupado, pero está libre "encadalatido.blog".

Todas nos miramos sonriendo.

—Es perfecto —dije yo, feliz.

Estuvieron de acuerdo. Habíamos colocado el primer ladrillo de mi nuevo castillo, un primer paso en mi nueva vida. Ninguna se había querido ir hasta ese momento a pesar de la hora. Sabían que era importante elegir una dirección para mí, ayudarme a encontrarla y darme ese pequeño empujón que me faltaba para empezar a caminar. Era la única forma de no caer en esa peligrosa rutina depresiva que muchas personas enfrentan al dejar un trabajo o una relación. En mi caso, encima, eran ambas cosas.

Con el nombre decidido, partieron al fin a descansar y prometimos vernos muy pronto para seguir avanzando juntas con el proyecto. Pasé una noche casi en vela, tratando de decidir los siguientes pasos de esta locura que se estaba apoderando de mí.

Me sentí emocionada por primera vez en años.

♥

Cuando desperté por la mañana tenía la idea bastante clara. Sabía, o creía saber al menos, por dónde empezar. La Ciudad de México es un lugar enorme, con millones de personas y una infinidad de historias de amor que alimentarían el blog constantemente.

Quería sanar mis heridas reencontrándome en la ciudad y, además, volver a creer en el amor con toda la fuerza con la que podía llegar a hacerlo a pesar de mi reciente ruptura y el desencanto general que sentía hacia las relaciones por culpa de mi pasado. Sabía que ese sentimiento era pasajero, que el amor estaba en todas partes esperando a que alguien como yo le diera voz.

Estaba de verdad emocionada. Tanto, que ni siquiera había vuelto a pensar en *El Amanecer*. Ese episodio de mi vida estaba zanjado para mí por completo. Tenía todo un año, tal y como le había prometido a Sara, para afianzar firmemente este camino que había elegido casi por casualidad.

Tardé menos de media hora en bañarme, desayunar y vestirme. Tomé mi mochila con una botella de agua, la grabadora y una libreta. También decidí llevarme la vieja cámara Polaroid que había sido herencia de mi mamá. Me pareció una bonita idea poder tomar instantáneas de las personas que conociera ese día.

Una parte de mí moría de vergüenza, pero eso no me iba a contener.

Decidí comenzar por algo fácil, Paseo de la Reforma se me hizo un buen lugar para empezar a reencontrarme con la ciudad y al mismo tiempo era un punto concurrido como para poder encontrar a alguien dispuesto a hablar conmigo.

Llegué aproximadamente a las diez de la mañana. Sabía que no era la mejor hora porque casi todo el mundo ya estaría trabajando, pero al mismo tiempo había decidido que alguien con prisa para llegar a trabajar no habría podido sentarse a platicar su historia con calma. Necesitaba encontrar a personas que parecieran relajadas, dispuestas a abrirse conmigo.

El olor a humedad me acompañó mientras caminaba por la avenida rodeada de grandes edificios que rozaban las nubes en las alturas, tan altos algunos que te dolía el cuello de tanto mirar para arriba. Siempre me gustó Reforma, es un espacio limpio y cuidado, de lo más turístico de la ciudad. El Ángel de la Independencia lo preside desde su privilegiada posición elevada, abrazado por algunos de los edificios más importantes e imponentes de la ciudad.

Me dirigí hacia el Bosque de Chapultepec, el Central Park de la capital mexicana. Un espacio verde lleno de magia en el que, confiaba, habría personas desocupadas, quienes podrían regalarme algo de su tiempo. Podría haberme bajado del Uber directamente allí, pero sentí que necesitaba ese paseo por Reforma para poder ir asentando mis ideas.

Honestamente, no sabía por dónde empezar. Miraba a las personas de mi alrededor preguntándome cuál de todas aquellas guardaría una historia digna de mi nuevo blog. Quizá tenía las expectativas demasiado altas, al fin y al cabo el amor más grande puede nacer de los hechos más pequeños. Pero quería acertar cuando me acercara a alguien. ¡Dios! Qué vergüenza sentía. Quería hablar con todo el mundo y, al mismo tiempo, con nadie. Así llegué hasta Chapultepec, casi sin darme cuenta, y me dije que tenía que hablar con alguien ya mismo.

Me fijé en un señor sentado en una banca con un sombrero vaquero. Jugaba tranquilamente con lo que parecía un palillo entre los dientes, con el pecho de la camisa abierto casi hasta el ombligo y dejando ver una enorme pelambrera blanca. Caminé hacia él, pero no me agradó su mirada y decidí pasar de largo.

Más allá, dos señoras paseaban juntas agarradas del brazo. Reían, parecían amigas de toda la vida. No quise interrumpirlas y, de hecho, empecé a preguntarme qué tan buena idea era todo aquello. No sabía cómo abordar a la gente para preguntarles algo tan personal.

—¿Me puedes dar la hora? —preguntó una voz femenina a mi espalda.

Al girarme me encontré con una vendedora ambulante cargada de cajetillas de cigarro, frutos secos y caramelos.

—Son las diez y media —respondí tras consultar mi reloj.

—¿Quieres algo? —preguntó ella a su vez, señalando la mercancía.

—No, gracias —respondí rápidamente y ella tomó aquello como despedida—. ¡Espera! —exclamé antes de que se alejara—. ¿Podría hacerte unas preguntas? Soy periodista —aventuré.

La señora, que debía tener unos cuarenta años, me miró de arriba abajo, evaluándome. Llevaba una cangurera sujetando la ropa que envolvía su diminuto cuerpo, tan delgada que incluso me llegué internamente a preocupar por ella.

—¿Qué clase de preguntas? —inquirió desconfiada.

—Sobre usted… sobre el amor —respondí sin demasiada convicción.

Ella rio.

—El amor es una tontería, niña. No tengo tiempo para esas pendejadas —escupió en el suelo, más cerca de mí de lo que me habría gustado, y se alejó de allí con sus dulces a cuestas.

No me esperaba esa respuesta. De hecho, me sentí alterada y nerviosa. Definitivamente aquello no era buena idea. Estaba a punto de salir huyendo de allí cuando alguien habló.

—Yo responderé tus preguntas.

Era un hombre el que hablaba, justo al otro lado del camino en el que yo me encontraba. Debía de haber presenciado toda la escenita con la vendedora ambulante.

—¿En serio? —pregunté sorprendida.

—Sí, no tengo nada mejor que hacer —respondió el señor encogiéndose de hombros y haciéndome un gesto invitándome a sentarme a su lado.

Era delgado, de aproximadamente un metro sesenta. Anciano, de pantalón corto oscuro y una camiseta blanca e impoluta. No tenía nada de cabello en la parte alta de su cabeza, pero alrededor de las orejas y la nuca conservaba la gran mayoría de lo que algún día debió ser una bonita cabellera oscura. Su rostro, de rasgos agudos y pobladas cejas, destacaba por unas gafas doradas muy sencillas que se apoyaban cómodamente en una gigantesca nariz.

—No sabe cuánto se lo agradezco —me acerqué hasta él y le ofrecí la mano—. Me llamo Eva.

—Mauricio —se presentó él, estrechándome suavemente la mano mientras aceptaba su invitación y me sentaba en la banca que ocupaba.

Una vez ubicados, y después de pedirle permiso para grabar sus respuestas, comencé la entrevista. No sé por qué, pero nunca antes me había sentido tan nerviosa entrevistando a alguien.

—¿Qué piensa del amor, Mauricio? —comencé.

El hombre suspiró y se rascó la cabeza.

—Creo que es algo maravilloso, sencillo, que complicamos a medida que nos vamos haciendo mayores hasta que un día, muchos años después, nos arrepentimos de hacer difícil algo que siempre debió ser fácil.

Me sorprendió su respuesta.

—¿Ha estado enamorado? ¿Lo está hoy en día?

Él sonrió.

—Siempre. Lo estuve, lo estoy y lo estaré.

—¿Está casado?

—Soy viudo, querida —respondió suavemente.

—Lo siento… ¿desde hace mucho?

—Diez años —lo dijo despacio, como contando uno a uno los días que ya habían pasado—. Diez años ya…

Hasta ese mismo instante no había notado la tristeza que destellaban sus ojos.

—¿Cómo se llamaba?

—Valentina —respondió con una sonrisa en los labios—. El único amor de mi vida.

Una parte de mí se alegró. Había encontrado una historia y, no solo eso, sino a alguien dispuesto a compartirla.

—Hábleme de ella, Mauricio —le pedí.

—No me trates de usted, soy viejo, pero me envejeces más todavía —sonrió antes de emitir un largo suspiro—. ¿Por dónde empezar?

—Puede… puedes contarme cómo se conocieron —le ayudé sonriendo amablemente para que supiera que podía confiar en mí.

—Aquí mismo, en este parque —asintió, haciendo memoria—. Nuestras familias habían venido a pasar el día. Éramos de diferentes clases sociales, por lo que sus padres y los míos estaban en posiciones completamente opuestas. Allí —señaló al otro lado del lago que se encontraba dentro del Bosque de Chapultepec— había una especie de cafetería a la que venía la gente con algo más de dinero a pasar las mañanas de los fines de semana. Mis padres, en cambio, al ser más pobres, nos traían a mis hermanos y a mí las bebidas y comidas ya desde la casa, extendiendo una gran sábana en la hierba para que todos pudiéramos sentarnos.

Mientras hablaba señalaba diferentes lugares a nuestro alrededor.

—Aquel día, cuando terminé mi almuerzo, fui a jugar con el resto de los niños. Eran otros tiempos, este lugar era muy diferente en aquel entonces. Había mucha más vida. Los niños no tenían pantallas en todas partes volviéndolos cada día más tontos —hizo una pausa y luego siguió hablando—. Valentina se había escapado para jugar con unas niñas justo al lado nuestro. En ese momento ni siquiera la había visto, pero la buena suerte quiso que le diera un pelotazo, llenando de suciedad su pulcro vestido blanco —sonrió—. Puede imaginarse la molestia de sus padres al darse cuenta. El que más adelante sería mi suegro estuvo a punto de abofetearme, de no ser por mi papá.

Tenía la mirada perdida en aquel día, recordando todo como quien desempolva el abrigo de invierno del fondo del armario.

—Para no hacer el cuento largo… no volví a verla hasta unos años después. Ese primer día la conocí, pero más adelante, ya adolescentes ambos, volvimos a coincidir en este mismo parque. Una cosa llevó a la otra y terminamos hablando durante horas, paseando por estos caminos en los que todavía hoy me pierdo a diario —miraba los árboles a nuestro alrededor como si los conociera a todos y cada uno de ellos—. Nos hicimos novios poco después. Allí —señaló una pequeña colina que subía a lo lejos—, nos dimos nuestro primer beso.

No quise interrumpirlo, me había dado cuenta de que cuando empezaban a contar sus historias, era mejor que se tomaran su tiempo.

—Sus padres nunca me aceptaron. Fue tanta la presión y amenazas a las que sometieron a Valentina que no volvimos a vernos hasta pasados veinte años.

Lo miré sorprendido.

—¿Veinte años? —no pude evitar preguntar—. ¡Es una vida entera! ¿Qué sucedió en ese tiempo?

—Los dos seguimos con nuestras vidas —suspiró—. Nos enamoramos de otras personas e incluso tuve hijos con otra mujer a los que quiero con toda mi alma.

—Entonces… ¿cómo es que considera el amor de su vida a Valentina y no a la madre de sus hijos?

Mauricio sopesó su siguiente respuesta.

—Verás, Eva… yo nunca dejé de amar a Valentina. Por eso, muchos años después, cuando la volví a encontrar en este mismo parque acompañada de su marido, todo fue como volver al principio de nuestra historia. Estaban allí, sentados en el piso comiendo algún aperitivo —señaló hacia un gran claro sin árboles en el que había varias parejas sentadas en ese mismo instante—. Y mi esposa y yo estábamos allá con nuestros hijos —ahora señaló con la cabeza un poco más lejos que la vez anterior—. La casualidad quiso que mis hijos se pusieran a jugar cerca de ella y que, en un momento dado, tanto ella como yo nos acercáramos a zanjar una pelea entre los chicos. Fue instantáneo. Ambos nos reconocimos y nos quedamos petrificados como si nos hubiera caído un rayo.

Me emocioné con él, sintiendo la magia que debía haber desprendido aquel encuentro.

—No nos dijimos nada entonces. Ambos continuamos con nuestros días cruzando miradas en la distancia. Aún no tengo muy claro por qué, pero algo me hizo volver a Chapultepec al día siguiente y me senté en aquel lugar en que te dije que nos habíamos besado por primera vez.

—¿Y ella también fue? —no pude evitar preguntar, queriendo adelantarme a los acontecimientos.

Él asintió.

—Apenas llevaba una hora aquí cuando la vi llegar. Caminaba directamente hacia mí, sin apartar la vista. Nos besamos sin decir ni una sola palabra. Después nos fuimos de aquí a un hotel de Reforma e hicimos el amor en silencio. Te juro que ninguno habló y, al final, se fue como había llegado, sin mirar atrás ni una sola vez.

Tenía el corazón acelerado, sintiendo en cada latido el peso de aquel amor.

—¿Volvió a verla?

—¡Cada viernes!

—¿Y no se hablaban?

—Las primeras cuatro veces, no. En nuestro quinto encuentro, le dije que había pedido el divorcio y que esperaba que ella hiciera lo mismo.

—¿Y lo hizo?

—No, no se atrevió. Al parecer, su esposo era alguien importante en la ciudad, el hijo de algún amigo de su padre…

—¿Y qué sucedió entonces con ustedes?

Él sonrió.

—Nos escapamos juntos sin ni siquiera salir de aquí. Esta ciudad es tan grande que puedes esconderte sin miedo a que te encuentren siempre que lo hagas en los lugares adecuados.

"¡Lo sabía!", exclamé para mí.

—Pasamos el resto de nuestra vida juntos. No volvimos a mirar atrás. Mi exesposa me confesó que ella tenía un amante también, por lo que la ruptura fue sencilla y la custodia de los niños compartida. De hecho, Valentina fue siempre una segunda madre para ellos. No llegamos a casarnos legalmente, pero a todos los efectos éramos marido y mujer.

—Es una historia preciosa, Mauricio —le comenté.

Su sonrisa se nubló por un breve instante.

—Solo lamento que ella ya no esté conmigo. No sabes cuánto la extraño.

La conversación se terminó prácticamente en ese punto. Me sorprendí soñando despierta con todo aquello, imaginando sus encuentros silenciosos, la intensidad del amor que llegaron a sentir.

No es fácil encontrar a alguien que te haga sentir así, que te mueva por dentro tanto que el hueco que deje su ausencia sea tan grande que solo esa persona pueda volver a llenarlo de nuevo. Me alegré por ellos. Un amor así merece ser vivido.

7

El amor nos encuentra cuando menos lo buscamos.
Tal vez, incluso, ya conocemos al amor de
nuestra vida y todavía no nos hemos dado cuenta
de que era esa persona. O no, tal vez nos espere
lejos, en el camino de todo lo que nos queda
por vivir y conocer.

Y llegará como siempre llega: con una sonrisa en el
corazón, por muy roto que lo tengas.

Y sé que a mí me pasará algo así. Luis no puede
haber sido el amor de mi vida, me falta mucho por
vivir, mucho por sentir, mucho por... ¡todo! Perdemos
la vida mirando al pasado, anclados también a un
presente que no nos hace plenamente felices. Pero si
despiertas a tiempo, te darás cuenta de que el futuro
forma parte de ti en igual manera y que no puedes
dejar de mirarlo.

No te ciegues en el ayer, vive como te dé la gana y lucha por tus sueños. El amor ya llegará, es parte del proceso de la vida. No tengas prisa por encontrarlo, pues él siempre te termina hallando a ti primero.

—¡Vaya! —suspiró Sara dejando a un lado la tableta en la que estaba leyendo la última entrada de www.encadalatido.blog, en la que se narraba la historia de Mauricio. Había leído todo, desde la historia de desamor de Marcos hasta esta última sin decir una sola palabra. Estábamos en su casa sentadas en el sofá que seguía haciendo las veces de mi cama.

Había pasado toda la tarde del día anterior poniendo el blog en orden y presentable para que la gente pudiera empezar a leer ahí todas esas historias que iba encontrando. Después de hablar con Mauricio y despedirme con la promesa de enseñarle algún día el texto de lo que me acababa de contar, corrí hasta la casa de Sara con el corazón latiendo fuerte en mi pecho.

En los audífonos, escuchaba una y otra vez la grabación que había tomado. Tanto la repetí que al llegar a casa no necesité volver a ponerla ni una sola vez. Me senté y escribí sin parar aquella bonita historia de amor que sobrevivió al tiempo, a otros corazones, e incluso a grandes dificultades. Imaginaba la fuerza de aquel segundo día, cuando sin decirse una sola palabra dejaron que sus cuerpos hablaran por ellos y se contaran todo lo que se habían extrañado. Cuatro encuentros así, cargados de palabras mudas en las que el amor fue el único protagonista de una historia que la vida había dejado en pausa pero que, al fin, había hallado su momento.

—¿Te gusta? —pregunté tímidamente.

Sara asintió mirándome a los ojos.

—Me encanta, es increíble —volvió a bajar la vista a la tableta y, luego, me miró de nuevo—. Ni siquiera sabía que eras capaz de escribir así.

Sé a qué se refería. Al ir redactando aquellas historias incluso yo me había dado cuenta de ello: algo en mí había evolucionado, una sensibilidad y conexión con los relatos que estaba mucho más allá de lo que nunca me había sucedido. Las frases se armaban solas sin necesidad de pensarlas; las reflexiones estaban también ahí, al alcance de mis dedos. Todo fluía como nunca porque al fin estaba escribiendo algo con el alma y precisamente hasta el alma me estaba dejando en ello.

—Gracias, amiga —sonreí.

—En serio, es genial. No lo digo porque seas tú, este blog lo leería aunque fuera de otra persona, Eva. Estoy muy orgullosa de ti —me miraba muy seria, sentada a mi lado.

Casi consiguió que se me humedecieran los ojos. Desde que había perdido a mi mamá no solía escuchar de boca de nadie un "estoy orgullosa de ti".

—¿De verdad crees que alguien va a querer leer todo esto?

—No tengo ninguna duda. Ahora mismo lo voy a compartir en todas partes y espero que mis contactos hagan lo mismo —hizo una pausa dramática—. Después de leer todo esto, no tengo duda alguna de que vas a conseguirlo. Ni siquiera vas a necesitar el año completo que pusimos de plazo —dibujó una blanca y cálida sonrisa en su rostro.

—Eso espero. Además… no quiero ser una carga para ustedes eternamente.

—Calla, tonta —me arrojó un cojín—. Eres como mi hermana, nunca serás una carga.

♥

Estaba emocionada, no había forma de ocultarlo. Había encontrado algo que realmente me hacía feliz, y aunque me preocupaba que no era remunerado, cada día salía a la calle en busca de historias de amor o desamor.

Había perdido la timidez y ahora trataba de elegir con cuidado a quién entrevistar. Lo verdaderamente importante era identificar qué personas estaban dispuestas a abrirse conmigo y así ahorrarme las groserías de las que no. Por lo general eran aquellas que no tenían inconveniente en cruzar una mirada o una sonrisa conmigo en la calle, o gente sentada en bancas de parques; personas a las cuales, definitivamente, no las agobiaba la urgencia.

En solo quince días había juntado más de veinte historias que valían la pena ser contadas. En las mañanas "salía de caza", como a mí me gustaba llamarlo, y ya en la tarde me sentaba a redactar todo para encadalatido.blog. Además, a todas las personas les pedía tomarles una foto que acompañaba el artículo, y eran las imágenes que también iba compartiendo en mis redes sociales. La antigua Polaroid de mi mamá resultó ser la herramienta perfecta para dar ese toque nostálgico a las imágenes. Me acordaba mucho de ella en mis paseos por la ciudad.

Mi mamá se inventaba cuentos cuando yo era pequeña; historias que alimentaron mis propias ganas de escribir.

No siempre eran de amor, en ellas también había dragones con tesoros ocultos, princesas mexicanas y mil invenciones más que ahora recuerdo con muchísimo amor. Ella siempre me hablaba de la ciudad y, cuando poco a poco me fui alejando de las zonas más conocidas y turísticas para recabar las anécdotas en lugares únicos, al mismo tiempo conocía una ciudad que había ido olvidando con el tiempo en la rutina de una vida que nunca llegó a hacerme feliz.

A medida que iba hablando con más y más personas, comprendía el anhelo que muchos tienen de sacar esa historia de amor de dentro de su corazón, como si al contársela a una completa desconocida desahogaran muchos dolores que se les habían quedado atorados. Es curioso cómo podemos llegar a abrirnos con alguien que sabemos que no nos juzga por el mero hecho de que no nos conoce en absoluto. Incluso me di cuenta de que había quien me relataba detalles que, estoy segura, jamás había compartido con nadie, como Mauricio y sus encuentros amorosos con Valentina. Eso era algo privado, algo puro e intenso de su historia de amor que uno no iba después contando a sus amigos o familiares. Conmigo todo parecía ser diferente. Si guardabas silencio, las personas se relajaban y soltaban todo lo que se les venía a la mente. Solo debía hablar en momentos precisos para intentar sacarle todo el jugo a unas historias que, ya de por sí, eran tan reales que no necesitaban adornos.

Empezaron a llegar más lectores de los que imaginaba al blog y a las redes sociales de encadalatido.blog. Así se llamaba en todas partes. Al principio éramos mis amigas y yo las únicas que entrábamos, pero ellas empezaron a compartir las publicaciones en sus propias redes sociales e incluso por WhatsApp, y poco a poco la gente empezó a interesarse por el proyecto. Algunas personas empezaron a enviarme sus propias vivencias por mensaje, al punto que tuve que habilitar el correo electrónico historias@encadalatido.blog, dirección a la que todavía hoy se pueden seguir enviando.

—Quiero contarte mi historia —me dijo una tarde Gloria, sorprendiéndome.

Habíamos quedado ella y yo solas para tomar un café. Así me lo había pedido ella y, aunque me pareció un poco extraño, accedí sin ningún problema. Me sorprendí cuando me soltó eso, no sabía que tuviera una historia romántica detrás porque nunca le habíamos conocido ninguna pareja realmente seria.

—He leído todo lo que has publicado y me encanta lo que estás haciendo —explicó algo nerviosa sujetando con ambas manos el café que tenía delante—. Hace mucho que quiero contarles algo de mi pasado y nunca he sabido muy bien cómo hacerlo. Creo que… puedo contarte la historia a ti y que las demás la lean y ya luego que me pregunten lo que quieran, pero yo no soy capaz de contar las cosas como lo haces tú, Eva.

Me miró fijamente a los ojos por primera vez desde que había empezado a hablar, casi como suplicándome que aceptara. Y, por supuesto, jamás se me pasó por la cabeza negarme.

—Claro, amiga. Cuéntame todo —le di pie mientras sacaba mi grabadora (una siempre tiene que llevarla encima porque nunca sabes cuándo hará falta) y la colocaba en la mesa entre nosotras.

Gloria se quedó mirando el aparato en silencio, pensativa.

—Tranquila, solo es para mí. Así no tengo que estar tomando notas mientras hablas y te puedo prestar atención.

Ella asintió.

—Sí, claro, no hay problema —seguía con la mirada fija en la grabadora—, es solo que... no sé por dónde empezar.

Extendí mis manos hasta las suyas, abrazando así ambas su café. Conseguí que levantara la vista y me mirara, al fin, de nuevo con sus ojos negros.

—Dime, ¿de quién quieres hablarme?

Mantuvo mi mirada. Le estaba costando mucho romper la primera barrera y abrirse conmigo; yo estaba muy sorprendida porque nunca imaginé que Gloria tuviera un secreto. Siempre hablaba sin pelos en la lengua de cualquier tema.

—De Marta —respondió al fin.

—Es una... ¿amiga? —pregunté sin comprenderlo.

Gloria suspiró amargamente.

—No... Marta es la única persona a la que he amado realmente.

Entonces comprendí todo. O casi, bueno.

—Pero… —traté de poner orden—, nunca nos has contado nada de otras mujeres. Es más… siempre nos hablas de hombres.

—Por eso no sabía muy bien cómo contarles esto… —bajó la mirada al café—. Soy bisexual. Y no sé por qué nunca se los conté —explicó—. Y cuando quise hacerlo, ya había pasado mucho tiempo y era muy raro para mí contarles algo así, de la nada. Y el tiempo siguió pasando y… aquí estamos.

Apreté fuerte sus manos.

—Cielo, todas te queremos —le dije suavemente—. Esto no cambia en lo absoluto nada entre nosotras. Es más, las chicas se van a morir por conocer todos los chismes que te hayas estado callando.

Gloria sonrió, al fin, volviendo a cruzar la mirada conmigo.

—No te creas que son tantos…

—¡Ah! Pero alguno hay. Como el de… Marta —comenté volviendo al tema—. ¿Quién es Marta?

Solté sus manos justo después de apretarlas, queriendo darle ánimos. Le di espacio, su mirada se volvió esquiva una vez más. Miré un momento a nuestro alrededor. Estábamos en un café de la Roma, cerca de nuestras casas y sin nadie alrededor que nos molestara. El día, lejos del calor habitual, había amanecido fresco e incluso me había tenido que poner una sudadera para no pasar frío.

Al volver a centrar la vista en mi amiga, ella empezó a hablar.

—Marta ha sido la única persona de la que me he enamorado realmente. Lo nuestro duró menos de seis meses, pero si hoy volviera a encontrarla, sé que nada habría cambiado porque sigo sintiendo lo mismo por ella.

Hizo una pequeña pausa para respirar después de haber soltado un peso que hacía mucho tiempo que arrastraba consigo, con nosotras.

—La conocí de fiesta, como a casi todo el mundo —sonrió, refiriéndose a nuestro primer encuentro—. Nos estuvimos mirando durante toda la noche desde lados opuestos de la pista de baile hasta que, casi sin buscarlo, acabamos bailando una frente a la otra, muy pegadas. Fue la primera vez que sentí atracción real por otra mujer. Podía ver las gotas de sudor bajar despacio por su cuello, perderse en su blusa… Notaba su respiración en mi piel, su mirada fija en la mía. Era libre. Se notaba en el aire y todo el mundo la miraba. Ni siquiera sé cómo, pero nos besamos ahí mismo, rodeadas de extraños que gritaban emocionados. ¡Imagínate qué escena!

Rio y yo no pude evitar sonreír también porque sabía de lo que era capaz mi amiga.

—Nos separamos solo para seguir bailando —continuó—. Me dijo su nombre y me dio una tarjeta con su teléfono. Era abogada, por eso siempre llevaba tarjetas encima. Y justo cuando íbamos a besarnos otra vez, una mano la tomó del brazo y tiró fuerte de ella hacia atrás, alejándola de mí. Al parecer era su novio, a quien no le había hecho absolutamente nada de gracia ver lo que estábamos haciendo.

—¿Qué hiciste entonces? —pregunté en tensión.

—Al ver lo mal que la estaba tratando, me acerqué y le di un bofetón... ya me conoces —volvió a reírse recordando, una vez más, nuestro primer encuentro—. Tomé a Marta de la mano y salimos corriendo de aquel antro, empujando y dando codazos en las costillas a toda persona que nos bloqueaba el paso mientras aquel tipo intentaba alcanzarnos. Lo había dejado aturdido con la bofetada, creo que nunca había recibido una como las mías.

—Estoy segura de que no la ha olvidado.

—Yo también.

Nos reímos juntas y aprovechamos para dar un trago a nuestras bebidas.

—¿Y luego qué pasó? —quise saber.

—Cuando salimos a la calle seguimos corriendo hasta escondernos en un portal —explicó—. Allí me agradeció que fuera "su salvadora" y volvimos a besarnos apasionadamente. Cuando nos... calmamos, me contó que ese chico era su novio, pero que pensaba cortar con él. Que era un idiota que no la valoraba. Le pregunté por qué me había besado delante de él y me dijo que quería hacerlo enfadar.

—¿Te utilizó?

—Eso mismo le dije yo, pero me respondió que no solo fue por eso, que realmente se había sentido atraída por mí y no pudo evitarlo.

—¿Y qué pasó después?

Gloria hizo memoria.

—Aquella noche nos besamos debajo de cada farola hasta terminar en mi casa. Fue una locura. Nunca había besado a una mujer y de repente llevaba una a mi cama.

—Honestamente, no me sorprende —le dije sonriendo y restándole gravedad al asunto.

—También es verdad, pero esto fue diferente. Todo el tiempo sentí una conexión con ella que nunca había sentido con nadie. Ni antes ni después de Marta. De hecho, esa misma noche decidimos que estábamos juntas. Ella rompió con su novio al día siguiente y empezamos los que para mí fueron algunos de los mejores meses de mi vida.

—No lo entiendo –interrumpí—, tal y cómo me lo cuentas, las dos estaban encantadas con todo eso. ¿Por qué solo duró seis meses?

Una nube cruzó los ojos de Gloria. Bajó la mirada.

—Creo que al final solo era yo la que estaba realmente emocionada —comentó mientras empezaba a jugar con una servilleta entre los dedos—. Cortó conmigo igual que llegó a mi vida: desapareció un día y solo me dejó un whatsapp en el que me pedía que no la buscara, que ella no me amaba y que se había dado cuenta de que solo me estaba utilizando para escapar de su mundo.

Sentí el dolor de mi amiga en su voz.

—¿Qué mundo? —pregunté.

Gloria suspiró.

—Al parecer, su ex la había estado buscando todo el tiempo y ella había recaído. Me enteré de que volvió con él y, de hecho, creo que ahora mismo están casados.

No supe qué decir.

—Ya ves… la única vez que me enamoro, me rompen el corazón.

Trató de sonreír, pero notaba que le seguía doliendo todavía en ese momento. Entonces comprendí muchas cosas de Gloria. Nunca se abría con nadie románticamente porque era incapaz de hacerlo: tenía el corazón hecho trizas y no había conseguido volver a juntar todos los pedazos.

—No es culpa tuya —volví a buscar sus manos, queriendo tranquilizarla.

—¿De quién si no?

—De Marta, de su ex... tú solo te enamoraste de alguien que no se merecía todo lo que le diste, Gloria.

—¿Cómo no lo pude ver? —una lágrima surgió de sus ojos y se deslizó por su mejilla dejando un húmedo surco cargado de recuerdos. Creo que nunca había compartido esta historia con nadie. Hacía ya algunos años la tenía atorada en su alma y abrir esa puerta conmigo debió de haber sido algo sumamente difícil.

—No había nada que ver. Estabas enamorada y ella no. Lo diste todo y ella no. No hay más, amiga. No busques respuestas a preguntas que ni siquiera debes plantearte.

Apreté fuerte sus manos y solté una para enjuagar las lágrimas que corrían por sus mejillas.

—Hace años que pasó —seguí—. Tienes que cerrar esa puerta para poder avanzar.

—¿Y eso cómo se hace? —sus ojos ya eran un río de lágrimas.

—Nosotras te vamos a ayudar. No estás sola, cielo.

Me levanté y me senté en la silla que ella tenía al lado para poder abrazarla.

—El amor no tiene la culpa, Marta no supo amarte como tú merecías —susurré mientras ella se desahogaba—. Gracias por confiar en mí. Te quiero —le dije abrazándola fuerte.

—Yo también te quiero, Eva —contestó correspondiendo el abrazo.

Estuvimos allí un par de horas más. Ya más tranquila, me contó su historia completa y los planes de futuro que habían hecho juntas; cómo Marta siempre la llevaba hasta el límite y la volvía loca, y cómo quizá eso es lo que la mantenía tan enamorada de ella. A veces los humanos nos enganchamos de quien nos lleva hasta los extremos y generamos sentimientos muy fuertes por esas personas. Como si toda esa adrenalina fuera adictiva y no pudiéramos vivir sin ella, dejándonos siempre esperando más.

Marta nunca la volvió a buscar. La había bloqueado en todas partes sin una sola explicación. Eso es lo que más le había dolido a Gloria, que su primer amor desgarrara así su vida de un día para otro y nunca más le dirigiera la palabra. Me imaginé lo mucho que habría sufrido mi amiga con todo aquello y, además, llevándolo en silencio y sin compartirlo con nadie más.

Realmente, estaba muy agradecida con que hubiera confiado en mí tanto como para abrirse de aquella manera.

8

Somos imperfectos, llenos de errores y pocos arreglos.
Por ende, el amor es igualmente imperfecto en su
perfección, porque quien debe usarlo comete errores,
duele, desgarra ilusiones crecientes en una vida
prometida con miles de para siempre.

Y el amor más difícil es el propio. Somos nuestro peor
juez, el más estricto. Imagínate... si no podemos
amarnos perfectamente a nosotros mismos, ¿cómo
esperamos encontrar esa misma perfección en otros
amores? El amor tiene muchísimas cosas buenas y es
indispensable en nuestras vidas, pero es necesario
bajarlo del pedestal en que a veces lo ponemos.

Es normal discutir, es normal pelear. Lo importante es
recordar siempre trabajar juntos, en equipo, contra el
problema. Recuerda siempre que amas a tu pareja, o a
ti misma, cuando haya algo que rompa el equilibrio.

La historia de Gloria nos afectó a todas, aunque a cada una de manera diferente. Cuando terminé de escribirla, se la mostré a ella y juntas la leímos a nuestras amigas antes de publicarla en el blog. Hubo lágrimas y hubo risas, fue un momento que nos unió más como amigas. Confió en nosotras y, por supuesto, nada cambió, porque en las cosas del amor los caminos son inescrutables y nosotras no somos nadie para juzgar, mucho menos a quien queremos.

Habían transcurrido dos meses desde mi ruptura con Luis y, la verdad, ya ni siquiera pensaba en él. No sentía el corazón roto, al contrario, con tanta historia de amor que me rodeaba empezaba a estar ansiosa de dar mi siguiente paso romántico.

Lo más difícil del primer mes fue reencontrarme conmigo, ubicarme en mi propia vida. Una vez que corregí eso, que tomé las decisiones necesarias, todo empezó a fluir. Me centré tanto en el blog que fui sanando sola. No porque ignorara mis problemas, sino porque al fin los estaba enfrentando realmente. El desamor necesita siempre de una gran dosis de amor propio. Por eso cuando inicié el blog, lo hice enfrentando mis miedos, dejando un trabajo que no me hacía feliz y dedicándole tiempo a algo que descubrí que sí lo hacía.

Apenas dos meses después, cada día más y más lectores visitaban encadalatido.blog. Recibía muchísimas historias por correo electrónico, pero intentaba leerlas todas e ir seleccionando aquellas que más me transmitieran algo. A veces las chicas me ayudaban: poco a poco, ellas mismas estaban empezando a formar parte de todo aquello también.

Lo más bonito eran la cantidad de corazones que estábamos tocando: ya no solo leían mis publicaciones amigas de mis amigas, sino completos desconocidos, personas que llegaban de casualidad o de oídas, y se quedaban.

Así fue como un día me encontré con un correo algo extraño. El asunto solo indicaba una dirección en Coyoacán, uno de los barrios más bonitos de la ciudad, casa de Frida Kahlo y un lugar con su propia magia. El mensaje solo decía: "Ahí encontrarás una gran historia".

La curiosidad me venció, tomé mi abrigo y salí corriendo rumbo a uno de mis barrios favoritos de la ciudad. Mi mamá solía llevarme de pequeña y hacía mucho tiempo que no iba por allí.

Al bajarme del taxi en la plaza principal de Coyoacán, la atmósfera me devolvió a mi infancia. Todo seguía igual. La iglesia, la gente, la música siempre sonando de fondo; los colores, risas y felicidad compartida extendida en el tiempo. Había querido llegar al centro para poder pasearme por mi amado Coyoacán, y antes de encaminarme a la dirección quise sentarme a respirar un rato aquella atmósfera única que no se formaba en ningún otro lugar de la ciudad.

—Disculpe, señorita —interrumpió mis pensamientos un señor de unos sesenta años al poco tiempo de sentarme en una banca metálica verde, de esas tan incómodas—. No quisiera importunarla, pero me gustaría recitarle un poema, si usted me lo permite.

La magia de Coyoacán en estado puro.

—Claro, adelante —convine yo, expectante ante aquel improvisado instante.

El hombre se quitó la gorra que llevaba ocultando su cabello. Me fijé en sus zapatos, gastados de pisar concreto día tras día. Me pregunté entonces cuántos poemas habría escrito aquel señor, cuántas veces los habría declamado en aquel mismo lugar a todo aquel que quisiera escucharlo a cambio de unas monedas.

Se aclaró la garganta y recitó:

Quisiera en la vida encontrar,
antes de irme de aquí,
a mujer que me ame
como sé que merecí.

En vida, el amor hay que vivir.
En muerte, quizá sufrir,
si eres tú quien queda atrás
mientras alguien se te adelanta a ti.

No me digas, muchacha,
que hay amor para mí.
No me ilusiones, chiquilla,
que ahora que la muerte acecha
no quiero dejar en vida
amor alguno sufriendo por mí.

El hombre guardó silencio y abrió poco a poco los ojos, que había mantenido firmemente cerrados mientras recitaba todo aquello. No sabía si el poema era suyo o prestado, pero sí que aquel señor sentía dentro cada verso.

Estuve tentada a hacerle preguntas, a desempolvar aquella historia que sabía que tenía, pero hoy tenía otros planes. Le di unas monedas y le agradecí de corazón su tiempo, diciéndole que esperaba que volviera a recitarme otro de sus poemas.

—Aquí estoy todos los días, señorita —se despidió con un gesto de cabeza, aceptando las monedas y colocando la gorra en su lugar.

Miré de nuevo la dirección que llevaba apuntada y con ayuda del GPS de mi teléfono eché a caminar. Estaba a solo diez minutos.

Cuando al fin doblé la última esquina que me separaba de mi destino, me encontré con una pared roja y una solitaria puerta azul en el centro. No había nombre en la casa, ni se podía ver hacia dentro del muro.

Con paso decidido, me aproximé a mi objetivo y llamé al único timbre que había.

—¿Quién es? —preguntó una voz femenina al otro lado del interfono.

—Verá, me llamo Eva y me gustaría hacerle unas preguntas —expliqué rápidamente, temiendo que cortara la comunicación antes de dejarme decir nada—. Soy periodista, escribo sobre las historias de amor de la gente y alguien me dijo que aquí había una gran historia…

Guardé silencio mientras nadie volvía a hablar de nuevo por el interfono. Pasaron unos treinta largos segundos antes de que dijeran:

—Ahora le abro, un momento.

Un rato después escuché pasos al otro lado del portón de madera, unos cerrojos descorriéndose y, al fin, la puerta ceder hacia adentro. De ella salió una chica de mi edad, más o menos. Bajita, de piel morena y cabello negro azabache. Vestía ropa de muchos colores.

—Hola —saludó—, soy Laura. Yo te escribí —sonrió. Eso facilitaba mucho las cosas.

—Hola, Laura, encantada —le estreché su mano tendida—. No me diste muchos detalles en tu correo, la verdad…

—Discúlpame —comentó llevándose una mano detrás de su corta cabellera—, pero… quería intrigarte lo suficiente para venir, porque la historia no es mía y no quería escribirla en ese correo. Es mejor que te cuente mi abuelo —explicó señalando con la cabeza hacia la casa que se vislumbraba detrás de ella—. Pasa. Aunque… te aviso que él no sabe nada de todo esto, así que, si te parece bien, te voy a presentar como una amiga mía y entre las dos le sacamos todo. Creo que le puedes ayudar.

Estaba realmente intrigada por todo aquello, así que no dudé en encaminarme dentro de aquel lugar. Por si acaso, todas mis amigas tenían la dirección exacta en la que estaba y tenían instrucciones de buscar ayuda si no sabían nada de mí en quince minutos, pero nada indicaba peligro en aquel lugar.

La casa aparecía rodeada de árboles por todos lados, por eso no se alcanzaba a ver desde la calle. Era del mismo color rojo del muro que la separaba del resto del mundo y sus ventanas y puertas, todas, eran de color azul.

—Bienvenida a "Doña Flores" —comentó Laura a mis espaldas mientras cerraba el portón y se situaba a mi lado—.

Es el nombre de mi abuela, falleció hace años —explicó mientras caminábamos hacia la puerta principal—. Por cierto, me encanta tu blog —añadió.

—Gracias, ¿cómo lo encontraste? —quise saber.

—Me lo recomendó una amiga que llegó a él de casualidad desde redes sociales. Ya leí todas las historias que has subido, me encanta tu forma de escribir.

¡Una fan!

—Muchas gracias, de verdad.

—Lo digo completamente en serio. Es increíble lo que haces. Y saber que todo son historias verdaderas me hace creer de nuevo en el amor, y fíjate que me había prometido no volver a hacerlo.

—¿Y eso? —me interesé.

Ella me miró de reojo y rio.

—Ya te contaré otro día —contestó esquiva—. Hoy quiero que escuches la historia de mi abuelo y me ayudes.

—¿Con qué? —me estaba poniendo nerviosa tanto misterio.

—¡Ya lo verás!

♥

—Abuelo, ella es Eva —me presentó Laura.

Habíamos entrado en la casa y estábamos en la sala principal, donde un hombre de unos sesenta veía televisión. La casa, por dentro, era un reflejo de lo que había fuera: color por todas partes, cuadros, esculturas y mil cosas que ni siquiera supe identificar. Poco luminosa, daba la sensación de estar dentro de una cueva a pesar de todo el sol que hacía en el exterior. De hecho sentí que la temperatura era al menos cinco grados menor allí dentro y tuve que echarme sobre los hombros la chamarra de mezclilla que hasta ese momento llevaba atada a la cintura.

El hombre en cuestión, lleno de canas pero con la mirada joven, se levantó de su asiento y me ofreció la mano. Tenía los ojos azules.

—Seas bienvenida a nuestra humilde morada. Me llamo Fernando —se presentó—. ¿Eres amiga de Laura?

Miré a la chica, que rápidamente respondió por mí.

—Sí, abuelo, de la universidad —improvisó—. Tenemos una tarea muy interesante acerca de cómo se conocían las personas antiguamente, antes de internet y estas cosas modernas… y pensé que podías contarnos aquella historia de cuando eras joven.

—¿Insinúas que ya no lo soy? —se hizo el ofendido.

—No, discúlpame, jovencito… es que tus canas engañan —bromeó su nieta.

Él sonrió y me miró, dubitativo.

—No creo que a Eva le interese una vieja historia como esa —comentó algo taciturno.

—¡Claro que sí! —respondí rápidamente yo notando cómo por dentro empezaba a emocionarme, presa de la curiosidad de la historia de aquel hombre.

Debía ser algo muy grande si Laura había planeado toda aquella situación.

—¿Ves, abuelo? Por favor, cuéntanosla —insistió ella poniendo cara de niña buena.

—¿No se la quieres contar tú? —preguntó Fernando, reticente—. Ya te la sabes de memoria.

—No es lo mismo —se quejó ella—. Tienes que contarla tú. Es tuya, no mía.

El hombre suspiró y volvió a tomar asiento mientras hacía un gesto hacia el sofá que había enfrente de él, justo delante de un enorme librero, invitándonos a imitarlo.

—Está bien… tú ganas, como siempre.

Mientras se acomodaba de nuevo en el lugar en el que debía haber estado sentado toda la mañana, a juzgar por la taza de café vacía y los periódicos que descansaban en una pequeña mesa justo a su lado, pareció hacer memoria antes de empezar a hablar de nuevo.

—Como verás, Eva, no es una historia demasiado larga y, en mi opinión, sí demasiado dolorosa. Mi nieta tiende a exagerarla, aunque no la culpo, siempre ha sido una romántica amante de las causas perdidas —intercambió una mirada cómplice con ella, quien, sentada a mi lado, prefirió guardar silencio cómplice—. Básicamente es la historia de mi primer amor, la chica que conocí antes de quien después se convirtió en mi mujer. Es una historia de amor, pero también de desamor, pérdida y dolor. Con ella pasé dos de los mejores años de mi vida, pero también cargo una pesada losa en el corazón desde que se la llevaron lejos de mí.

Se aclaró la voz brevemente y buscó con la mirada el café vacío de la mesita. Laura entendió el gesto y se apresuró a salir rumbo a la cocina para buscarle una nueva bebida a su abuelo.

—Amanda era su nombre, Amanda Rodríguez. Por aquel entonces, yo vivía en la Santa María la Ribera. Me mudé a Coyoacán varios años después, ya con Camila, mi mujer —Laura regresó con una nueva y humeante taza de café negro—. Gracias, cariño —agradeció el hombre dándole un rápido beso en la mejilla a su nieta antes de continuar hablando mientras Laura volvía a tomar asiento a mi lado—. Amanda era mi vecina y sus padres me odiaban. Creo que odiaban a todo muchacho que pudiera ser pretendiente de su niña querida, pues no sentía que su desprecio hacia mí fuera mayor o menor que el que mostraban por el resto de mis amigos o vecinos de la colonia. De hecho, no dejaban que ella tuviera amigos varones. Imagínate, tan lejos llegaban —negó con la cabeza suavemente—. El caso es que sus padres en realidad no estaban faltos de razón conmigo, pues a mí ella me gustaba desde que la conocí. Cada año que pasaba se ponía más guapa y yo no podía evitar sentir lo que sentía al verla.

—¿Qué sentía exactamente? —quise saber, explotando aquella intensidad que se estaba generando.

—Cómo explicarlo… —hizo una breve pausa—. Sentía que el mundo se detenía al verla. No exagero. Todavía hoy soy capaz de recordar su cabello ondeando en cámara lenta por el viento, su sonrisa de medio lado al verme mirarla embobado. Su aroma al pasar junto a mí… se me aceleraba el pulso en las venas solo con verla —había cerrado los ojos, como queriendo así revivir en su memoria aquellos instantes—. Nunca tuve valor para decirle lo que sentía —confesó.

Eso me hizo dudar, pues si nunca estuvieron juntos…

—¿Cómo es entonces que la historia es tan impresionante como dice Laura? —pregunté sin medir demasiado mis palabras. Creo que estaba demasiado emocionada con lo que podía sacar de allí que no me di cuenta de que lo pregunté en voz alta.

—No seas impaciente —replicó Laura dándome un suave codazo en el brazo.

—Fue ella quien dio el primer paso —explicó él, respondiendo así mi desconsiderada pregunta pero sin dar demasiada importancia a mi interrupción—. Un día, no pasó de largo a mi lado. Se plantó frente a mí y me miró fijamente a los ojos, midiéndome, retándome a que yo le hablara. Fui incapaz, claro. Me quedé callado, sin saber muy bien por qué se había detenido a mi lado.

Sentí mi corazón detenerse en mi pecho, esperando saber qué le había dicho.

—Me preguntó si pensaba pedirle salir algún día —prosiguió al fin Fernando después de una pequeña pausa para dar un sorbo a su café—. Aún hoy siento la cara de susto que debí poner cuando la chica de mis sueños me soltó aquello —rio fuerte, recordando aquel momento—. Por supuesto le dije que sí, algo tartamudo por la impresión, y quedamos ese mismo viernes en el Kiosko Morisco.

Y se fue, siguiendo su camino hacia su casa. Imagínense la cara de idiota que se me quedó después de aquello —rio de buena gana—. Tardé como diez minutos en moverme de donde estaba e ir corriendo hasta mi casa. No tenía prisa, pero la adrenalina que sentía dentro me impedía ir despacio. El corazón casi se me salía del pecho solo de pensar que al fin iba a tener una cita con la chica de mis sueños. Es más... ella me lo había pedido a mí, así que eso tenía que significar que estaba también interesada en conocerme.

—Completamente —estuve de acuerdo con él —¿Y qué pasó después?

Le dio un largo trago al café que ya se había empezado a enfriar lo suficiente como para poder beberlo sin escaldarse la lengua.

—Fue una primera cita maravillosa. Al principio estaba muerto de nervios, pero en menos de diez minutos se me pasó y fui yo mismo. Una parte dentro de mí decidió que aquella era mi gran oportunidad de conquistarla y me armé de valor. Hasta le compré unas flores que ella me dijo que no podía llevar a casa, pero que le había encantado el detalle igualmente.

—Claro, por sus padres... —comenté por completo metida en la historia.

—Exacto —asintió él haciendo un gesto con la mano—. Para no hacer el cuento largo, te lo resumo un poco todo: ese mismo día empezamos a salir y duramos casi dos años de novios. Durante ese tiempo, todo lo hicimos a escondidas. De hecho, la única cita en un lugar donde nos vieron los vecinos fue aquella primera. A ella le llamaron la atención sus padres y lo tomamos como un aviso. Desde ese día, nos alejábamos de la Santa María la Ribera todo lo que podíamos para que ellos nunca se enteraran de que yo existía.

Imaginé lo difícil que debió haber sido mantener la relación de esa forma.

—Durante ese tiempo todo fueron primeras veces para nosotros. Descubrimos juntos cientos de lugares de la ciudad, nos dimos nuestro primer beso, vivimos el primer amor… incluso fue la primera vez que ambos hicimos el amor. Al tener que salir siempre de nuestra colonia y escapar de conocidos, nos volvimos expertos en encontrar lugares donde pasar tardes eternas hablando sin parar, abrazados, con nuestros corazones latiendo a un mismo ritmo mientras el sol se ponía a lo lejos y contaba los minutos que nos quedaban juntos aquel día

En este punto el abuelo hizo una larga pausa y le dio otro largo trago a su café. Tardó un rato en retomar su historia, como si no quisiera pronunciar lo que se avecinaba.

—Casi dos años después de habernos enamorado, un jueves, ella no llegó a nuestra cita. Eso me preocupó. Después de casi tres horas esperando por ella en el parque en el que siempre nos veíamos supe que algo había pasado y me fui corriendo de allí —se notaba que le estaba costando contar todo aquello, ya no era la historia feliz y de amor con la que había empezado el relato—. Me acerqué con cuidado hasta la que era su casa y no vi signo alguno de ella o sus padres. Las cortinas estaban en su lugar, así que tampoco podía ver hacia adentro de la casa. Me quedé haciendo guardia desde una esquina durante horas. Nadie entró ni salió de allí. Me extrañó que ni siquiera encendieran las luces cuando anocheció y entendí que ya no había nadie en casa.

—¿Y se quedó allí esperando? —pregunté impaciente. Él asintió.

—Toda la noche, y nadie llegó —suspiró—. Cuando empezó a salir de nuevo la luz del sol, regresé a casa y allí me cayó una bronca gigantesca por haber pasado la noche fuera sin avisarle a nadie. Sin embargo, los gritos de mi padre no fueron nada en comparación con la angustia que me atenazaba el corazón. ¿Dónde demonios estaban Amanda y sus padres?

—¿Dónde estaban?

El hombre negó con la cabeza.

—Nunca lo supe. Nunca la volví a ver. Desaparecieron aquel día sin dejar rastro y nadie en la colonia me supo decir a dónde se fueron.

Tenía la boca abierta por la sorpresa y el corazón en un puño imaginando el dolor de aquel muchacho cuando le arrancaron de la vida a su amada de aquella manera.

—Pero… pero… —tartamudeé incrédula—. ¿No la buscó? ¿Nunca la encontró?

—La busqué durante meses, pero nadie supo nada más de ella o de su familia. Algunas personas comentaron que los habían visto empacar todo y salir de la casa, mas a nadie le dijeron a dónde iban. Yo… creo que se fueron a Puebla —comentó el abuelo pesadamente—. Ella me comentó alguna vez que tenía familia allí, pero no me pareció probable en aquel entonces. Muchos años más tarde me acordé de eso pero… ya era tarde para cualquier cosa. Pienso que algo pasó, está claro. Quizá supieron de nuestra relación y decidieron alejarla de mí.

—Nadie puede ser tan cruel —exclamé realmente ofendida.

—Eran otros tiempos, Eva… otros tiempos… —sentí la tristeza que aún hoy le oprimía el corazón por todo aquello. Seguramente se había sentido culpable toda su vida sin saber siquiera qué fue de ella.

9

¿Cuánto dura el amor? Una vida, un instante, años, meses o días. ¿Quién puede saberlo? Un *para siempre* tiene muchos significados, tiempos diferentes; lo verdaderamente importante es que, cuando se lo digas a alguien, lo sientas.

Que te nazca en el corazón y se te desborde en los labios porque, al menos en ese instante, todo tu ser desea que ese amor sea eterno. Es el único *para siempre* que acepto: el sincero, aunque luego no se cumpla por circunstancias de la vida.

Si no lo dices en serio, si no lo sientes, es mejor que te lo guardes y no mancilles con una mentira obligada el amor que alguien te regala. Sé sincera siempre contigo misma, disfruta de la vida y del amor, pero nunca pronuncies esas palabras si en verdad no te lo grita el corazón.

—Quiero encontrarla —me dijo Laura ya fuera de la casa, mientras caminábamos hacia el portón azul por el largo camino empedrado que, paso a paso, separaba su pequeño mundo del resto del exterior.

Habíamos dejado al abuelo tomando café en la sala. Recordar toda la historia le había afectado, como es lógico y normal. Para tratar de levantarle el ánimo estuvimos hablando un rato sobre otras cosas sin demasiada importancia. Cuando nos pareció que estaba más animado decidimos que era un buen momento para que yo me fuera.

—¿Cómo? —pregunté incrédula.

—Quiero encontrar a Amanda —repitió Laura con gesto de resolución—. Quiero que tú me ayudes a encontrarla.

Una vez más, me quedé sin palabras.

—Podemos hacerlo —insistió—. Con tu audiencia en redes sociales y experiencia como reportera, podemos rastrearla. Creo que mi abuelo se merece saber qué sucedió… —aunque sonó a chantaje emocional hacia mí, la verdad es que sí me dio pena toda la historia de aquel hombre.

—No sabría por dónde empezar.

—Publica su historia, quizá alguien sepa algo y te escriba. Pide a tus lectores que hablen de la historia de mi abuelo con sus amistades y quizá, entre todos, encuentren algún rastro que de otra forma sería imposible para nosotras hallar.

Lo que me pedía era sencillo. Después de todo era exactamente lo que iba a hacer: escribir sobre ello.

—No sé si alguien llegará a responder siquiera.

—No perdemos nada por intentarlo… —comentó mientras llegábamos a la puerta de salida.

Intercambiamos rápidamente nuestros números telefónicos y le prometí que la mantendría informada. ¡Dios! No sabía cómo ayudarlos de verdad.

Mientras el taxi me alejaba de Coyoacán y sus calles rumbo a mi casa (o a la de Sara, en realidad), era incapaz de pensar en otra cosa que no fuera Amanda y el abuelo de Laura. Me imaginé mil escenarios diferentes por los que sus padres podrían habérsela llevado así de un día para otro, pero todos parecían altamente improbables.

Sabía que podía hacer más que publicar la historia en encadalatido.blog, pero… no tenía muy claro por dónde empezar. Podía preguntar en la Santa María la Ribera a los vecinos más antiguos que aún quedaran en aquel lugar, pero no creía que fueran a decir nada diferente a lo que ya le habían comentado a Fernando muchos años atrás.

Traté de relajarme apoyando la cabeza en la ventanilla del taxi, pero el continuo traqueteo a causa de los baches de la ciudad volvió la experiencia más dolorosa y desistí. Mientras el vehículo se sumergía en el mar de tráfico que me separaba de mi destino, mi corazón pedía a gritos conocer el final de aquella historia detenida abruptamente en el tiempo hacía ya cincuenta años. Quizá podía ir a Puebla y empezar a preguntar a la gente, pero no dejaba de ser una gran ciudad y no sabría por dónde empezar. Podría tardar años encontrar una pista, eso si es que existía y si realmente se habían ido a Puebla. Aquella no era más que una pequeña corazonada de Fernando.

Me estaba empezando a generar ansiedad no vislumbrar la mejor forma de echar luz sobre toda aquella historia. Por lo pronto, decidí, el primer paso sería publicarla en el blog y difundirla en redes sociales con la esperanza de que, algún día, alguien arrojara una pista del paradero de aquella Amanda que desapareció de la noche a la mañana.

♥

—No digo que sea difícil encontrarla, es que es completamente imposible —sentenció Gloria.

Estábamos de nuevo reunidas en la casa de Sara. Se estaba empezando a convertir en nuestro cuartel general. El pobre Alfred ya estaba harto de tenernos allí el día entero a todas, no lo decía, pero sí les había escuchado una pequeña discusión a él y mi amiga al respecto. Definitivamente necesitaba encontrar otro lugar en el que quedarme pronto. No podía seguir abusando de ellos y estresando así su matrimonio.

Lo apunté en mi lista de tareas pendientes. La verdad, con toda la emoción del blog había descuidado esa búsqueda por completo.

—¿Y? Por intentarlo no perdemos nada —terció Sofía.

—El tiempo, ¿te parece poco? —espetó Gloria.

Desde su confesión acerca de la mujer de la que se había enamorado, algo había cambiado en el grupo para mejor. Notaba una conexión más fuerte entre todas. Éramos las mismas de siempre, pero ahora nos sentíamos más como hermanas que solamente amigas. Ese sentimiento que yo ya tenía con Sara se había extendido también a Sofía y Gloria.

—Santo Dios… ¿tienes algo mejor que hacer? ¿En serio? Deja que los hombres descansen un poco, mujer… —picó Sofía.

—Y las mujeres —añadió Sara, provocando la sonrisa cómplice de todas.

La aludida se dio por vencida levantando las manos en señal de paz.

—¡Bueno, bueno! Lo que quieran, pero no sabemos ni por dónde empezar.

—¿Alguien te ha escrito ya? —me preguntó Sara refiriéndose a la historia que acaba de publicar en el blog.

—¿Crees que me lo habría estado callando si fuera así? —pregunté incrédula.

—No…

—Pues eso —reí.

Obviamente, no esperaba que nadie llegara a la historia nada más publicarla y me escribiera diciéndome que Amanda era su abuela. Bueno, una pequeña parte de mí había albergado esa esperanza, pero sabía que era casi imposible que sucediera.

—¿Y si ponemos carteles en Puebla? —propuso Sofía con sus grandes y vivarachos ojos azules.

—¿Preguntando por una Amanda Rodríguez? Así, sin foto ni nada. Vamos a recibir demasiadas llamadas… —atinó Gloria mientras se levantaba rumbo a la cocina—. Creo que es hora de abrir un vinito —comentó mientras buscaba en las gavetas y en el refrigerador.

—Ya se los bebieron todos —contestó Sara de aparente mal humor al respecto—. Sería buena idea que empiecen a reponer lo que se toman.

Gloria bajó la cabeza algo avergonzada y cerró la gaveta que acababa de abrir.

—Tienes razón, disculpa…

Sara suspiró.

—No pasa nada… es solo que Alfred anda algo incómodo con que nunca haya nada de lo que compramos y terminamos discutiendo.

—¿Están bien? —pregunto seriamente Sofía.

—Sí, sí… —respondió Sara sin mirarme—. Es solo que… le está costando un poco delegar su espacio, pero no se preocupen.

—Lo último que quiero es generarles problemas —dije rápidamente—. Me voy mañana mismo si quieres.

—No, tonta, quédate todo lo que necesites.

—Mmmm… ¿qué te parece si mañana nos dedicamos a buscar departamentos por aquí cerca? —propuse yo, consciente de que no había empezado aún la búsqueda—. Es un tema que dejé a un lado y Alfred realmente tiene razón. ¡Llevo aquí casi tres meses ya!

—¡Me apunto! —exclamó Gloria sentándose fuertemente entre Sara y yo y abrazándonos a las dos.

—¡Ay! —me quejé yo.

—Yo también me apunto —confirmó Sofía viendo el espectáculo desde su sillón.

Sara pareció ceder.

—Está bien… pero no te sientas obligada a irte a cualquier pocilga. Busquemos algo bueno y bonito…

—¡Y barato! —aplaudió Gloria dándonos un beso a cada una en la mejilla antes de ponerse en pie de nuevo para recostarse al lado de Sofía.

Estaba completamente de acuerdo con eso. El blog no me generaba nada de dinero, al contrario, era un gasto importante en desplazamientos y demás para encontrar las historias que tanto parecían estar gustándole a la gente.

Se contaban los seguidores ya por cientos. Se había hecho viral mi cuenta de Instagram y ahora cada día eran más y más personas las que leían los relatos de amor. No se imaginan la cantidad de correos que empecé a recibir también de personas que querían tener su espacio dentro del blog. Las chicas me ayudaban a leerlos todos, nos dividíamos el trabajo y al final me pasaban los que ellas consideraban que valían la pena ser contados, para que yo les diera forma y los fuera publicando poco a poco.

Era abrumador sentir el amor de la gente pasar por mis dedos al teclear todas esas historias que habían afectado tan profundamente a tanta gente diferente. Empezaba incluso a sentir cierta responsabilidad al respecto, como si al darles un lugar en el blog estuviera registrando los hechos de todos aquellos amores. Muchas personas me escribían solo para darme las gracias por lo que estaba haciendo. Por contar las verdades románticas del mundo y hacer latir corazones ajenos a aquellos amores al ritmo de los amantes de cada historia.

Era algo muy bonito, incluso había llorado muchas veces con algunas de las historias o mensajes que me llegaban. Me sentía, por primera vez en mucho tiempo, feliz con lo que estaba haciendo, y eso era algo que ya nadie podría quitarme jamás. Estaba encontrando un sentido a mi vida, un sentido que nunca antes había imaginado que tendría. Sabía que había estudiado Periodismo porque me gustaba escribir, pero nunca había pensado en contar historias de amor de la gente. Esa era la parte que estaba llenando poco a poco el vacío profesional que había sentido toda mi vida trabajando en lugares como *El Amanecer*.

♥

Casi un mes después de aquella conversación con Sara encontré un lugar en el que vivir. Era bueno, bonito y barato, justo lo que buscaba. Me había enamorado por completo de la habitación principal, con grandes ventanales desde el techo hasta el suelo que dejaban entrar tanta luz que a veces me preguntaba si realmente estaba dentro o fuera de casa.

Había tenido la suerte de que estaba a menos de quince minutos caminando de la casa de Sara, por lo que la decisión había sido obvia. Las chicas me habían ayudado a mudarme y pasamos más de una semana dando vueltas por la ciudad buscando muebles asequibles que llenaran los vacíos de aquella casa que poco a poco debía convertir en mi hogar. Después de nueve días de salidas constantes y más gastos de los que me habían hecho sentir cómoda, decidimos dar la decoración de mi nueva casa por momentáneamente terminada hasta que tuviera alguna fuente nueva de ingresos que me permitiera seguir haciéndola mía.

Alfred también ayudó. Estaba deseando que me fuera aunque, por supuesto, nunca me lo dijo ni lo aparentó abiertamente. Nuestra amistad siguió igual que siempre después de todo aquello y siempre le estaré muy agradecida a él y a Sara por haberme hospedado casi cuatro meses en su casa. Sin ellos, no sé qué habría sido de mí.

Me sentía emocionalmente recuperada. Me había ido reencontrando conmigo misma y por fin me sentía plena con mi vida. Los miedos e inseguridades que me había generado mi ruptura se desvanecían en todo el amor propio que había encontrado en esa nueva etapa de mi vida. Las chicas también habían sido gran parte de la cura, porque me apoyé en su amistad y ellas aguantaron, estoicas, la carga, impulsándome tanto que me ayudaron a emprender mi nuevo camino en lugar de caer al vacío de una vida que se había puesto patas arriba en cuestión de días.

—Me gustaría tener una historia así —comentó Sofía, sentada en el nuevo sillón de mi casa.

No era un lugar demasiado grande. Una habitación, un baño y una cocina de esas que se delimitan por una barra, que hacía las veces de mesa de la sala. Aún no había comprado nada más que un par de sillones para la estancia, suficiente para que nos sentáramos las cuatro. Estábamos bebiendo vino, para variar, celebrando mi nueva independencia.

Sofía estaba ojeando algunas de las historias directamente en el Instagram del blog: @encadalatido.blog y parecía nostálgica, algo triste incluso.

—¿Estás bien? —le preguntó Sara con una ceja levantada. Era la única del grupo que sabía hacer aquel gesto.

—Sí… es solo que siento que nunca he vivido algo tan intenso como todas estas personas y, la verdad, dudo llegar a tener un amor así —se le notaba melancólica. Era mucho más tierna de lo que dejaba entrever.

—No sé… —respondí yo—, pienso que a todos nos toca un amor gigante en nuestras vidas. El mío, por ejemplo, tampoco ha llegado aún, pero créeme que lo espero con los brazos abiertos.

—Y con las piernas —bromeó Gloria y todas rieron.

La miré algo molesta y sus ojos azabaches me evitaron al darse cuenta de que no me había hecho gracia el chiste.

—Pues ya veremos —corté yo la broma rápidamente—. Quiero que, por una vez, todo fluya tan profundo que el sexo sea solo una parte más de la conexión que tengamos.

—Sí, a eso mismo me refiero. Quiero algo así —secundó Sofía dando un fuerte aplauso.

—¿Sientes eso con Alfred? —le preguntó Gloria a Sara.

Ella dudó durante unos segundos, incluso le dio un largo trago a la copa de vino que sostenía en la mano.

—Sí, eso creo —respondió al fin—. Nos costó mucho acoplarnos al principio de la vida de casados, pero después de un tiempo todo empezó a acomodarse y ser sencillo.

—¿Y por qué la duda? —pregunté curiosa.

—Cuando éramos solo novios, todo era pasión y romance —explicó—. Un poco como lo que leemos en estas historias —comentó refiriéndose al blog—. Sin embargo, después de casarnos, sí pasamos una mala racha en la que la rutina y la falta de espacio personal empezó a afectarnos.

Pero lo superamos, claro —sonrió orgullosa arrugando su nariz chata—. Solo necesitamos comunicarnos constantemente para ir cediendo poco a poco en cosas que nos llevaron a encontrar el equilibrio que ahora tenemos.

Asentí, recordando aquellos mensajes que Sara me enviaba poco después de la boda contándome lo mucho que Alfred la enfadaba por cosas tontas. No quise decir nada.

—Ojalá yo encuentre a mi Alfred —dijo muy bajito Sofía, mirando fijamente su copa de vino, sin llevarla nunca a los labios.

—Llegará, ya lo verás —la animé yo—. Y, mientras tanto, nos tienes a nosotras para darte mucho amor.

Como estaba sentada justo a mi lado, le di un gran abrazo que las otras dos, sentadas en el otro sillón, corearon.

Una vibración en el teléfono llamó mi atención. Al mirar la pantalla vi que tenía un nuevo correo en historias@encadalatido.blog. No iba abrirlo en ese momento, de hecho era uno más de la media docena que habían llegado esa noche. Sin embargo, al leer el asunto del mensaje se me aceleró el corazón: "Sé quién es Amanda".

—¡CHICAS! —grité poniéndome en pie, casi derramando el vino sin darme cuenta y señalando el teléfono.

Todas me miraron fijamente, sorprendidas.

—¡Amanda! Alguien dice saber quién es.

Me exigieron leer el correo completo en ese mismo instante, súper interesadas. Así lo hice:

Querida Eva, me llamo Elisa. Hace poco encontré tu blog y no he dejado de leerlo desde entonces. Cada noche leo una o dos de las historias que publicas acerca de tantas parejas que me hacen volver a creer poco a poco en el amor. Me rompieron el corazón hace unos meses en tantos pedazos que me está costando un mundo volver a juntarlos todos de nuevo. Pero esa historia es para otro momento.

Cuando llegué al relato de Fernando y Amanda no pude evitar sentir que me sonaba de algo. Tardé casi dos días en recordar exactamente por qué. Verás, yo viví en Puebla hace muchos años. Allí crecí y pasé toda mi infancia y adolescencia antes de mudarme al norte del país.

Recuerdo que, siendo pequeña, estaba jugando con una niña nueva de la escuela que se llamaba Raquel justo antes de que mi mamá pasara a buscarme cuando, de golpe, una mano agarró la mía y tiró de mí. Era, precisamente, mi mamá. Me alejó aprisa y me dijo que no podía volver a jugar con aquella niña.

En aquel entonces no entendí nada y tampoco le hice demasiado caso a mi mamá. Cuando no me veía, jugaba con Raquel. Con el tiempo, mi mamá se enteró, volvió a regañarme y me explicó por qué no podía jugar con ella: al parecer, aquella niña era "fruto del pecado" (mi mamá siempre fue muy religiosa): la madre de Raquel había quedado embarazada fuera del matrimonio y la niña no era digna de jugar conmigo.

Obviamente en ese entonces no entendí casi nada y seguí desobedeciendo siempre que pude. Raquel apenas tenía amigos, intuyo que por el mismo motivo por el que me prohibían a mí jugar con ella, y sentía mucha pena. Me gustaba jugar con ella y, además, siempre fui muy terca. Si algo me prohibían, eso mismo quería hacer.

El caso es que recuerdo que la madre de Raquel se llamaba Amanda y, por los tiempos, encaja con la descripción de la historia de Fernando. No sé si sea ella, pero tiene mucho sentido que Amanda desapareciera por estar embarazada, que sus padres se enfadaran al enterarse y se la llevaran de la ciudad de la forma en que lo hicieron.

Adjuntos a este correo te envío los datos que puedes necesitar: mi antigua escuela, mi antigua dirección, la casa en la que creo que vivían Raquel y su madre, etc. Por cierto, si no me falla la memoria, se llamaba Amanda Rodríguez. No tengo la certeza de que sea la Amanda de Fernando, pero la historia encaja bastante bien, creo.

Por favor, no dejes de contarme si descubres algo más gracias a lo que te acabo de narrar.

Todas guardamos silencio procesando la información. Podía ser, estaba claro, pero… sonaba algo descabellado que fuera nuestra Amanda.

—Si es ella, si estaba embarazada… ¿Por qué no buscó a Fernando años después? —preguntó Gloria, poniendo en voz alta la pregunta que yo misma me estaba haciendo.

—Quizá lo hizo y no lo encontró… —sugirió Sofía.

—O quizá no se atrevió —comentó Sara—. Imagínate llegar años después a cambiarle la vida así a alguien.

—Sí, pero… ¡era el padre! —defendió Sofía, estaba realmente molesta. Sus ojos azules se habían oscurecido—. Tenía derecho a saber que tenía una hija.

—Calma, chicas —intervine—. No sabemos nada. Igual lo buscó, igual no. Tal vez ni siquiera es nuestra Amanda. Lo voy a investigar —dije decidida.

—¿Se lo contarás a Laura? —preguntó Sara refiriéndose a la nieta de Fernando.

—Mmm… creo que no —respondí pensativa—. Prefiero ir yo sola para no ilusionar a nadie. Si al final resulta que sí era ella, pues ya habrá tiempo de contárselo todo. Pero no quiero hacerle daño a Laura y mucho menos al señor Fernando, que ya sufrió bastante por esta historia.

Las chicas asintieron.

—¿Cuándo nos vamos? —preguntó Sofía aplaudiendo de la emoción.

Las miré una por una y ellas me devolvieron la mirada, expectantes.

—¿Quieren venir?

—¡Claro! —respondieron todas al unísono.

10

Ojalá te quieras. Lo digo en serio: ojalá te quieras
tanto que, cuando otros te miren, sepan exactamente
en qué están fallando. El amor propio es siempre el
primer paso hacia la felicidad, también hacia un amor
de pareja fuerte y real, sin dependencias, sin querer
que la otra persona llene los vacíos que tú misma
tienes que ser capaz de llenar.

No digo que debes amarte siempre al cien por ciento,
porque es realmente difícil alcanzar algo así.
El amor propio es muy jodido. Así que ten paciencia,
vas por el buen camino. Llena de ti todo lo que sientas
que te falta. Abraza tus miedos y enfréntate al
espejo. Lo bonito está en lo diferente, no lo olvides.
Ama todo lo que te haga diferente al resto.

Así, pasito a pasito, conseguirás volverte a enamorar
de la persona que eres y, más importante, seguir
haciéndolo cada día. Me ha costado mucho llegar a

donde estoy, aceptarme tal y como soy. Sé que
me falta mucho camino por recorrer, pero ser
consciente de ti misma es algo fundamental. Conoce
tus fronteras, tus límites, tu persona.

Ámate.

—¿Qué escribes? —me preguntó Sara en el asiento trasero del coche de Sofía, rumbo a Puebla.

—Nada, una pequeña dosis de amor propio que siento que hoy me hacía falta —respondí guardando la nota del teléfono y apagando la pantalla.

—¿Estás bien? —preguntó mi amiga preocupada.

—Sí, sí —la tranquilicé—. Es solo que sigo aprendiendo a querer a la persona que soy y descubro algo nuevo cada día.

—Qué profundo... —comentó Gloria desde el asiento del copiloto.

—Cállate, tonta —la reprendió Sofía, y continuó conmigo—: No le hagas caso, estoy completamente de acuerdo contigo. Yo tuve que ir a terapia un tiempo porque me costaba mucho aceptarme y ha sido la mejor decisión de mi vida.

—No sabía que habías ido —comentó Sara—. Yo también fui hace tiempo, cuando anduve algo deprimida y la verdad es que sí me ayudó mucho.

—Yo solo fui un poco cuando pasó lo de mi mamá —intervine yo—. También estuvo bastante bien.

Todas guardamos silencio un momento dejando que la música que sonaba en la radio tomara protagonismo.

—¿Y tú, Gloria? —pregunté pasado un rato—. ¿Nunca has ido a terapia?

Ella negó efusivamente con la cabeza, haciendo bailar su oscura melena.

—Jamás.

—Eso explica muchas cosas... —bromeó Sofía.

—Sí, sí… ríanse, pero yo estoy perfectamente así.

—Si tú lo dices… —siguió picando Sofía.

Gloria le dio un suave golpe en la cabeza.

—¡Ey! Voy conduciendo, un poco de cuidado —rio Sofía, pues el golpe fue tan suave que ni lo sintió.

—¿Creen que vamos a encontrar a Amanda? —preguntó Sara, cambiando de tema mientras miraba por la ventanilla del vehículo.

Casi habíamos llegado ya a Puebla.

—Yo creo que no —negó Gloria mirando hacia atrás—. Creo que la señora ya habrá muerto.

—¡De verdad, cómo eres! —exclamó Sofía exasperada.

—¡Ella preguntó! Solo digo lo que pienso —se defendió Gloria.

—Entonces, ¿para qué vienes? —insistió Sofía

—Para cuidarlas, obviamente… como siempre.

—Eres imposible…

—Yo creo que sí va a ser ella —interrumpí yo la discusión de las dos—. Y creo que la vamos a encontrar, que va a recordar a Fernando y que van a ser felices juntos el resto de sus vidas.

—Te has vuelto toda una romántica —comentó Sara dándome un par de palmadas en la pierna—. Yo también creo que sí vamos a encontrarla, pero que no va a querer saber nada de nosotras ni de Fernando. ¡Hace cincuenta años ya! Seguro que tiene familia y una vida. Es más, seguro que está casada, algo que no habíamos pensado.

—¿Y si nos abre la puerta su marido? —preguntó Gloria muy seria de repente—. Pobre hombre, imagínate su cara al ver que aparecen unas chicas como nosotras preguntando por su esposa porque "el amor de su vida" la anda buscando.

Me preocupó bastante ese escenario.

—Quizá deberíamos preguntar algunas cosas primero, antes de soltar esa bomba. Asegurarnos de que no está casada, o que al menos el marido no esté presente cuando se lo contemos.

—Eso suponiendo que siga con vida… —volvió a la carga Gloria.

Sara se estiró y le dio un golpe en la cabeza.

—¡No lo vayas a salar! —le recriminó.

♥

Cuando por fin nos estacionamos en el antiguo barrio que la lectora del blog nos había indicado, nos dirigimos hacia a la dirección concreta. La casa en cuestión tenía la fachada amarilla frente a una calle empedrada, de esas que hace muchos años dejaron de usarse y que fueron sustituidas poco a poco por las carreteras de concreto que conocemos hoy en día. Aquella calle conservaba todo su antiguo encanto. La fachada era pequeña: una puerta verde y una ventana del mismo color a cada lado. A derecha e izquierda de la casa había más fachadas igualmente pequeñitas.

Nos quedamos justo delante, mirando el número 140 que estaba dibujado en la puerta sin que ninguna se decidiera a timbrar.

—Toca tú —me dijo Sofía, empujándome suavemente desde la espalda—, tienes mucha más experiencia que nosotras.

—Nunca he timbrado a la puerta de nadie, solo les pregunto por la calle.

—¡Es lo mismo! Los molestas cuando están haciendo sus cosas —respondió.

No le faltaba razón. Suspiré y me armé de valor. Me giré hacia la puerta, levanté la mano y, justo cuando iba a golpearla con los nudillos, esta se abrió de golpe. Todas nos asustamos y dimos un paso atrás.

De ella salió un chico de aproximadamente nuestra edad, que se quedó mirándonos sin saber qué decir. Era alto, de pelo oscuro y algo rizado. Su rostro exhibía ángulos rectos y su piel parecía más pálida de lo normal.

—¿Pu… puedo ayudarlas en algo? —preguntó confundido.

Gloria, que para hablar con chicos no le faltaba valor, fue quien tomó las riendas en ese punto.

—Pues sí, guapo —sonrió—. Estamos buscando a alguien, a Amanda Rodríguez. ¿Vive aquí?

El joven nos volvió a mirar una por una deteniéndose en mí antes de devolver a Gloria su atención.

—Es mi abuela —respondió al fin—. ¿Quiénes son? —se puso a la defensiva.

Decidí que lo mejor era que yo tomara las riendas de la conversación antes de que Gloria pudiera estropearlo.

—Verás, me llamo Eva —intervine—. Ellas son Sara, Sofía y Gloria —presenté a mis amigas señalándolas de una en una—. Venimos desde la Ciudad de México para poder hablar con tu abuela, de ser posible… —lo dejé caer haciendo una pausa para dejarlo presentarse él también.

—David —dijo al fin—. Me llamo David.

—¡Genial! Encantadas de conocerte, David —comentó Sara, queriendo romper el hielo.

El chico seguía en una extraña actitud defensiva.

—Es mejor que se vayan —dijo, saliendo de la casa y cerrando la puerta tras de sí.

Nosotras dimos un paso atrás para darle su espacio.

—Venimos desde la Ciudad de México… —intervino Sofía.

—Lo sé, ya lo dijeron —respondió él echando a caminar calle abajo dándonos la espalda—. Mi abuela no necesita visitas de chicas extrañas de la capital.

—Ni siquiera te he dicho para qué estamos aquí —esgrimí tratando de seguir su paso mientras las chicas nos perseguían.

"¡Qué grosero!", pensé.

—Ni lo sé, ni me importa —dijo sin siquiera mirarme—. Ahora, si me disculpas… —me miró una única vez antes de cruzarse delante de mí para poder llegar hasta el otro lado de la calle.

Tuve que detenerme de golpe para no chocar con él y las chicas, no tan rápidas de reflejos, se estrellaron contra mí.

—¡Espera! ¡Necesitamos hablar con ella!

Nos ignoró y siguió con paso decidido.

—¡Muy bien! Llamaremos a la puerta, entonces —gritó Gloria con sus manos a modo de bocina alrededor de su boca.

David se detuvo en el acto, nos miró y, negando con la cabeza, desanduvo sus pasos hasta nosotras.

—Dejen a mi abuela en paz —exclamó levantando un dedo amenazador.

—¿O qué? —preguntó Gloria adelantándose un paso y dispuesta a propinarle un buen bofetón.

—O… —David no supo cómo continuar, bajó el dedo y nos miró de nuevo—. No lo sé. Pero, por favor, déjenla en paz.

—¿Por qué? —quise saber.

David se llevó la mano a la cabeza y se masajeó la frente. Finalmente habló:

—Mi abuela tiene Alzheimer —expuso—. No necesita que cuatro chicas la molesten con sus tonterías.

No supimos qué decir.

—Ahora, si no es mucho pedir, déjennos en paz —dijo antes de dar la media vuelta y echar de nuevo a andar.

—¡Espera! —traté de pararlo—. Solo un minuto, por favor.

Él volvió a detenerse, negando con la cabeza una vez más. Lentamente, se dio la vuelta y suspiró.

—Dime… —respondió armándose de paciencia.

—Estamos buscando a tu abuela porque creemos que es la protagonista de una antigua historia de amor —traté de resumir—. Tengo un blog en el que la gente me cuenta sus historias y yo las escribo. Hace un mes, un hombre me contó el romance que mantuvo con una tal Amanda Rodríguez y la publiqué. Una lectora me escribió y me dijo que podía ser tu abuela.

Vi cómo el chico procesaba toda aquella información lentamente, casi masticando cada palabra.

—¿Y por qué crees que es mi abuela la protagonista?

—Dime, ¿sabes si tu abuela vivió en la Ciudad de México de joven? Tal vez sus padres se mudaron aquí de repente y, quizá… estaba embarazada cuando lo hicieron… —dejé caer, tanteando el terreno.

David suspiró y se apoyó en el coche que estaba estacionado justo detrás de él.

—No lo sé —respondió al fin.

Nosotras nos acercamos a él, rodeándolo.

—Y… ¿qué sabes? —presioné.

—Solo que nunca estuvo casada. Yo nunca tuve abuelo, aunque fue un tema que nunca quisieron profundizar conmigo, ni ella ni mi mamá.

—¿Raquel? —pregunté yo.

Él enarcó una ceja.

—¿Cómo sabes eso también?

—También nos los dijo la lectora. Mira —dije buscando en mi teléfono y tendiéndoselo—, es todo lo que sabemos.

Él leyó detenidamente hasta que, de repente, me miró.

—¿Fernando? —inquirió.

—Eh… sí, ese era el nombre del novio de nuestra Amanda, la que creemos que es tu abuela —respondí sin saber por qué el nombre le había hecho reaccionar así.

—Mi abuela tiene Alzheimer en un estado muy temprano todavía —explicó—. Nos reconoce a todos, pero a veces nos olvida o nos confunde. A veces… —hizo una pequeña pausa que me pareció eterna—. A veces me ha llamado por el nombre de "Fernando".

—¡Tiene que ser ella! —exclamó Gloria rompiendo el silencio que habían guardado todas.

—¿Crees que podamos hablar con ella? —traté de insistir en ello.

—No… no creo que sea buena idea —comentó David mucho más calmado que al principio—. Mira, lo siento si fui grosero antes, tengo mucho estrés encima y lo último que quiero es a cuatro chicas molestando a mi abuela. Aunque sea ella la Amanda que buscan, no sé si eso le haría más un mal que un bien. No puedo exponer a mi abuela a una revelación así de grande en su estado actual.

—Pero tú mismo dices que podría hacerle mucho bien —contrarresté—. Si a veces te confunde con él, es que todavía hay algo de amor en su corazón hacia Fernando.

Él pareció meditarlo, pero volvió a negar con la cabeza.

—No —sentenció—. Hoy no.

No quise presionar, así que tomé un camino diferente.

—Mira, este es mi teléfono —dije entregándole una tarjeta—. Piénsalo y escríbeme en unos días.

Él alargó la mano, tomó la tarjeta y la guardó en el bolsillo de su pantalón.

—De acuerdo —accedió, aliviado por poder postergar la decisión. Se despidió de nosotras con la promesa de escribirme cuando hubiera podido pensar en todo aquello y también hablarlo con su madre.

Nos fuimos un par de horas después. Dimos un largo paseo por Puebla, tomamos un café y hablamos de todas las posibilidades que teníamos, desde irrumpir en la casa de Amanda hasta abandonar por completo el asunto.

—David no va a hablarnos —sentenció Gloria.

—Yo creo que sí —comenté, pensando en David alejándose.

—Cierra la boca, que se te cae la baba —comentó Gloria mirándome mientras reía.

—¿Qué? ¡No, claro que no! —me defendí.

—Ya, ya… lo que tú digas.

No respondí nada más. La verdad, mi mente estaba en la gran historia que habíamos descubierto y todas las opciones que se abrían ante nosotras.

De camino a la Ciudad de México, todas estábamos bastante calladas, escuchando música y cantando de vez en cuando si alguna canción se prestaba para estropearla con nuestras maravillosas voces. Cantábamos terriblemente, pero lo hacíamos con mucho sentimiento. La mayor parte del tiempo me limité a mirar el paisaje pasar desde la ventanilla del coche.

Una especie de golpe seco seguido de un *plof, plof, plof* me sacó de mis pensamientos.

—¿Qué es eso? —preguntó Sara alarmada mirando atrás y a los lados.

—Creo que… se nos ponchó una llanta —comentó Sofía mientras activaba las luces intermitentes y se orillaba lentamente a un lado de la carretera.

—¿Cómo? ¿Una llanta? —Gloria bajó su ventanilla y sacó la cabeza—. Demonios. Sí. Es esta de aquí.

Nos bajamos y nos quedamos mirando fijamente la llanta a la que se le había salido el aire.

—¿Qué vamos a hacer? —preguntó Sofía—. Si pedimos ayuda van a tardar horas en llegar hasta aquí.

—Podemos cambiarla nosotras —comentó Gloria y todas la miramos.

—¿Sabes cambiar una llanta? —inquirí yo.

—¿Crees que por ser mujer no sé cambiar una llanta?

—¿Sabes o no? —insistí.

—Me ofende la pregunta.

—¡Gloria!

—No.

—¿No qué? —pregunté por última vez, exasperada.

—No sé cambiarla.

—¿Entonces cómo propones que la cambiemos?

Gloria guardó silencio, pensativa, igual que las demás.

—Pidamos ayuda —sentenció Sofía sacando su teléfono y buscando en la guantera del coche los datos del seguro.

Mientras ella hablaba empezamos a darnos cuenta de que, en realidad, estábamos en mitad de la nada, rodeadas de terreno yermo y con algún que otro coche pasando a nuestro lado a cada rato, aunque no nos atrevimos a intentar parar a nadie por miedo a que no fueran gente con buenas intenciones.

—Dicen que pueden tardar unas cinco horas… —comentó Sofía a nuestras espaldas mientras colgaba el teléfono y volvía con nosotras.

—¡¿Cinco horas?! —exclamó Gloria poniendo los ojos en blanco.

—Santo Dios… se va a hacer de noche y nosotras aquí tiradas —dijo Sara con evidente preocupación. Aunque la carretera entre la capital y Puebla era bastante transitada, carecía de iluminación y no era un buen lugar para que cuatro chicas pasaran la noche solas.

—Busquemos un video en YouTube de cómo se cambia y lo hacemos nosotras —propuse al cabo de un rato—. No debe ser muy difícil.

Sin demasiada seguridad, todas buscamos tutoriales y, la verdad, parecía bastante sencillo.

—Vamos, intentémoslo. Total, no tenemos nada mejor que hacer.

Nos pusimos manos a la obra con las herramientas que incluía la llanta de refacción. Extraer la rueda de la cajuela ya fue difícil de por sí: nunca imaginé que pesara tanto. Entre Sofía y yo conseguimos sacarla y apoyarla en el coche.

Justo cuando estábamos agarrando las herramientas necesarias para empezar el proceso según el tutorial de YouTube, un auto negro abandonó lentamente el camino y se detuvo a menos de cinco metros de nosotras.

—Demonios —dijo Sara.

—No se preocupen, yo lo espanto si no nos da confianza —comentó Gloria remangándose cada brazo de la blusa negra que llevaba.

—Bueno, igual es alguien que de verdad solo quiere ayudar —respondí yo esperanzada mientras la puerta del piloto se abría y de ella salía…

—¿DAVID? —exclamó Sofía, expresando así la misma sorpresa que todas acabábamos de sentir.

—¿Necesitan ayuda? —preguntó sonriendo mientras se acercaba a nosotras, mirándonos a través de unos lentes de sol tan negros como el propio coche del que acababa de bajarse. Tenía una sonrisa realmente agradable.

—¿Nos estabas siguiendo? —pregunté yo a modo de respuesta, haciendo caso omiso a ese pensamiento rebelde que me había cruzado la mente.

Él se detuvo, divertido.

—Sí, claro. Justo a eso me dedico en mi tiempo libre: a seguir a las chismosas que persiguieron a mi abuela hasta Puebla —sonrió—. ¿No es así como se hace?

Todas me miraron, sin querer intervenir.

—¿Entonces qué haces aquí? —quise saber, aunque a él no le faltaba razón.

David suspiró.

—Vivo en Ciudad de México. Vengo a Puebla todas las semanas a ayudar a mi abuela —explicó—. Divisé un coche detenido a lo lejos y al fijarme las vi peleándose con esa llanta, por eso decidí parar. Pero oye, si no necesitan ayuda, puedo seguir mi camino, en verdad.

Se giró y empezó a caminar hacia su coche. Estaba empezando a odiar que hiciera eso.

—¡Espera! —grité.

Él se detuvo, se giró y me miró sonriente, casi victorioso.

—Ayúdanos.

Pensé que iba a responder con alguna evasiva o chistecito más, pero no fue así.

—Con mucho gusto.

Tardamos algo más de una hora en conseguir colocar la llanta de repuesto, porque resultó que David tampoco tenía mucha idea de cómo hacerlo. Sin embargo, con el video de YouTube entre todos conseguimos resolverlo.

—Listo, chicas —comentó él limpiándose las manos en una playera sucia que había sacado de su propio vehículo.

—Muchas gracias por tu ayuda… —dije acercándome a él con una botella de agua—. Ten, está sin abrir, lo malo es que ya está caliente.

Pude escuchar a Gloria reír. De verdad, esa chica y su mente eran un peligro para la sociedad.

—O sea, el agua se calentó con el calor del coche —traté de explicarme, aunque sabía que no hacía falta.

David se limitó a sonreír y aproveché para mirar a las chicas, que se encontraban al lado del vehículo y no se perdían detalle de nuestra conversación. Casi ni respiraban para poder escucharnos mejor.

—Gracias —respondió aceptando la botella.

—A ti, nos ayudaste mucho. Sin ti lo habríamos conseguido igual —él enarcó una ceja—, aunque habríamos tardado un poco más —concedí sonriendo.

—No tengo duda alguna de que lo hubieran logrado, pero ya casi es de noche y qué bueno que conseguimos resolverlo más rápido.

Dio un largo trago a la botella de agua.

—Así que… vives en la capital —traté de sonsacarle más información.

—Sí.

—¿Y vienes todas las semanas hasta Puebla?

—Así es.

—¿No sería más fácil mudarte aquí?

—Tengo trabajo allá, si no… pues sí, lo haría. Pero no es molestia hacer el viaje, me sirve para desconectar. Mi mamá sí vive en Puebla y cuida a mi abuela todos los días.

—¿Raquel?

—La misma —sonrió—. Hiciste muy bien la tarea antes de venir.

—Soy periodista, es mi trabajo —repliqué mientras colocaba un rebelde mechón de pelo tras la oreja.

—¿Periodista? ¿En qué periódico estás?

—En ninguno ahora mismo. Tengo un blog, ahí escribo.

David bufó, burlón.

—¿Otra bloguera muerta de hambre?

Pude escuchar las risas de Sara mientras hacían como que hablaban entre ellas sin dejar de escuchar nuestra conversación.

—Para tu información, es un blog que leen muchas personas —me defendí.

—¿Cómo se llama?

—Encadalatido.blog

—No me suena de nada.

—No me extraña.

—¿Por?

No supe qué responder.

—No lo sé —cedí y él no quiso aprovechar mi flaqueza.

Sonrió de nuevo, obligándome a afirmarme otra vez en lo agradable de su sonrisa, y se dispuso a despedirse.

—Ya me voy, me alegra haber podido ayudarlas, chicas.

—Muchas gracias, David —respondió Sofía sonriéndole—. Nos salvaste de pasar aquí la noche.

—Descuiden, no se preocupen. Nos vemos —se despidió de todas con un último gesto y se dirigió a su coche.

—Recuerda darme una respuesta sobre lo de tu abuela —le pedí yo antes de que entrara en el vehículo.

Él asintió y reanudó su viaje dejando tras de sí solo el polvo que delataba su presencia.

—Amiga… ¿podría notársete más? —explotó Gloria con carcajadas mientras nos metíamos en nuestro coche y reemprendíamos la marcha.

—¿A mí? ¡Pero si es odioso! —me defendí, no estaba de acuerdo con ella.

—Si tú lo dices… —comentó Sara.

—¿También tú? —le espeté.

—Eva, no juegues, si pareces una colegiala nerviosa a su lado intentando sacarle temas de conversación.

—Estaba siendo educada.

—Lo que tú digas… —fue Sofía ahora la que intervino, ya concentrada en conducir, pero sin perderse ni una palabra de la conversación.

Todas rieron, pero me dejaron en paz. Volví a adentrarme en mis pensamientos mirando por la ventanilla. David era guapo, sí, pero eso no importaba en lo absoluto realmente. No me atraía… ¿o sí? No. Bueno, yo qué sé. En aquellos momentos, la verdad, tenía la mente más concentrada en la historia de Amanda que en el atractivo de su nieto.

11

Somos piezas rotas de un rompecabezas que,
cuando se encuentran, encajan tan perfectamente que
se consolidan en un amor perenne que al fin florece y
comprendes por qué no encajó a tu lado ninguna
pieza anterior.

Somos trovadores desafinados que al fin encuentran la
nota que les faltaba en aquella canción cuando los
labios rozan el acorde correcto.

Somos amor.

Todos nosotros.

Y lo utilizamos lo mejor que sabemos, aunque
a veces, por inexpertos, duele tanto.

Los siguientes días pasaron más rápido de lo que imaginaba. Por supuesto, le conté a Laura todo lo sucedido y me pidió que la mantuviera informada acerca de cualquier avance. No le hizo mucha gracia tener que esperar, pero entendió la situación de Amanda. Además estuve muy ocupada dando seguimiento a otras historias de amor que habían seguido llegando al correo electrónico. Cada mañana consultaba la bandeja de entrada de historias@encadalatido. blog y pasaba horas leyendo los mensajes que habían llegado. Obviamente, no todas las historias funcionaban para el blog, pero sí bastantes. Como esta:

A quien corresponda,

He encontrado encadalatido.blog y desde que lo descubrí no dejo de leerlo. Siempre espero con ansias cada nueva historia y hoy me animé a escribirte y contarte la mía.

Me llamo Elisa, soy de Culiacán y tengo 43 años.

Mi historia es como tantas otras, pero con final feliz, o al menos eso espero, nunca sabemos lo que nos depara el futuro. Lo que sí sé es que hoy, después de muchas idas y venidas, soy feliz al fin con la persona que amo: Fabián.

Nos conocimos jóvenes, a los dieciséis. A mí me gustaba y creo que yo a él también. Sin embargo, no interactuamos demasiado y pronto nos olvidamos de esa atracción. Años después volvimos a encontrarnos. Tuvimos una primera cita que no pretendía serlo, pero que se convirtió en una a medida que la plática intimó. No sé por qué, pero aunque apenas lo conocía le conté cosas que nunca le había dicho a nadie... y él igual. Me habló de su familia, de su hermana, de su padre alcohólico. Se abrió completamente conmigo.

Nos hicimos novios aquel mismo día. ¿Para qué esperar cuando lo tienes tan claro? Pasamos tres años juntos que para mí fueron maravillosos, hasta que me fue infiel. Se emborrachó con sus amigos una noche y terminó acostándose con otra. Jura y perjura que no recuerda nada de aquello, pero todo el mundo lo vio.

A los dos nos dolió muchísimo y yo fui incapaz de perdonarlo, aunque le creo cuando dice que no recuerda nada porque en el video se ve completamente ido, pero... esas imágenes me impedían perdonarlo. Además todo el mundo lo había visto. Cortamos y lloré como nunca. Pasé meses deprimida.

Con el tiempo me repuse e inicié otra relación, antes de que Fabián volviera a aparecer en mi vida.

Habían transcurrido cinco años. Él llamó a mi puerta un día. Estaba muy bien arreglado, parecía diferente, cambiado. Serio y sonriente al mismo tiempo. Me dijo que nunca me había olvidado y que yo era el amor de su vida. Me regaló flores y una cajita. Al abrirla me encontré una ficha que decía que llevaba cinco años sobrio. No había vuelto a probar el alcohol desde aquella noche.

Lo perdoné en ese mismo instante. No sabía que no lo había hecho hasta que vi aquella ficha y comprendí todo el camino que había recorrido hasta volver a mí. En silencio, sin buscarme, sin dañarme más de lo que lo había hecho aquella noche de borrachera. También había vuelto a estudiar y ahora tenía un trabajo. Incluso se había alejado de aquellas amistades que lo llevaron por el mal camino.

Hoy, muchos años después, estamos casados y tenemos tres hijas maravillosas que él ama con locura. Es un buen padre y un buen esposo. No bebe ni una cerveza, le encanta la limonada y yo, la verdad, confío en él como nunca lo había hecho antes.

No sé si mi historia sea digna del blog, pero quería contársela a alguien. A veces nos es más sencillo abrirnos a una extraña que con las personas que tenemos cerca. Así nos pasó a Fabián y a mí en nuestra primera cita y así me he sentido hoy de nuevo al narrarte a ti mi historia.

Te adjunto una foto de los dos, para que, si quieres, puedas publicarla también.

Es lo bonito del amor, que adopta muchísimas caras diferentes, pero siempre somos capaces de reconocerlo cuando es verdadero.

Ahora que yo tenía mi propia casa, se había convertido en el nuevo cuartel general de nuestro grupo, sustituyendo la casa de Sara para darle algo más de espacio a Alfred y no tenernos siempre allí metidas a todas. Las chicas entraban y salían casi como si vivieran conmigo, incluso algunas noches Sofía o Gloria se quedaban a dormir. Sara, ya casada, tenía una dinámica diferente, como es de esperarse, pero pasaba con nosotras casi todo el tiempo que podía.

La tarde en la ciudad se había presentado más fresca de lo habitual y negros nubarrones amenazaban tormenta. Me acerqué al hermoso ventanal que tenía en la sala y que había sido uno de los motivos principales por los que había elegido aquella casa. En la calle vi pasar a diferentes personas casi corriendo, como queriendo llegar a algún lugar antes de que el cielo rompiera sobre ellos, y recordé aquel día en casa de Sara, asomada a una ventana, viendo la gente pasar imaginando sus historias románticas. Volvía a hacer lo mismo: era algo natural en mí ya. Cada persona era un mundo, una posible historia. Un corazón roto o uno bien hinchado de amor. Quién sabe. Todos somos acertijos por resolver.

—¿Qué haces? —me sorprendió Sofía al regresar de enviar un mensaje desde la habitación, donde había dejado el teléfono cargando.

Solo estábamos ella y yo en casa, habíamos estado trabajando en el blog juntas.

—Nada… me gusta mirar a la gente pasar e imaginarme sus historias —confesé.

Sofía se puso a mi lado y miró a su vez por la ventana.

—Mira, allá va un príncipe a punto de recoger a su princesa del Oxxo en el que ella trabaja —señaló a un chico de nuestra edad que iba en motocicleta.

—Yo creo que en realidad huye de la casa de su chica, quien en realidad tiene novio, y él es el amante.

Sofía rio.

—Te pasas… ¿solo piensas en dramas o qué?

Me encogí de hombros.

—No, pero… todavía no aprendo a leer a las personas —confesé—. Las que creo que van a tener una historia de amor impresionante acaban siendo decepcionantes, y las que nunca lo hubiera imaginado han vivido la mejor historia.

—Quizá no deberías prejuzgar tanto —aconsejó mi amiga.

—Sí, es algo que me he notado haciendo, y que no me gusta. Es más, este nuevo trabajo mío me demuestra que el amor es universal. Realmente ni siquiera hay historias mejores o peores, todo amor merece ser reconocido.

—Qué profundo.

—No te creas. Lo profundo es escuchar por lo que han pasado esas personas, ponerte en sus zapatos. Hay días que no puedo ni dormir.

—¿Tanto así?

Asentí recordando algunas noches en vela por culpa de alguna historia que me habían contado durante el día. Y no solo historias dramáticas, sino también tan románticas que me inundaban de un deseo innegable de vivir algo así.

—Me alegro por ti, no sabes cuánto —me dijo Sofía sacándome de mis pensamientos y colocando un largo brazo alrededor de mis hombros.

—Gracias, amiga —respondí apoyando mi cabeza en ella.

—Oye… ¿y qué pasó con David? —una pícara sonrisa se asomó a su rostro.

—No me ha escrito aún, no sé si lo hará. ¿Tú qué crees?

—Estoy segura de que sí. Aunque no quiera que conozcamos a su abuela, a ti estoy segura de que te va a escribir.

—¿Por qué ese tonito? —pregunté separándome un poco de ella para poder mirarla directamente.

—Ya sabes por qué.

Puse los ojos en blanco. Volvían a la carga con la misma cantaleta.

—No me gustó.

—Ya.

—No me gustó —volví a decir sin argumentos.

—Lo que tú digas —respondió levantando ambas cejas y juntando mucho los labios.

—¿Por qué insistes tanto en eso? —quise saber.

Sofía se alejó de la ventana y volvió a sentarse en el sillón sin responderme. Me miró y sonrió.

—¡Dime! —insistí.

—Eva, ¡saltaban chispas entre ustedes! Todas nos dimos cuenta. Él solo tenía ojos para ti. Estábamos las cuatro allí, ¿recuerdas? Y solo hablaba contigo.

—Para ser bastante grosero, te recuerdo.

—El roce hace el cariño, ya lo sabes —comentó juguetona.

—O provoca un incendio.

—Quizá sea eso lo que te haga falta… que alguien te encienda de verdad.

—¡Sofía! —corrí al sofá yo también y le lancé uno de los cojines, divertida.

—Solo digo que… desde que cortaste con Luis no has estado con nadie. Y, además, según lo que nos contabas, con Luis tampoco es que las cosas fueran muy bien en la cama.

—¿Y…?

—¡Pues dale a tu cuerpo alegría, Macarena! O lo que es igual: un David que te dé un meneo que te quite las telarañas de la entrepierna.

—Cada día pasas más tiempo con Gloría, ¿verdad? —me burlé de ella.

—Di lo que quieras, sabes que tengo razón. Además, tú también solo tenías ojos para él. Cuando apareció en la carretera como nuestro ángel salvador tenías que haberte visto la cara —le lancé el último cojín que quedaba a mi alcance—. Anda, vamos, dime que no te parece guapo —me retó.

—Sí, guapo es, pero no me gusta. O sea, ni lo conozco.

—Pero por algo se empieza. Te gustó y, todas estamos de acuerdo, tú le gustaste a él.

—¿Cómo están tan seguras? —pregunté curiosa.

—¡Eso se sabe! Se notaba a kilómetros de distancia. Incluso a pesar del impacto del notición que le diste acerca de su abuela, era como si nosotras tres no existiéramos y solo tuviera ojos para ti.

—¿Y por qué fue tan grosero conmigo?

—Mmm… si de verdad entendiera a los chicos, ¿crees que seguiría soltera?

Touché.

—Bueno, da lo mismo. No me ha hablado aún y yo no tengo su teléfono ni forma de hablarle. Ahí se acaba nuestro tórrido romance.

—Dale tiempo, te va a hablar, ya lo verás.

💗

Unos días después desperté, como siempre, haciendo mucho esfuerzo para arrancarme las sábanas y abandonar el sueño y el calor de la cama. La luz de la mañana se colaba por la ventana desnuda de cortinas y me dirigí a la cocina para hacerme un café oscuro que me diera la energía que me faltaba siempre a esa hora temprana.

Mientras me servía el líquido oscuro en mi taza favorita (una de Mickey Mouse que tenía casi tantos años como yo), tomé el teléfono y me puse a revisar los correos pendientes buscando la primera historia sobre la que escribiría ese día.

Le di un largo trago a la bebida y a punto estuve de escupirla al darme cuenta de que tenía un mensaje de WhatsApp de David.

—*Lo estuve pensando mucho y... ok, pueden hablar con mi abuela.*

No decía nada más, ni siquiera un saludo o una despedida. Miré fijamente el teléfono durante al menos... no lo sé, pero mucho más tiempo del que me hubiera gustado reconocer. Cuando al fin salí de mi estupor, hice una captura de pantalla y la compartí rápidamente en el grupo de WhatsApp en el que estábamos todas ("Doña Sara y sus amigas", así se había llamado desde que Sara se había casado y nadie lo había vuelto a cambiar).

—*¡Chicas!* —escribí adjuntando la captura.

—*OMG* —escribió Sara—. *¿Ya le respondiste?*

—*No, ¿qué le digo?* —realmente estaba bloqueada.

—*Que dónde y cuándo* —intervino Sofía.

—*Pues en Puebla, tonta* —respondió Sara antes de que yo alcanzara a escribir nada—. *No va a traer a su abuela hasta aquí para tomar té con nosotras.*

—*¿Le pregunto que cuándo y ya? ¿No le pongo nada más?* —insistí yo, algo nerviosa.

—*¡Estaba claro!* —escribió de repente Gloria con un poco de retraso frente a las demás—. *Invítalo a cenar para concretar...*

—*No te aguanto* —respondí soltando un bufido y volviendo a darle un sorbo al café.

—*Tú pones el postre* —siguió la broma Sofía.

—*¡Mejor que lo ponga él!* —intervino Sara.

—*¿Nos concentramos, por favor?* —insistí tratando de calmar a aquellas niñas de secundaria.

—*Perdón* —se disculpó Sara, la más madura de todas siempre y quien me sorprendió que se hubiera dejado llevar por las otras—. *Dile que cuándo y ya, no seas pesada.*

—*¡Qué emoción! ¿Se acordará de Fernando al verlo?* —escribió Sofía, poniendo en palabras lo que todas pensábamos.

—*Seguro que sí, igual vuelven a estar juntos y todo gracias a nosotras* —especuló Gloria. Mientras ellas seguían escribiendo hipótesis en el grupo, yo aproveché para responderle a David.

—*Ya le contesté* —les informé—. *Le dije: "¡Qué bien! ¿Cuándo quieres que vayamos a verla?".*

—*Bueno, nos cuentas qué te contesta* —escribió Sara.

—*Esta vez me dan lo de la gasolina, ¿no?* —preguntó Sofía preocupada.

—*No sé de qué estás hablando* —se hizo la loca Gloria.

—*Yo tampoco* —secundó Sara.

—*No sean malas* —defendí a Sofía—. *Sí, todas te daremos, y dinos lo que te debemos del otro día.*

—*Buff... A ver si David te alegra un poco la vida, amiga... que buena falta te hace* —sentenció Gloria.

Preferí ignorarlas a partir de ese punto, pues toda la conversación se dirigió a mi evidente falta de sexo, mi supuesta atracción desmedida por David y hasta los nombres de nuestros futuros hijos. No sé por qué se ponían tan pesadas. Él era un grosero que no me gustaba. Punto.

—*El sábado, a las 11* —respondió David a mi mensaje apenas unos minutos después de habérselo enviado.

Sentí una especie de cosquilleo en el estómago por la emoción de poder seguir avanzando en aquella historia. No sabía qué iba a deparar todo aquello, pero la posibilidad de volver a juntar a dos personas que una vez se amaron como ellos, que Fernando tenga al fin la respuesta que ha buscado durante todos aquellos años…

Hablé con Laura esa misma mañana y sentí que estaba casi a punto de llorar por la emoción al otro lado de la línea. Estuvo de acuerdo, aunque a regañadientes, en que fuéramos nosotras primero para tantear el terreno con Amanda y no abrumarla llevando a su abuelo directamente. Tampoco quisimos ilusionar a Fernando si al final ella no quería saber nada de él.

Por suerte, el tiempo pasó volando actualizando el blog y las redes sociales y pronto llegó el viernes. No sabía en qué punto había pasado de ser redactora a *community manager*, pero había tenido que aprender sobre la marcha. La comunidad que se estaba creando en torno a encadalatido.blog era muy sana. Todo el mundo compartía sus historias hasta en los comentarios. Había muchos hombres también, para mi sorpresa, todos muy respetuosos. Eso me tenía muy contenta, y así habría terminado el día de no ser porque Sara me llamó muy alterada porque acababa de tener una fuerte discusión con Alfred. Tan grande fue que vino a mi casa a pasar la noche para no estar cerca de él.

—Pero ¿qué hizo? —le pregunté al verla cruzar la puerta como un tornado.

—No lo sé —respondió arrojando sus cosas encima del sillón más cercano.

—¿Cómo?

—Pues no lo atrapé, por eso no sé lo que hizo, pero sospecho —con su metro sesenta, así de enfadada, parecía igual de alta que Sofía.

—¿Qué sospechas? —insistí.

—Que se anda mensajeando con otra.

Abrí mucho los ojos mientras nos sentábamos en los lugares de los sillones que cada una se había asignado inconscientemente.

—Cuéntamelo todo —pedí.

Sara se sonó fuerte la nariz. Tenía los ojos hinchados de llorar y rápidamente me levanté para traer más pañuelos y ofrecerle un vaso con agua. Entonces me relató cómo Alfred, al ver que Sara miraba la pantalla de su teléfono en la cama, lo había ocultado abruptamente sin dejarla mirar y haciéndose el ofendido. Todo ello derivó en una bronca monumental porque mi amiga pensaba que él andaba enviándose mensajes con otra.

—No sé lo que vi y él no me lo quiso enseñar, por eso discutimos. Cuando entré en la habitación y me recosté a su lado en la cama, cerró Instagram muy rápido y bloqueó el teléfono, dejándolo lejos de mí —explicó acelerada.

—Ok... ¿y luego?

—Pues le dije que por qué había quitado el teléfono así, que qué me ocultaba —respondió poniendo una cara rara, como diciéndome que era lo más lógico, que para qué le preguntaba eso.

Levanté ambas manos en señal de paz, no queriendo ser objeto de su ira.

—Alfred nunca te ha mentido —comenté.

—Ya, pero siempre hay una primera vez, ¿no? Ya llevamos juntos ocho años...

—¡Ya ves! ¡Qué poco duró el buen Alfred sin mentirte! Igualito que todos los demás... —respondí irónica.

—¿Y entonces qué vi? —se defendió mi amiga—. ¡Lo conozco y sé que oculta algo! —golpeó fuerte los cojines que tenía cerca con la palma de sus manos.

En eso tenía razón ella. Lo conocía mejor que nadie.

—Ok, supongamos que oculta algo. ¿En verdad crees que es otra mujer?

—¿Tú creías que Luis te podía llegar a ser infiel? —atacó justo donde dolía.

—*Touché.*

—Exacto.

—¡Pero no es lo mismo! Luis y yo ya no nos amábamos —exclamé—. Estábamos cansados el uno del otro. Alfred y tú están igual de enamorados que el primer día, ¿o no?

Ella asintió lentamente.

—¿Entonces por qué la duda? —presioné.

—No lo sé, Eva, no lo sé. Pero de que oculta algo estoy segura.

Justo en ese momento, como por arte de magia, sonó el teléfono. Era Alfred, claro. Me miró preguntándome en silencio qué debía hacer.

—Contesta. Dile que estás bien y que ya hablarán después —me pareció la mejor solución para esa noche—. No sabemos nada y, la verdad, Alfred no es de ese tipo de chicos. Dale un voto de confianza. Puedes quedarte a dormir aquí y mañana ya platican todo tranquilamente.

Ella asintió sin responderme y contestó el teléfono. Estaba mucho más calmada que hacía diez minutos, aunque un par de veces estuvo a punto de empezar una discusión con Alfred en esa misma llamada. Sin embargo, al final, le dijo que lo amaba y que prefería quedarse ahí conmigo esa noche para que todo se enfriara y mañana pudieran hablar tranquilamente.

—Estoy muy orgullosa de ti —le dije cuando colgó.

Me miró entre avergonzada y triste.

—Lo siento, no sé por qué me alteré tanto.

—Es normal, todas las parejas discuten. No puedo creer que ya lleven ocho años juntos, qué fuerte.

—Sí, de hecho… es nuestro aniversario el próximo mes ya —sonrió un poco, por fin.

—¿Van a hacer algo especial?

—No lo hemos hablado aún.

—Bueno… aún tienen mucho tiempo de hacerlo. Quizá mañana. Así en vez de discutir hablan de algo positivo.

Sara sonrió por fin abiertamente.

—Gracias, amiga —me abrazó fuerte y, antes de soltarme, siguió hablando—. Oye, ¡mañana es el gran día! —me separó sin soltarme los hombros, para poder mirarme a los ojos—. ¿Emocionada?

—¡Sí! Mucho. Aunque también algo nerviosa.

—¿Por?

—Imagínate que ella ya se ha olvidado de Fernando, qué triste sería. Aunque —recapacité mientras Sara me soltaba y volvía a recostarse en el sofá—, quizá me preocupe más la opción de que lo recuerde y no quiera saber nada de él. Sería un duro golpe para la historia.

—Para Fernando, querrás decir… —sonrió burlona.

—Eso —sentencié, aunque la reportera que llevaba dentro deseaba con todo su corazón que aquello saliera bien.

—¿Vemos una peli? —me propuso Sara—. Y saca el vino de una vez, que me hace falta.

—Claro, cuando vayas a comprarlo.

—¿Acaso yo te cobré todo el que te tomaste en mi casa?

—Sí.

—Ah… no lo recuerdo —se hizo la loca—. Pero sí sé que tienes dos botellas nuevecitas en aquella gaveta —comentó señalando hacia la cocina—. Y allí están las copas —señaló al fregadero, donde reposaban ya secas las cuatro copas que habíamos utilizado hacía unos días las cuatro amigas.

—Vaya ojo —refunfuñé levantándome de buena gana.

12

Qué tristes los celos, la desconfianza, los miedos. Y qué
naturales al mismo tiempo. Todas las personas
los sufren en mayor o menor medida y solo
una pequeña línea separa lo sano de la locura, de la
dependencia, del error de creerte poseedor de nadie. Si
esa persona decide cometer un acto de desconfianza
que arriesga la relación, tiéndele un puente de
plata que lo aleje de ti.

No quieras a tu lado a quien no te demuestre que
puedes confiar plenamente en él. La confianza es
la base, los cimientos sobre los que construir todo lo
demás. Si confías eres feliz; cuando no lo haces pierdes
toda la estabilidad de la relación.

Siento que hay quien se pierde antes de tiempo por
celos imaginarios, que son producto de heridas no
cicatrizadas de un pasado que no se merece pisar tan
firme en tu presente, mucho menos en tu futuro.

—¿Se dieron cuenta de que estamos tan cegadas con la historia de amor de Amanda y de Fernando que ninguna se ha detenido a pensar en Raquel? —comenté sorprendida sentada en el coche de Sofía rumbo a Puebla. Habíamos salido temprano aquella mañana de la Ciudad de México para llegar a la hora acordada. Íbamos todas, claro, como no podía ser de otra manera.

—Vaya… tienes razón —convino Sara desde el asiento del copiloto.

—Esa mujer creció sin un padre y ahora, de repente, llegaremos nosotras con nuestra historia. ¿Qué le habrá dicho Amanda toda su vida? ¿La verdad? No lo creo, David no parecía saber nada —dije echándome hacia adelante para que todas pudieran escucharme bien.

—Seguro que le dijo que estaba muerto o algo así —comentó Gloria imitando mi gesto, asomándonos las dos por el hueco que dejaban los asientos delanteros.

—Qué tosca eres —la reprendió Sofía—. ¿No puedes pensar que igual le dijo la verdad y ya? ¿Que han hecho sus vidas con la verdad y han sido felices?

—No sé —respondió la aludida, defendiéndose—. Si yo supiera que tenía un padre perdido en la capital, habría querido ir a conocerlo y reclamarle por todos los años de ausencia.

—No seas tonta, él no sabía nada de la niña —la reprendió Sofía—. ¿Cómo iba a saber que es padre si su novia se esfuma de repente con toda su familia y jamás la encuentra?

—No la buscó demasiado tampoco… a Eva le llevó un par de horas —comentó, volviendo a sentarse en el asiento.

La imité.

—Eran otros tiempos —defendí a Fernando—. No había internet ni nada parecido. Su novia se esfumó y él la buscó por todos los medios que tenía en aquel entonces.

—Ya, pero… ¿y después?

—Pues cada uno tenía ya su vida hecha… ¿para qué remover el pasado?

—Para conocer a tu hija, ¿quizá?

—¡No sabía que existía! —me alteré en aquella respuesta y todas callaron.

—Vaya, no es para que te pongas así… —respondió Gloria medio ofendida.

Resoplé y preferí no hablar más. El resto del viaje lo pasé en silencio, escuchando música y mirando el paisaje por la ventanilla del coche. Cuando al fin llegamos a Puebla y nos estacionamos, caminamos nerviosas hasta la casa de Amanda. Llamamos a la puerta y, después de un par de ruidos de cerrojos antiguos, apareció David al otro lado. Me fijé en su cabello, oscuro y algo rizado, y en el mechón rebelde que trataba de cruzar su frente y que él, con un bonito gesto, devolvió a su lugar correcto.

—Qué puntuales —comentó sorprendido.

—Hola —saludé.

Iba a darle un beso de saludo, pero él extendió su mano y, algo apenada, se la estreché. Hizo lo mismo con todas las demás a medida que cruzaban la puerta y luego nos adelantó.

—Pasen, por aquí —señaló una puerta a la izquierda que llevaba a lo que descubrimos era un pequeñísimo jardín interior.

La casa era antigua y pequeña, adornada como cualquier casa de abuela. El jardín no medía más de tres metros cuadrados, tenía enredaderas que se perdían en el cielo abierto, hierba y una silla justo en el centro en el que estaba sentada una señora de melena cana y arrugas marcadas en el rostro. Sonreía con los ojos cerrados. Al fijarme más, vi que tenía audífonos en los oídos y supuse que estaría escuchando música. A su lado estaba una mujer más joven que supusimos rápidamente que era Raquel. Sentada, con una pierna cruzada sobre la otra, leía un libro bajo la luz que entraba por el reducido espacio que dejaba el techo sobre sus cabezas.

Sentí que aquello era una especie de paraíso dentro de aquella casa, un lugar que no casaba con el resto del decorado, sino que tenía vida propia rodeado de las paredes de concreto que conformaban el resto de la casa.

Raquel levantó la vista hacia nosotras y sonrió, invitándonos a acercarnos. Tocó el hombro de su madre y esta abrió los ojos, algo sobresaltada. Al vernos, se quitó los audífonos.

—¡Hola! Qué chicas tan bonitas —saludó mirando a David con picardía.

—¡Hola! —saludamos todas casi al unísono, provocando una sonrisa mayor aún en ella.

—¿Son amigas tuyas? —le preguntó a David.

—En realidad, no —comentó él algo abruptamente—. Las conocí el otro día… te estaban buscando —cruzó una mirada preocupada con su madre, que todavía no había abierto la boca, pero cuya actitud corporal no revelaba hostilidad hacia nosotras.

—¿A mí? ¿Para qué? —le preguntó a David, pero mirándonos a nosotras.

—Verá… —comencé con timidez—. ¿Le suena el nombre de… —miré fijamente a Raquel y, al ver que ella no intervendría, terminé mi frase— Fernando?

Se hizo un gran silencio en aquel reducido espacio. Noté que David estaba muy tenso y que Raquel permanecía inmutable mirando ahora fijamente a su mamá. ¿Quizá habíamos ido demasiado rápido? Acabábamos de llegar y yo ya había soltado esa bomba.

—¿Fer… nando? —preguntó Amanda sin dejar de mirarme hasta que, lentamente, desvió la mirada hacia Raquel. Fue breve, pero esa mirada me dijo todo lo que necesitaba saber—. Sí… me suena de algo —respondió lacónica.

—¿De qué? —presioné.

Amanda volvió a mirarme mientras empezaba a jugar con sus manos, algo nerviosa.

—Es el nombre de un… novio que tuve hace muchos años.

Asentí. Claro que era ella.

—En la Ciudad de México, ¿verdad? Cuando aún vivía en la colonia Santa María la Ribera.

Amanda abrió un poco la boca.

—¿Cómo…?

—Verá, soy periodista, y me topé con su historia hace unas semanas. Investigando llegué hasta usted; me preguntaba si todavía recuerda todo lo que sucedió entonces.

Raquel intervino por primera vez apretando suavemente el hombro de su madre.

—¿Entonces sabes de lo que te está hablando esta muchacha, mamá? —interrogó.

Amanda la miró con tanto amor que casi me derrito allí mismo. Asintió.

—¿Es el mismo Fernando con el que me confundes a veces, abuela? —quiso saber David.

Ambos parecían querer aprovechar aquel momento de lucidez tan claro que tenía Amanda. Si David no nos hubiera contado sobre la enfermedad de su abuela, ni siquiera habríamos sospechado.

Amanda no supo qué decir.

—No lo sé, querido… no recuerdo… —se disculpó bajando la cabeza.

—No te preocupes, abuela —respondió él dándole un suave beso en la frente.

Por primera vez desde que lo había conocido me sentí conscientemente atraída por él. Antes nunca lo había hecho, o eso creía, pero ver cómo miraba, hablaba y acariciaba a su abuela con tanta ternura hizo que mi corazón diera un latido de más en aquel momento y temí que todas lo escucharan.

—¿Le importaría contarnos su historia con Fernando? —interrumpí yo queriendo alejar aquellos pensamientos de mi cabeza.

—¿Para qué? —quiso saber ella.

—Escribo las historias de amor de las personas que acceden a compartirlas conmigo, y luego las comparto con el mundo —expliqué mirando a Raquel para que ella también entendiera exactamente cuáles eran mis intenciones—. A la gente le gusta mucho, se sienten identificados con una u otra historia.

—¿Es un blog de esos? —preguntó Amanda, sorprendiéndome porque conociera un concepto así de moderno.

—Así es.

—Pobrecita… de eso no se come —comentó, y como si eso le recordara algo importantísimo miró a su nieto mientras mis amigas se daban codazos aguantándose la risa con la bromita—. Tráeles algo de comer a estas niñas, querido, por favor.

David obedeció a su abuela sin decir ni una sola palabra. Yo tampoco dije nada, un poquito ofendida. Parecía que todo el mundo sabía lo mal pagado que era ser bloguera.

—Fue hace mucho tiempo… no creo que a nadie le interese ya —comentó Amanda, volviendo al tema de conversación.

—Yo también quiero saber la historia, mamá —intervino Raquel, muy seria—. Nunca me hablaste de él con franqueza. Siempre diste rodeos. Sé lo que pasó, claro. Pero… nunca lo has compartido de verdad conmigo. Lo último que sabía era que mi papá había muerto —recriminó muy sería—, hasta que aparecieron estas chicas diciendo que está bien vivo.

Amanda nos miró a todos, atrapada. No tenía forma de negarse y me sentí un poco culpable por haberla puesto en aquella situación. Al fin y al cabo, ese secreto, esa historia, le pertenecía a ella.

—Está bien… pero, por favor, no me juzguen. Era joven, muy joven.

—Nadie va a juzgarla, Amanda —la tranquilicé yo.

David regresó en ese momento con unas botellas de agua y unas botanas que nos entregó sin mucho ánimo. Amanda nos miró a todos una vez más y cerró los ojos de nuevo, tal y como la habíamos conocido minutos atrás. Luego comenzó a hablar y nadie osó interrumpirla.

Lo conocí en la escuela. Era el típico chico guapo que no sabía realmente que lo era. No tenía muchos amigos y, la verdad, era bastante callado. Me miraba mucho siempre, yo sabía que le gustaba y poco a poco empezó a interesarme también él a mí. Empecé a devolverle las miradas y a veces le dedicaba pequeñas sonrisas, pero el muy tonto no se daba cuenta, así que un día fui yo la que dio el primer paso y me planté delante de él.

—¿Piensas invitarme a salir algún día? —le espeté.

Tenían que haber visto su cara de susto, por un momento pensé que lo iba a matar de un pequeño ataque al corazón. Siempre que lo recuerdo no puedo evitar sonreír de la cara que puso el pobre.

Cuando por fin despertó del shock, consiguió decir alguna cosa que no recuerdo y le pedí que nos viéramos ese mismo viernes en el Kiosko Morisco. Fue nuestra primera y única cita pública. Mis padres eran muy religiosos y no veían con buenos ojos que tuviera ningún tipo de pretendiente. ¡Ni siquiera querían que tuviera amistades masculinas! Eran otros tiempos... De hecho, los vecinos les avisaron de que me habían visto con un chico y me regañaron mucho.

La cita fue maravillosa, incluso nos llegamos a dar nuestro primer beso. Recuerdo lo nerviosa que me puse pensando que lo estaba haciendo mal y que seguro él se daba cuenta porque ya debía de haber besado a muchas muchachas. Resultó que también era su primer beso.

Empezamos a salir aquel mismo día y pasamos casi dos años juntos paseándonos por la ciudad. Como no podíamos vernos en nuestra colonia, siempre íbamos a lugares donde nadie supiera quiénes éramos. Me encantaba aquello. Paseábamos tomados de la mano por tantos rincones diferentes que poco a poco encontramos lugares asombrosos en los que escondernos del mundo entero. En nuestras citas solo importábamos nosotros dos. Nos daba igual el resto del mundo. Estaba completamente enamorada de aquel muchacho y él de mí...

Tanto nos queríamos que también hicimos el amor por primera vez... y unas cuantas más después de aquella. Por eso digo que, quizá, mis padres tenían algo de razón después de todo, pues de aquellos encuentros terminó sucediendo lo que todos imaginan. Un día cualquiera del último mes que pasamos juntos tuvimos otro de nuestros encuentros románticos. Me sentía tan unida a él que no puedo ni explicarlo. Casi cuatro semanas fue lo que nos duró aquella nube de felicidad en la que volábamos... hasta que empezaron las náuseas.

Al principio creí que habría sido algo que había comido el día anterior. Mi mamá pensó lo mismo, pero yo no dejaba de vomitar. Cada alimento que llegaba a mi estómago volvía a salir. Empecé a sospechar que podía ser algo muchísimo peor... al menos en aquellos momentos, claro, y no supe qué hacer. No se lo dije a Fernando, no tuve oportunidad de verlo antes de que todo pasara.

Mi mamá me llevó al doctor. Ya se imaginarán el drama, los gritos... la humillación a la que mis padres dijeron que los había sometido. Desde aquel día nada volvió a ser lo mismo. Estaba embarazada. Yo, la hija modelo de aquel matrimonio modelo, terminé siendo la deshonra de la familia.

Trataron de obligarme a delatar a mi amante por todos los medios que se les ocurrieron, pero no dije ni una sola palabra. Sabía que nunca lo considerarían digno de mí como para obligarnos a casarnos, así que no le vi sentido y preferí protegerlo. Guardé silencio y en menos de veinticuatro horas ya estábamos en Puebla. Me arrancaron de todo lo que conocía: escuela, amigas, Fernando... me alejaron de allí para no volver jamás. Me encerraron meses aquí, en esta casa en la que moriré algún día. Lloré durante semanas. Me dolía el corazón cada mañana que abría los ojos y pensaba en Fernando, en el dolor que él mismo habría sentido cuando no aparecí en nuestro parque, cuando se enteró de que había desaparecido para siempre de su vida. Iba a ser la madre de su hija... y él nunca iba a saberlo.

Di a luz a Raquel arriba, en el baño. Fueron los ocho meses más aterradores de mi vida. Mis padres no me hablaban, vivía prisionera de estas paredes. Creí que iba a volverme loca. No sé si por suerte o por desgracia, Dios me perdone, papá murió antes de que nacieras. Tenía siete meses de embarazo cuando un trágico accidente le quitó la vida en la obra en la que trabajaba. Esa historia ya la sabes, Raquel...

Nos quedamos solas mi mamá y yo, y cuando naciste, ella te sostuvo entre sus brazos y la miré con más miedo del que había sentido en toda mi vida. Ensangrentada y débil como estaba alargué los brazos suplicándole en silencio que me dejara abrazarte. Tardó una vida entera en mirarme y, muy lentamente, depositarte en mis brazos.

"Llámala Raquel", me dijo, "como tu abuela".

Eran casi las primeras palabras que me decía en todos aquellos meses de cautiverio. Creo que, al tenerte en sus manos, algo se encendió en su corazón apagado desde que descubrió mi embarazo. Y quizá entonces empezó a latir de nuevo, por ti.

Me enseñó su oficio de costurera y juntas prosperamos lo suficiente para tener siempre un plato de comida caliente en la mesa. Mi mamá ya no me dejó volver a la escuela, pero sí vivimos bastante tranquilas hasta que ella falleció. Durante los primeros años de vida de Raquel pensé muchas veces en escaparme a la Ciudad de México a buscar a Fernando, contarle qué había sucedido y presentarle a nuestra hija.

Tardé casi seis años en armarme de valor para hacerlo.

Un día agarré la sillita con Raquel y corrí a la estación de autobuses. No sabía qué iba a decirle a Fernando, pero tenía claro que necesitaba verlo. Fueron cinco horas de viaje hasta la Santa María la Ribera.

Cuando bajé del autobús, el cuarto que tuvimos que tomar, sentí que nada había cambiado en aquella colonia. El Kiosko Morisco estaba igual que hacía siete años. La plaza, la gente, el ambiente. Todo. Vivían en una burbuja de tiempo apartada del resto del mundo.

Empujé el carrito con Raquel por aquellas calles que conocía de memoria sonriendo a veces al recordar anécdotas de otra vida. No sabía dónde buscarlo, así que fui directo hasta la casa en la que él vivía antes.

Lo recuerdo como si fuera ayer... doblé la esquina de su calle y lo vi. No di ni un paso más. Me detuve allí mismo con la sonrisa congelada en el rostro y el corazón latiendo a mil por hora. Era él, mi Fernando, caminando de la mano de otra muchacha. Sonreía, se veía feliz y, lo peor de todo para mí, un anillo brillaba en la mano de ella... y yo no tuve valor para estropearle aquello.

Retrocedí mis pasos casi corriendo, notando cómo las lágrimas humedecían mis mejillas. No sé cuándo empecé a llorar, pero cuando llegué de nuevo a Puebla ya no había más humedad en mí. Pasé la noche en vela recordando una y otra vez aquella imagen de Fernando de la mano de otra mujer. Había rehecho su vida y no podía culparlo. Desaparecí de un día para otro, ¿por qué habría de esperarme? Ni siquiera sabía que tenía una hija.

Nunca más pensé en ello. En presentársela, digo. No tenía derecho a arruinar su felicidad, a poner su vida patas arriba con una noticia así. Él había continuado y yo debía hacer lo mismo.

Nos iba bien solas, nos fue bien solas... nunca te faltó nada, ¿verdad?

Amanda miraba a Raquel con lágrimas en los ojos. Las dos lloraban, también David parecía tener los ojos húmedos. Me sorprendí llorando yo también y, al mirar a las chicas, todas tenían los ojos enrojecidos.

—No, mamá, nunca me faltó nada —respondió Raquel abrazando fuerte a su madre—. ¿Por qué nunca me contaste la historia completa? ¿Por qué me hiciste creer que mi padre estaba muerto?

La señora se enjugó las lágrimas con la manga del suéter que vestía.

—Por... vergüenza, miedo... no lo sé. Para protegerte, quizá. O eso me decía —respondió ella—. Era mejor que no pensaras en él tanto como yo. Que creyeras que había muerto lo hacía todo mucho más sencillo. Lo... lo siento.

Volvieron a abrazarse y entonces nos sentí intrusas, que no debíamos estar ahí. Era un momento demasiado íntimo para aquella familia, así que les hice un gesto a mis amigas, que rápidamente comprendieron y salimos a la calle.

—Puf... qué fuerte —comentó Gloria ya fuera.

Ninguna respondió. No hacía falta decir nada. Aquella señora había sufrido muchísimo, más de lo que nadie se merece sufrir por amor. Odié a sus padres, odié a la sociedad y odié muchas cosas mientras ella hablaba. Eran otros tiempos, sí... pero no tan lejanos.

—Imagina cuántas personas tienen historias similares... —comentó Sara leyéndome la mente.

—Qué triste —asintió Sofía.

La gente nos miraba al pasar por la calle. Debíamos tener una apariencia muy extraña. Cuatro chicas a las que no habían visto nunca, delante de la puerta de aquella casa que todos conocían y con los ojos más rojos que un tomate.

—¿Qué hacemos? —preguntó Sofía.

—Esperemos un rato aquí. Si no salen, nos vamos y les hablamos otro día. Creo que necesitan tiempo solos.

Todas asintieron, de acuerdo conmigo. Sin embargo, no tuvimos que esperar demasiado cuando apareció David abriendo la puerta principal de la casa.

—Ah, están aquí, las estaba buscando —se le veía triste y más serio de lo que esperaba.

—¿Cómo está tu abuela? —me interesé rápidamente.

—Bien… —respondió pensativo—. Creo que le hacía falta soltar todo ese peso.

—¿Y tu mamá? —intervino Gloria.

—Bien, también —nos tranquilizó—, ella ya conocía parte de la historia, pero… pues igual que mi abuela necesitaba soltar ese peso, mi mamá necesitaba escucharlo.

Asentí comprensiva.

—Es mejor que nos vayamos —comenté.

David estuvo de acuerdo.

—No quiero ser grosero. No esta vez —puntualizó al ver mi ceja levantada—. Necesitamos estar en familia y poder hablar de todo esto, pero mi abuela querrá verlas de nuevo, estoy seguro —añadió.

Sonreí agradecida y lo tomé del brazo suavemente.

—Gracias por dejarnos estar aquí hoy.

No sé por qué, pero en un arrebato me puse de puntitas y le di un suave beso en la mejilla. Nada del otro mundo, pero pude escuchar las risitas de mis amigas a mis espaldas.

—Gra… gracias a ti por… no sé —dijo sin saber muy bien qué responder.

Sonreí y volteé hacia ellas.

—Vámonos.

Y nos alejamos de ahí mientras sentía los ojos de David fijos en mi espalda.

13

Es increíble lo mucho que la sociedad llega a pesar en nuestras vidas. Nos importan opiniones ajenas, el "qué dirán", las miradas de los vecinos, los susurros de los amigos. Tomamos decisiones con base en lo que otros puedan pensar hasta el punto de arrancar a alguien de su hogar por miedo a las habladurías.

Otros tiempos... quizá. Pero no tan lejanos. Seguimos viendo cosas similares cada día. Incluso los que se creen modernos siguen buscando defectos en el espejo por miedo a que otras personas puedan encontrarlos antes que ellos. La vida no puede ser así, no podemos limitarnos a eso.

Lo bonito está en lo diferente, empecemos a hacer oídos sordos a todo lo que no sea más que ruido a nuestro alrededor. Disfruta de tu vida por lo que es, aprende a aceptarte a ti misma y tus decisiones. Aprende de tus errores. Camina. Nunca dejes de caminar. Por mucho ruido que haya a tu alrededor, no les des el poder de hacerte cambiar el paso.

—Es increíble —respondió Laura en cuanto terminé de contarle la historia de Amanda, llevándose las manos a su corta melena.

Estábamos en una cafetería de Coyoacán. Las paredes, pintadas de gastados colores que algún día fueron vivos, estaba repleta de cuadros de diferentes especies de pájaros y algún que otro animal. Era como regresar cincuenta años en el tiempo; casi sentía que en cualquier momento podría entrar Frida Kahlo por la puerta y a todo el mundo le parecería lo más normal del mundo. Había plantas por doquier y las mesas, tan pequeñas que apenas sostenían nuestras bebidas, tenían más años que la propia Frida. Es lo mágico de Coyoacán, nos envejece a todos el alma al tiempo que nos rejuvenece el corazón.

Después de regresar de Puebla, lo primero que hice fue citarme con Laura el día siguiente para contarle todo lo que había sucedido. Decidimos vernos lejos de Fernando para decidir nuestros siguientes pasos.

—Todo este tiempo… —continuó—. Siempre pensé que había pasado algo así. Me lo gritaba el corazón cada vez que mi abuelo me contaba el abrupto final de su historia con Amanda. Varias veces quise encontrarla yo, sin tanto éxito como tú, está claro —me sonrió y extendió su mano hasta ponerla encima de la mía—. Gracias por todo lo que has hecho.

—No me agradezcas aún —repuse—. Para tu abuelo, todo sigue igual. ¿Qué vamos a hacer? ¿Se lo quieres contar?

—¡Por supuesto! —dijo casi un poco ofendida—. Necesita quitarse ese peso de encima.

—¿Y Raquel?

—¿Tú no querrías saber que tienes una hija perdida de la que nunca te contaron nada? Necesita tener la oportunidad de recuperar el tiempo perdido con ella también —me impresionó lo decidida que sonó, y no iba a ser yo quien le quitara las ilusiones.

—¿Cómo lo hacemos? —pregunté.

—Tengo una gran idea —repuso ella haciéndose la interesante.

Justo en ese momento sonó mi teléfono. Al mirarlo vi que era un whatsapp de David. El pulso se me aceleró.

—Es David —le informé a Laura.

—Lo suponía.

—¿Por qué? —inquirí confundida.

—Por esa sonrisa que te delata. Niña, ten cuidado —me advirtió—. A este paso terminamos siendo familia.

No pude evitar reírme por el chiste, aunque me empezaba a molestar que todo el mundo supiera leerme tan fácilmente.

—¿Qué dice el mensaje? —preguntó.

¡Es cierto! Lo abrí y sentí cómo el pulso, que antes se me había acelerado, ahora se detenía por completo.

—*Quiero verte* —dije en voz alta después de haberlo leído para mí unas diez veces primero.

—¡Podría notársete más! —se burló Laura de mi cara—. Bien, bien, ya me callo —me dijo sin dejar de reír después de que le lanzara media rebanada del pan tostado que había dejado abandonado en mi plato—. ¿Qué vas a responder?

—Que sí, claro… seguro quiere hablar algo de su abuela.

—*¿Cuándo?* —escribí de vuelta a David.

—*¿Hoy?* —respondió él en menos de un minuto.

—*¿Dónde?*

—*Donde tú quieras.*

—*Mmmm… ¿en un Starbucks de la Roma a las 6 p. m.?* —propuse convencida, más afirmando que preguntando—. *Ahora te envío ubicación.*

Levanté la cabeza del teléfono y vi a Laura aguantándose la risa otra vez, seguramente de la cara que yo misma sentí que ponía mientras me escribía con David, así que preferí no hacer ningún comentario al respecto.

—¿Cuál es esa idea tuya para lo de Amanda? —traté de volver al tema original.

—Tú convence a David de que traiga a su abuela a Ciudad de México y… ¿no sería increíble que se reencontraran en el Kiosko Morisco, donde todo empezó?

—¡Sí! Es una gran idea, ¡qué romántico! —las dos emitimos un gritito emocionado del que no me enorgullezco en absoluto y que hizo que el resto de las mesas giraran las cabezas en nuestra dirección.

—Tienes que convencerlo —me dijo Laura de pronto muy seria.

—Haré todo lo que esté en mi poder.

♥

Cuando llegaron las seis de la tarde yo ya estaba sentada en una mesa del Starbucks, esperando a David. No me gustaban demasiado esas cafeterías, pero me pareció un lugar sencillo y rápido en el que encontrarnos fácilmente.

Llevaba apenas cinco minutos esperando con un café enfrente cuando lo vi entrar por la puerta. Lo primero que atrapó mi mirada fue su pelo oscuro movido por el aire de la calle que lo hizo ondular al cerrarse la puerta a su espalda. Vestía una camisa verde y jeans. No tardó demasiado en encontrarme una vez levanté la mano y lo saludé de lejos.

—Disculpa el retraso —comentó al sentarse enfrente de mí.

—No te preocupes, no ha sido nada.

—¿Cómo estás? —se interesó.

—Bien, ¿y tú?

—Bien, también, gracias —sonrió asintiendo con la cabeza en un gesto que, lo reconozco, me derritió un poco.

—Y tu abuela, ¿qué tal?

Se puso algo más serio.

—Muy bien, en realidad. Ayer fue un día muy largo y… emocional.

—Sí…

Miró a la barra y volvió a levantarse.

—Pido un café y hablamos.

Se giró y no pude evitar darme cuenta de lo bien ajustado que le quedaba el pantalón. Al ser consciente de hacia dónde se iba mi mirada, me sonrojé y volví a fijar la vista en mi café. No tardó mucho en volver.

—Verás… —comenzó en cuanto volvió a sentarse—. Sabes que mi abuela tiene Alzheimer. Por suerte está en una etapa muy temprana y solo es aparente de vez en cuando.

De repente nos mira sin saber quiénes somos un breve segundo. A veces incluso nos llama por otro nombre —noté la tristeza en su voz con aquella afirmación—. Y después de conocer toda la historia, sé que necesita volver a ver a Fernando, al menos una vez más.

Me emocioné al escuchar aquello.

—¿Estás seguro? No quiero que nadie se sienta obligado por mi culpa.

—Sí, estoy seguro. Y mi mamá también —añadió—. Ella merece conocer a su padre. No es la persona que nos había descrito la abuela.

—¿Qué les había dicho, exactamente? —quise saber.

—Pues… que estaba muerto, para empezar —me dedicó una tímida sonrisa por completo ausente de felicidad—, y que simplemente se habían separado al poco de quedarse embarazada y que ya nunca más supo de él. Que él no la amaba y por eso a ella no le interesó buscarlo y que formara parte de nuestra familia.

—¿Nunca sospecharon nada?

—No —afirmó rotundamente—. De hecho, nunca hablábamos de ello. Era nuestra realidad y ya, no había que darle más vueltas y siempre hemos sido felices sin él.

—¿Y no te da miedo exponer a tu abuela a ese reencuentro?

Miró su vaso de papel lleno de café y le dio un largo trago.

—Sí, claro que sí, pero todos merecemos cerrar ese círculo —contestó finalmente y no pude estar más de acuerdo con él.

—Hagámoslo.

—¿Cuándo, dónde y cómo? —preguntó él echándose hacia adelante en la silla, cómplice.

—El sábado, en el Kiosco Morisco —sonreí ampliamente—. Trae a tu abuela. Del resto nos encargamos nosotras —le guiñé un ojo.

—Miedo me dan —sonrió David.

No pude evitar admirar otra vez su sonrisa. Era muy bonita.

—No te preocupes, todo saldrá bien —lo tranquilicé mordiéndome el labio inferior. Qué demonios, ¡si ni siquiera me gustaba!

—Oye… —empecé cambiando de tema—. Todavía no sé nada de ti.

—Tienes razón —concedió él—. ¿Qué quieres saber?

"¿Tienes novia?", pensé.

—¿En qué trabajas? —pregunté en su lugar.

—Soy publicista —contestó rápidamente—. Trabajo en una agencia de marketing. Se llama AlfaRoi.

—¿Y en qué consiste tu trabajo?

—Trabajamos con diferentes clientes y tratamos de ayudarles a conseguir sus objetivos. Lo que más me gusta es que apostamos por empresas pequeñas, con poco presupuesto, y las ayudamos a crecer.

—¡Qué bueno! ¿Sabes? Sofía también trabaja en una agencia así, solo que odia la suya. Quizá puedas darle un consejo.

David asintió.

—Por eso nosotros quisimos hacerlo diferente.

Me gustó que su forma de pensar fuera esa. No era suyo el negocio, pero igual parecía muy contento con lo que hacía. Me alegré, sinceramente. Sí que había alguna que otra cosa que me gustaba de aquel chico...

—¿Y tú? ¿Cómo te hiciste bloguera? —se interesó él—. ¿Alguna vez tuviste un trabajo de verdad?

Le mostré la lengua haciéndome la ofendida.

—Siempre trabajé en revistas y medios de poca monta que lo único que les importaba era el chisme y las ventas.

—Pero... seguiste con el chisme, ¿no?

No sabía si se estaba burlando, así que preferí responder con normalidad.

—No exactamente. Lo que hago ahora es muy diferente a lo que hacía antes. Sí, escribo sobre las relaciones de las personas, pero trato de hacerlo desde el amor, un espejo en el que ellas mismas cuentan su historia. Deberías leer el blog para entenderlo.

—Ya lo hice, claro —afirmó, sorprendiéndome mucho con ello.

—¿En serio?

—Por supuesto. No esperarías que dejara entrar a la vida de mi abuela a cualquier loca, ¿verdad? —tenía sentido—. Y reconozco que tienes talento, me gusta tu forma de escribir.

No pude evitar sonrojarme.

—Gracias... —respondí tímidamente—. No esperaba que hubieras leído nada, la verdad.

—¿Por qué?

—Pues... seamos honestos: nunca has sido demasiado amable conmigo desde que nos conocemos.

Él se quedó pensativo jugando con la taza ya medio vacía que tenía delante.

—Tienes razón —respondió al cabo de un instante que se me hizo eterno—. Me dio miedo conocerte. A ti y a tus amigas. Aparecieron en la puerta de la casa de mi abuela dispuestas a revolver todas nuestras vidas.

Razón no le faltaba a él ahora.

—Sí… lo siento por eso —atiné a responder.

—No te preocupes, creo que todo ha salido bien hasta ahora —volvió a sonreírme—. Pero te debo una disculpa por mi comportamiento.

—Disculpas aceptadas —sonreí—. Además, ya cumpliste ayudándonos con la llanta ponchada del otro día. No tenías por qué haberte detenido a ayudarnos, no nos conocías de nada.

—Solo me pareció lo correcto. No le di más vueltas.

—Gracias.

—Ya me las habías dado.

—Gracias de nuevo, igualmente.

—De nada.

Nos sonreímos y guardamos silencio por primera vez desde que él había llegado a la cafetería. Fue David quien lo rompió.

—Y… ¿tienes algún novio o algo sobre quien escribir tú? —inquirió sin mirarme directamente.

—No, por suerte o desgracia —respondí divertida.

Me había gustado que fuera él quien diera el primer paso hacia las preguntas más íntimas.

—¿Me contarás esa historia? —quiso saber.

—Mmm… —me quedé algo pensativa—. Mejor en otra ocasión —sentencié, no queriendo llevar a aquel momento la negatividad de aquel pasado—. Y tú, ¿tienes a alguien?

Él pareció dudar en la respuesta.

—No… nadie —respondió al fin—. Pero bueno, es hora de irme —dijo de repente, y se levantó abruptamente, tirando su vaso casi vacío al piso—. ¡Demonios! —exclamó limpiando el desastre que, por suerte, fue pequeño—. Bueno, me voy, Eva —extendió la mano y, algo confundida con toda la situación, se la estreché—. Hablamos por WhatsApp y nos ponemos de acuerdo para el sábado. Muchas gracias.

Casi no alcancé a devolverle el saludo, pues agarró sus cosas y se marchó dedicándome una breve sonrisa antes de alejar su atención y presencia de mí. Me quedé allí, sentada, observando su espalda una vez más. Definitivamente a aquel chico no se le daba muy bien socializar, y eso que parecíamos haber tenido una muy buena conversación aquel día.

♥

—¿En serio se fue así? —preguntó Sara sorprendida.

Estábamos todas en mi casa, cada una en su lugar habitual en los sillones y, cómo no, bebiendo vino tinto. Éramos todas unas señoras.

—Tiene novia —especuló Gloria, alimentando mis sospechas.

—¿Y por qué le dijo que no a Eva? —inquirió Sofía mientras trenzaba su rubia melena.

—Porque le gusta —sentenció Gloria de nuevo—. Normal, ¿a quién no? —y me guiñó un ojo haciendo que todas nos riéramos.

—Fue muy raro, la verdad —traté de explicar yo—. Todo iba muy bien, estaba muy a gusto hablando con él… incluso fue David quien sacó el tema de las parejas, por eso no entiendo por qué se puso así de incómodo y salió huyendo de esa manera.

Ninguna respondió, ni siquiera Gloria. Le di un largo, larguísimo trago a mi copa de vino y, al descubrir que la había vaciado, me serví más y les ofrecí a las chicas. Cuando todas tuvimos la copa llena de nuevo cambié de tema.

—Bueno, dejémoslo así por el momento —les pedí—. ¿Quieren venir el fin de semana a presenciar el encuentro entre Amanda y Fernando?

—El reencuentro, querrás decir —me corrigió Sofía.

Me molestaba equivocarme en esas tonterías, al fin y al cabo la reportera era yo.

—Sí, eso mismo —comenté un poco malhumorada.

—No te pongas así —susurró Sara a mi lado conociéndome perfectamente.

—A ver, ¿de verdad piensas que hay alguna posibilidad de que no estemos allí? —inquirió Gloria—. Vaya pregunta más tonta.

Pues… también era verdad.

—¿Ya has pensado cómo escribir la historia en el blog? —preguntó Sofía.

—La verdad, no. O sea, sí, pero no he decidido la mejor forma —traté de explicarme—. No es una historia como las demás, no creo que pueda tener una única entrega, ¿no les parece?

Ellas asintieron, pensativas.

—Creo que voy a publicarla en tres partes —continué—. Primero, la historia de Fernando, que ya salió, pero la quiero revisar y volver a subir; segundo, la de Amanda; y luego, el reencuentro entre ambos desde mi perspectiva. ¿Qué piensan?

—Pues aquí la experta eres tú —convino Sara—. Si crees que así es como más le gustará a la gente, adelante. Por cierto, van geniales las redes, amiga.

Sara se refería al aumento en el número de seguidores, comentarios, correos y mensajes que estaba teniendo encadalatido.blog. Al parecer una *influencer* lo había encontrado y compartido con su audiencia, lo que había provocado una oleada gigantesca de nuevos miembros a la comunidad. Honestamente, estaba desbordada de historias de amor y desamor. El correo historias@encadalatido. blog estaba recibiendo alrededor de un centenar de historias nuevas cada día. Obviamente me alegraba muchísimo que a tanta gente le gustara el proyecto y quisieran participar, aunque sí me estaba dando algo de vértigo y ansiedad.

—Elegir las mejores historias se está volviendo un problema, ¿no? —comentó Sofía leyéndome la mente.

—Sí… O sea, no porque no haya historias buenas, sino porque no es fácil elegir entre tantas y siempre me da miedo que la gente se enoje de que no elija las suyas.

—No se lo pueden tomar como algo personal —trató de calmarme Sara—. Al fin y al cabo, todas las historias de amor son importantes, pero tienen que entender que no todas pueden llegar al blog. Es sentido común.

—Precisamente eso es lo que más me cuesta —confesé—. Siento que todas son increíbles. El amor tiene tantas caras diferentes que cada historia que recibo difiere de la anterior. No soy nadie para juzgar cuál es mejor o peor.

—Pero sí para juzgar cuál está mejor escrita, contada... —apoyó Sofía—. He leído algunas de las historias que has recibido que se descartan solas por lo mal escritas que están.

—Y otras porque no cuentan nada realmente —convino Gloria—. Eso no es culpa tuya.

—Ya... pero las que están bien...

—Simplemente las vas sacando y ya, aunque tarden tres meses en subirse —repuso Gloria.

—Exacto —estuvo de acuerdo Sara—, no tienes que publicarlas en cuanto llegan. Haz una programación y ve añadiendo las historias a la fila. Aunque la fila se extienda semanas o meses, todas las buenas historias encontrarán su lugar.

Tenían razón. Con esa solución, no tenía por qué agobiarme.

—Gracias chicas —levanté mi copa—. Por ustedes.

Todas me imitaron y rápidamente nos enfrascamos en conversaciones diferentes. Sofía y Gloria se fueron y nos quedamos solas Sara y yo.

—¿Cómo te va con Alfred? —quise saber antes de que se marchara.

—Todo arreglado, amiga.

—No sabes cómo me alegra escuchar eso.

—¿Quieres saber lo que ocultaba?

—¡¿Cómo?! —exclamé sorprendida—. ¿Por qué no me dijiste nada antes?

—¡Porque era una tontería! Encargó un retrato de los dos, hecho a mano, a una chica por Instagram.

Abrí mucho los ojos.

—O sea que algo ocultaba, como tú creías.

—Solo que algo completamente opuesto a lo que había imaginado. Ahora me arrepiento mucho de todo el problema que armé.

—No, amiga, es normal. Sabías que algo olía mal.

—Es que es mi Alfred, lo conozco como si lo hubiera parido —rio.

—¡Tienes que enseñarme ese cuadro!

—Aún no llega —explicó—. Cuando regresé a casa al día siguiente me lo confesó todo y me enseñó los mensajes. Me dijo que prefería arruinar la sorpresa a seguir enojados.

—No sé cómo te lo callaste todo hasta hoy —reproché.

—¡Porque todo fue una tontería! Además, con lo de Amanda y el blog solo tienes cabeza para esas dos cosas ahora mismo. Tres, si le sumamos a Da…

—¡Ni lo digas! —la acallé lanzándole un cojín entre risas—. Eres la peor.

—Te quiero.

—… yo también, idiota.

14

¿En qué punto exacto empieza a gustarnos alguien?
Quizá la primera vez que lo vemos sonreír, o quizá la
primera vez que nos hace sonreír. Quién sabe. Me gusta
imaginar que cuando alguien me gusta lo tengo
clarísimo, pero lo cierto es que casi nunca es así.
Le damos tantas vueltas a un sentimiento tan sencillo...
Es normal que termine todo siendo un gran caos
de sentimientos y emociones.

Hay quien llama a eso *mariposas*. Yo casi siempre lo
confundo con el vértigo que me da volver a
emocionarme por alguien que vuelva a romperme en mil
pedazos. Por muchas veces que me haya reconstruido
en el pasado y cada día sepa cómo hacerlo mejor, siento
que cada vez que me rompo de nuevo se me olvida
alguna pieza por el camino. Como cuando terminas de
armar un mueble de Ikea y te sobraron tres tornillos,
que juras y perjuras que no venían en el instructivo.
Y los guardas en un cajón, esperando que el mueble
aguante el peso de todo lo que la vida le eche encima.

Algo me despertó. Abrí los ojos en la oscuridad de mi cuarto y miré la hora en el reloj de mi mesita de noche. Era la una de la madrugada, lo que significaba que apenas llevaba una hora durmiendo.

Me revolví en las sábanas como pude para tomar el teléfono y me di cuenta de que había olvidado ponerlo en silencio. Acababa de entrar un mensaje de WhatsApp. Era de David.

—*Hola, ¿estás dormida?*

Estaba tan dormida, en realidad, que me costó el mundo entero reunir la fuerza necesaria para responder.

—*Lo estaba* —atiné a responder, cegada por la luz de la pantalla—. *¿Todo bien?*

—*Sí, sí… lo siento, no quería despertarte.*

—*No te preocupes.*

—*Siento haber salido huyendo hoy.*

Este chico tenía que aprender a socializar, definitivamente. Primero era un grosero, luego se disculpaba. Después hacía otra cosa, se volvía a disculpar. Y no voy a quejarme de esos mensajes de madrugada. Aunque, para ser sincera… conforme me desperezaba, poco a poco me descubrí sonriendo al leer su disculpa.

—*No pasa nada, seguro tenías algo muy importante que hacer* —aún estaba algo molesta.

Tardó varios segundos en responder.

—*En realidad, sí tengo novia.*

Sentí que se me caía el mundo a los pies.

—*Entonces… ¿por qué me dijiste que no?* —estaba aturdida entre la vigilia y esa revelación. Incluso estuve tentada a pellizcarme para cerciorarme de no estar soñando.

—Es... complicado.

—Trataré de entenderlo —escribí con más paciencia de la que sentía en ese momento.

—No estamos bien. De hecho estamos en una especie de descanso de nuestra relación. Nos dimos un tiempo y... hace quince días que no hemos vuelto a hablar.

—Ya veo... pero ¿por qué saliste huyendo en vez de contarme esto y ya?

—Por idiota, seguramente.

La verdad, estuve de acuerdo con esa afirmación.

—Me puse nervioso. No supe qué responder realmente porque ni yo mismo lo sé. Luego te miré y... se me salió decirte que no tengo novia, aunque... no sepa ya qué somos.

—No te preocupes, en serio, lo entiendo —no lo entendía del todo, la verdad.

—¿Segura? ¿Estamos bien?

—Claro.

—Me gustó verte hoy —eso logró despertarme del todo.

Encendí la luz de la mesita de noche antes de continuar hablando con David. Lamenté la hora que era, no podía escribirles a las chicas para ir retransmitiendo con ellas todo aquello y que me ayudaran con las respuestas. En otros momentos me molestarían, pero cuando se trata de chisme en vivo son las mejores compañeras.

—A mí también—escribí sintiendo el corazón latir fuerte en mi pecho.

—Gracias por todo lo que estás haciendo por mi abuela y por mi mamá.

—Al contrario, gracias a ustedes por dejarme ayudar. Es algo muy bonito sentir que formo parte, por una vez, de una de las historias que escribo —en verdad, así me sentía.

—Seguro que tú también has tenido historias bonitas.

—No te creas, todavía no me ha tocado encontrar algo así. ¿Y tú? ¿Ya has vivido tu amor de película?

Me arrepentí en cuanto oprimí "enviar" porque ya me había confesado estar pasando precisamente por un desamor.

—Siendo sinceros... eso creía. Pero... no sé, siento que nos mató la rutina.

—¿Ya... no la amas? —lancé, esperanzada.

Silencio. Transcurrieron casi tres minutos antes de que me respondiera. Se me antojaron eternos. Justo cuando estaba a punto de escribirle otra vez, respondió.

—No. En estas dos semanas, ni siquiera la he extrañado. Solo he pensado en ti.

¡¿Cómo?! ¿Acababa de decir lo que acababa de leer?

—¿En serio? —respondí con los ojos muy abiertos incorporándome en la cama.

—Sí, quiero decir... no te lo tomes a mal. Con todo lo de mi abuela y demás, irrumpiste en mi vida de una forma un tanto... imprevista.

Por desgracia, no se refería a lo que yo creía que se refería.

—Sí, lo siento... —escribí volviendo a dejarme caer contra la almohada.

—No te disculpes, en serio. El que tiene que disculparse por muchas cosas soy yo. Prometo hacerlo mejor a partir de ahora.

—*Está bien, eso espero.*

—*Oye, Eva… ¿quieres que nos veamos otra vez mañana?*

—*Depende.*

—*¿De qué?*

—*De que esta vez no salgas corriendo* —teclé sonriendo.

—*Lo prometo.*

—*Está bien, tengo una idea* —volví a incorporarme—. *Acompáñame a buscar alguna historia de amor para el blog en la calle.*

—*¿Segura? No creo que sea un gran apoyo.*

—*Segura. ¿A qué hora sales de trabajar?*

—*A las 6:00 p. m.*

—*Nos vemos a las 6:30 p. m. en Polanco, mañana te paso la ubicación exacta.*

—*Hecho. Te dejo seguir durmiendo, una disculpa por despertarte.*

—*Buenas noches, David* —me despedí, volviendo a acostarme.

—*Buenas noches.*

Me resultó bastante difícil dormir. Una parte de mí estaba excesivamente emocionada por aquella… ¿cita? No sé lo que era en realidad, pero sonaba a cita. Cuando al fin me dormí, soñé con Amanda. Estábamos ella y yo solas en aquel jardincito de su casa. Me miraba sin reconocerme, me llamaba "Fernando" y extendía sus manos hacia mí queriendo que me acercara. Al hacerlo salía de las sombras que ocultaban mi rostro y ella me miraba confundida. Le decía que me llamaba Eva, que era una amiga, pero el temor empezó a oscurecer su rostro. Por miedo a hacerle un mal con mi presencia, yo salía corriendo de allí y, al abrir la puerta hacia la calle, me estrellaba contra el pecho de David, quien justo pretendía entrar.

"¿Amor? ¿Estás bien?", me preguntaba.

Y yo, sin saber por qué, lo besaba en los labios. Él me tomaba con fuerza de la cintura y me apoyaba contra la pared sin dejar de besarme. La puerta seguía abierta, la gente pasaba mirando hacia dentro y nosotros seguíamos ajenos a todo aquello hasta que, sin realmente quererlo, me desperté. Me encontré sola bajo la suave luz de mi habitación, afuera había comenzado un nuevo día.

Resoplé.

¿No que no me gustaba David?

Ya hasta mi cabeza jugaba conmigo.

Quizá me gustaba más de lo que estaba preparada para admitir, después de todo. Todo el mundo no podía estar equivocado.

💜

A la hora convenida me encontré con David en Polanco, justo delante del museo Soumaya. Una enorme construcción metálica que siempre me ha recordado a la asidera de una silla de montar que se eleva desde el suelo y, al mirar hacia arriba, se funde con el cielo en un maravilloso efecto infinito en el que podía perderme durante horas.

Después de darnos un beso en la mejilla a modo de saludo, el cual juraría se prolongó dos segundos más de lo habitual, le dije:

—Bueno, te toca detener a alguien y preguntarle acerca de su vida romántica.

Él me miró sorprendido, sin saber muy bien si yo estaba bromeando o si estaba así de loca.

—No lo dirás en serio, ¿verdad?

—¡Por supuesto! ¿A qué crees que me refería cuando te dije que me ayudaras?

—No sé… ¿a sujetarte la grabadora? —preguntó él esperanzado mientras se rascaba la nuca con la mano derecha.

—Ya quisieras.

—En serio, no me hagas hacerlo —suplicó.

—Bueno… —me hice la compasiva—. Empiezo yo. Pero luego te toca a ti. A ver —señalé a la gente que pasaba, casi todos trajeados y bien vestidos trabajadores de esa acomodada zona de oficinas—, ¿quién crees que tiene una buena historia para nosotros?

David miró a todo el mundo que pasaba, indeciso.

—No tengo ni la menor idea.

—Vamos, elige a alguien, quien sea.

Señaló a una mujer vestida enteramente de rojo con una mochila a la espalda.

—¿Ella?

Negué con la cabeza.

—Fíjate, está saliendo del trabajo. Lo último que querrá será que alguien la moleste queriendo hablar de su vida privada.

—¿Entonces? Es lo mismo con todo el mundo que está aquí.

Volví a negar con la cabeza.

—El secreto está en buscar a personas que no aparenten prisa —expliqué—. Gente sentada mirando al infinito, aburrida, apoyada en paredes; cosas así. Mira, allí —señalé con un gesto de cabeza a una señora que estaba sentada en las escaleras del museo, a escasos cinco metros de nosotros.

Era una señora de unos cuarenta años. Vestía jeans y un suéter negro y miraba fijamente su teléfono. A juzgar por el acompasado movimiento de su pulgar en la pantalla se encontraba navegando por una red social.

—¿Hablarás con ella? ¿Así, sin más?

Eché a caminar a modo de respuesta. David, sin saber muy bien qué hacer, me siguió de cerca.

—Hola, disculpa —saludé a la señora, que apartó la vista del teléfono para mirarme—. Me llamo Eva. Él es David —nos presenté—. Soy periodista y me preguntaba si me dejarías hacerte unas preguntas.

Ella me miró de arriba abajo y luego hizo lo mismo con David.

—¿Sobre qué? —quiso saber, mientras bloqueaba la pantalla de su teléfono.

—Sobre el amor —respondí, enigmática.

—Creo que te equivocas de persona a quien preguntar —respondió ella con amabilidad—. El amor y yo no nos llevamos muy bien últimamente… se supone que estoy esperando a alguien.

—¿No ha venido? —pregunté dándome cuenta de la tristeza que revelaba su tono de voz.

Ella negó con la cabeza.

—¿Llega tarde?

Volvió a negar con la cabeza.

—Prefirió quedarse con su mujer —respondió, dejándonos a David y a mí sin palabras—. No lo culpo, lleva toda una vida con ella y yo no soy más que la… ¿amante?

Guardó el teléfono en un bolsillo del pantalón y del otro sacó un paquete de cigarros. Abriendo la cajetilla, nos ofreció.

—¿Fuman?

—No —respondimos David y yo a la vez.

—Hacen bien. Esta chingadera solo te mata.

Queriendo saber más sobre su historia, reanudé las preguntas.

—¿Estás segura de que no vendrá?

Ella se encogió de hombros.

—Nos citamos hace una hora… Y le había dado un ultimátum.

—¿Qué es eso? —intervino David.

Ella lo miró dando una larga calada a su cigarro.

—Eres guapo, seguro que nunca has recibido uno —comentó mientras soltaba lento el humo—. Básicamente le dije que escogiera: o ella o yo.

—¿Crees que la eligió a ella? —pregunté.

La chica sonrió condescendientemente.

—¿Tú qué crees? ¿Lo ves por aquí? —hizo un amplio gesto con la mano que sujetaba el cigarrillo—. De otra forma, aquí estaría desde hace una hora.

Noté cómo se le quebraba un poco la voz. La verdad, me sentí mal por ella y no quise presionarla más. Una cosa es buscar historias para el blog y otra muy distinta meter el dedo en la herida reciente de gente que está sufriendo.

—Lo siento mucho —dije sinceramente—. Si algún día quieres hablar con una extraña que jamás te juzgará, llámame —le ofrecí una de las tarjetas que había impreso con mi nombre, correo y los datos de encadalatido.blog.

Ella la tomó con su mano humeante y asintió. No le dije más, ella tampoco añadió nada mientras nos alejamos.

—¿Siempre es así? —preguntó David, algo cohibido por la situación.

Negué con la cabeza lentamente.

—No. Aunque a veces pasa. Nunca sabes lo que te vas a encontrar.

—¿Qué es lo más difícil de todo esto?

Pensé durante unos segundos.

—Romper el hielo. No es fácil acercarse a los desconocidos y lograr que se abran contigo. Por ejemplo, con ella —hice un gesto hacia la chica con la que acabábamos de hablar y de la que ni siquiera supimos su nombre—, aunque tenía una gran historia, simplemente no era su momento de contarla.

—¿Crees que te llamará?

—Quién sabe. Espero que sí. A veces hablar con alguien que no te conoce ayuda más de lo que te puedas imaginar, sobre todo cuando llevas un peso tan grande en el corazón como el que parecía cargar ella.

David se detuvo obligándome a dejar de caminar.

—Quiero contarte mi historia.

Me sorprendió ese repentino giro de los acontecimientos.

—¿Seguro? No te sientas obligado.

—Sí. Seguro. Ven —y señaló de nuevo a los escalones del museo de los que nos habíamos alejado.

Nos sentamos lo más lejos que pudimos de aquella señora con la que acabábamos de hablar y que seguía ahí, fumando, sin valor para marcharse, con la esperanza de que aquel hombre apareciera en algún momento.

—Bueno... cuéntame —le dije mientras sacaba mi grabadora.

Él miró el aparato, confundido de inicio.

—Es para no tener que tomar notas y poder publicar la historia luego en el blog. ¿Te parece bien?

Él pareció dudar, pero finalmente se encogió de hombros.

—Sí, qué importa ya, supongo.

—¿Cómo se llama?

—Alejandra —contestó con rapidez.

—¿Y... cuál es su situación actual? —pregunté realmente interesada.

Se tomó su tiempo en responder, durante el cual no dejé de mirar su rostro. Me fijé en el lunar que asomaba en el lado izquierdo de su nariz. No lo había visto antes. Hasta mí llegaba el delicioso aroma de su perfume y, al comenzar de nuevo a hablar, no pude evitar fijarme en la comisura de su boca, en sus labios, en... traté de centrarme de nuevo. Por suerte, habló y me sacó de mi trance.

—Ya no somos nada —dijo tajante al cabo de un rato—, pero... lo fuimos todo. Incluso estuvimos comprometidos.

Vaya, eso sí que no me lo esperaba. Cuando guardó silencio, pensativo de nuevo, decidí ayudarle.

—¿Cómo se conocieron?

—En el metro —sonrió—. Fíjate que casi nunca tomo el transporte público, pero aquel día mi coche no arrancó y tuve que salir corriendo a una junta con un nuevo cliente de la agencia. Por aquel entonces, ella se desplazaba en metro todos los días y coincidimos en el mismo vagón, de pie uno al lado del otro.

Sentí algo de celos mientras hablaba. No sé por qué, si él y yo no éramos nada realmente.

—El metro, como siempre, estaba lleno de gente y terminé más pegado a ella de lo que se consideraría decoroso. Le pedí disculpas y me presenté tratando de que se sintiera lo menos incómoda posible y que entendiera que hacía todo lo posible por alejarme. Me sonrió y te juro que creí que el mundo se había detenido, pero resultó que era el metro el que se había parado, y ella me dijo que estaba por bajarse. Casualmente, también yo. Platicamos camino a la salida más cercana y, antes de perderla entre la multitud, me armé de valor y le pedí su teléfono.

—¿Y te lo dio?

Negó con la cabeza.

—Me dijo que, si el destino quería que nos volviéramos a ver, lo haríamos.

—Entiendo que así fue.

Asintió.

—Correcto, en la oficina del nuevo cliente que iba a visitar aquel día. Ella era secretaria ahí —sonrió de nuevo.

En verdad tenía la sonrisa más bella que he visto en mi vida y, para colmo, un mechón de cabello rebelde se escapó hacia su frente y en el movimiento de devolverlo a su lugar me llenó más de aquel embriagador aroma. Me costaba concentrarme en la historia.

—Imagínate su cara al verme entrar casi detrás de ella en su oficina. Me preguntó si la había seguido y le expliqué que tenía cita con quien a la postre resultó ser su jefe. Al principio no me creyó, pero al ver que este salía y me saludaba se relajó.

—¿Estuvo contigo en la junta?

—No, pero en cuanto salí me acerqué hasta su escritorio y le pregunté si el destino ya le había demostrado que éramos el uno para el otro —rio sonoramente—. Qué tontería, ¿verdad? Pero a ella le hizo gracia y entonces sí me dio su número de teléfono.

—Felicidades —comenté sonriente—. Todo un conquistador.

Él restó importancia a aquello y continuó.

—Pasamos cuatro años bastante buenos juntos. Creí que iba a pasar con ella toda la vida. Le pedí que nos casáramos en Playa del Carmen de la forma más cursi que puedas imaginarte —se sonrojó un poco y vi cómo miraba hacia la mujer de antes, que seguía allí sentada fumando un nuevo cigarro e ignorando por completo nuestra presencia—. Escribí grandes letras en la playa, dispuse velas, flores... toda la cosa.

Una nueva punzada de envidia me estrujó el corazón.

—¿Dijo que sí?

David asintió de nuevo.

—Pero nos duró muy poco la emoción. Al regresar a la ciudad obtuvo un nuevo trabajo. Era una gran oportunidad, la verdad… pero pasó a ser el centro de su vida —explicó tristemente—. Me quedé a un lado. Incluso viviendo juntos como ya lo hacíamos, éramos más *roomies* que una pareja, ni siquiera hacíamos el amor —confesó sin mirarme a los ojos, algo turbado—. Y poco a poco me fui cansando.

—¿No le dijiste cómo te sentías?

—¡Infinidad de veces! —abarcó el mundo entero con los brazos, como si de algo obvio se tratase—. Y eso nos llevó a eternas discusiones en las que ella me tildaba de egoísta y cosas bastante menos amables.

—¿Siempre fue así?

—No, al contrario, siempre había sido muy buena y atenta conmigo. Fue ese maldito trabajo… y sus compañeras. Eran unas arpías sin vida que trabajaban doce horas diarias y ella sentía que tenía que hacer lo mismo. Llegó un punto en que ni siquiera hacía pausas para comer.

—Vaya…

—Así es.

—¿Cuánto aguantaste así?

—Casi un año —comentó cabizbajo—. Hasta hace unas semanas que le dije que ya no podía más. ¡Ni siquiera habíamos vuelto a hablar de la boda! —cosa que, no sé por qué, no me sorprendió—. Ayer me devolvió el anillo —confesó.

—O sea que volviste a verla, ayer. ¿Cómo estuvo?

—Mal, muy mal. Estuvimos fríos y distantes, como si nunca nos hubiéramos amado. Es una sensación horrible. ¿Te ha pasado alguna vez? —quiso saber.

Asentí.

—No tan fuerte como a ti, nunca he estado comprometida, pero… sí he sentido ese frío con personas que alguna vez amé con todo lo que tenía.

—¿Cuánto estuviste con esa persona?

—Cinco años también —contesté, pensando en Luis—. Hasta que lo atrapé poniéndome los cuernos y lo mandé al demonio.

David abrió mucho los ojos.

—Qué imbécil —dijo, y no pude estar más de acuerdo—. No sé cómo alguien podría hacerle algo así a alguien tan buena como tú.

Sentí cómo toda la sangre de mi cuerpo se concentraba en mi rostro y quise morirme de vergüenza.

—Gracias —fue lo único que atiné a decir.

—No, lo digo en serio —insistió, sin ayudar a que el sonrojo se marchara—. Creo que eres una muy buena persona. Lo que haces con el blog, lo que hiciste por mi abuela y por mi mamá… creo que no lo haría cualquiera. Gracias a ti.

Y entonces hizo algo que detuvo mi corazón: se inclinó hacia mí y me dio un suave beso en la mejilla. Se retiró igual de rápido que se había acercado.

—Lo siento, no pude evitarlo —se disculpó.

—No, no lo sientas.

Sin saber muy bien de dónde saqué el valor, fui yo quien se inclinó ahora y en vez de buscar su mejilla, fui directo a sus labios. No sé lo que pensó, pero… no se apartó. Nuestros labios se juntaron en perfecta armonía durante unos segundos. Noté la humedad de su lengua, el suave tacto de su piel contra la mía. Y… todo terminó rápidamente. Él me empujó con suavidad hacia atrás, alejándome con la mirada algo perdida.

—Lo siento —me dijo sin mirarme—. Yo… no… No sé si estoy preparado —explicó.

Y lo entendí, la verdad. Aunque me gustaba mucho David y quería seguir besándolo, no insistí. Me limité a sonreír.

—No te disculpes. Lo siento, debí pensarlo antes de besarte. ¡Por Dios! —exclamé cubriéndome con las manos la cara—. Si ayer mismo te estaban devolviendo un anillo.

—No, no lo sientas —me miró a los ojos—. Me gustó, pero… no creo estar preparado para empezar algo ahora mismo, ¿sabes?

Asentí, sintiendo una pequeña punzada en el corazón.

—No tienes que explicarme nada —le dije.

—Quiero hacerlo —insistió sujetando mi mano en la suya—. Acabo de salir de algo largo e intenso y, además, este último año con Alejandra ha sido devastador. No puedo vivir de nuevo algo así. Además, está mi abuela. Necesito estar para ella al cien por ciento.

Cada cosa que decía no hacía sino incitarme a desearlo más, como si quisiera darle todo el amor del mundo para poder protegerlo de cualquier desgracia. Me sentí ridícula, en realidad. Negando durante días que me gustaba y ahora dándome cuenta de que estaba por completo enamorada de él, alguien tan inestable románticamente en aquellos momentos y preocupado por su abuela, además.

—David, entiendo que esto —repuse apretando fuertemente su mano y haciendo un gesto con la mano libre que nos abarcaba a los dos— es lo último que necesitas ahora. Y está bien, en realidad no me gustas tanto —mentí, haciéndome la difícil.

Él sonrió.

—Ah, ¿no? —me retó.

—Ni un poco —sentencié y me levanté, rompiendo la intimidad del momento que habíamos creado y protegiéndome también así de que ese chico tan guapo me rompiera un poco más el corazón—. Vámonos a buscar alguna historia mejor que esa tuya tan triste que me acabas de contar —bromeé echando a caminar.

La mujer con la que habíamos hablado hacía un rato ya no estaba. La busqué con la mirada: caminaba sola, alejándose de aquel lugar al que iba a tardar en volver, estoy segura. Sentí su dolor, pude verlo dibujado en la bruma del cigarro que fumaba sin dejar de andar, y deseé que me hablara algún día para contarme su historia.

Puse buena cara el resto de la tarde. David guardó las distancias todo el tiempo conmigo y no huyó de mí, cosa que en el fondo le agradezco, después de aquel beso.

Encontramos una buena historia, feliz, de una pareja que estaba sentada por allí. Llevaban dos años casados y todavía parecían vivir una luna de miel. Me alegré por ellos sin poder prestarles toda mi atención. Mis ojos se debatían entre el mundo de mi alrededor y David. Me daba miedo haber estropeado todo tan rápido por no haber podido controlar mis deseos de besarlo.

"Ojalá algún día la cosa cambie", pensé, si es que no es demasiado tarde.

Sin embargo, la actitud de David parecía indicar todo lo contrario. Me sonreía igual que antes, como si nada demasiado íntimo hubiera sucedido entre nosotros. Y no, no hubo otro beso de despedida, solo uno en la mejilla que, igual que cuando llegó, juraría que duró varios segundos más de lo habitual.

Me prometió escribirme más tarde, pero notaba el peso de aquel primer beso en el corazón ante la posibilidad de que, quizá, también había sido el último que David me daría, porque tal vez no habría un futuro para nosotros.

15

¿Soy la única que siente que un beso es algo demasiado íntimo como para desperdiciarlo con cualquiera? No sé, a veces siento que cada beso desgasta los labios. Una cuenta finita hasta que un día besemos a alguien por última vez. Nunca sabes cuál será el último beso con esa persona, igual que nunca sabes cuándo será el primero.

Siempre surge cuando menos te lo esperas. Te lanzas a juntar tu mundo con el suyo en la intimidad que se forma desde ese día y luego nunca nos paramos a pensar en esa cuenta atrás que suponga el beso final. Sea una ruptura, la muerte o cualquier otra circunstancia, siempre habrá un beso final.

Por eso es importante cuidar cada beso, hacer que cuente. Por la boca se roza el alma, no olvidemos el peso que eso tiene.

—¡¿Te besó?! —casi gritó Sofía mientras hacía un gesto muy raro con la cabeza que provocó que su melena le cubriera la cara.

Estábamos todas en mi casa. Les había escrito que teníamos que vernos mientras el Uber me llevaba de vuelta. "Comité urgente", les dije, y tardaron menos de media hora en llegar, y eso que ya eran las diez de la noche.

—Técnicamente, lo besé yo —confesé orgullosa mientras me sentaba en el sillón encima de mis piernas cruzadas.

—Y mira que no te gustaba… —se burló Gloria mientras se quitaba los tacones para estar más cómoda.

Le saqué la lengua y todas rieron de lo obvio que había sido para ellas y lo mucho que yo lo había estado negando.

—O sea, por fin te lanzas de nuevo al ruedo del amor y te rechazan —insistió Gloria.

Sara le lanzó un cojín. Todos los cojines terminaban siempre en el suelo alrededor de Gloria.

—No seas así —la recriminó Sofía mientras Sara se sentaba a mi lado quitándose el abrigo blanco que la protegía del ligero frío que ahora cubría la ciudad—. Además, a él también le gusta Eva.

—Sí, pero no quiere nada con ella —terció Sara peinándose con las manos.

—No está preparado todavía —traté de defenderlo.

—¿Crees que sigue enamorado de la Alejandra esa? —inquirió Gloria.

—No lo creo… hablaba siempre de ella con ese tono dolido y de desamor. Como de "lo que pudo ser y no fue", por culpa de ella, además.

—¿Y no volvieron a hablar del beso? —preguntó Sara, curiosa.

Negué.

—No… no quise sacar el tema y él tampoco hizo nada por volver a hablar de ello. Nos despedimos normal y cada uno se fue por su lado.

—¿Ya te escribió?

Negué de nuevo, mirando una vez más la pantalla de mi teléfono. Eso mismo llevaba haciendo desde que nos separamos.

—Escríbele tú a él —me animó Gloria.

—No —dije rotundamente—, ya ven cuánto sirvió tomar la iniciativa hoy.

—No seas tan negativa, tú también le gustas —insistió Sofía—. Solo necesita tiempo para darse cuenta.

—¿Cuánto tiempo?

—Amiga… si de verdad entendiera tanto de los hombres, ¿crees que aún seguiría soltera? —preguntó Sofía entre risas.

Todas nos reímos, era la pregunta del millón de dólares.

—Bueno, volviendo al tema —recondujo Sara la conversación—. ¿Qué tal besa?

—Bien, muy bien… Suave, pero firme. Lento, pero constante —rememoré, suspirando.

Gloria hizo como que besaba el cojín que le acababa de arrojar y lamenté no tener más cojines que lanzarle.

—¿Esperarás a que él te escriba, entonces? —quiso saber Sara.

Me encogí de hombros.

—Supongo. Si no… pues lo veremos el sábado, en el reencuentro.

—¡Es verdad! ¿Ya hablaste con Laura?

Asentí, sonriente.

—Ya convenció a su abuelo "para que le enseñe la colonia en la que creció" —entrecomillé con las manos aquella frase para que mis amigas entendieran el escenario.

—Estoy súper emocionada, es como vivir una película en la vida real —comentó Sofía.

—Mmm… ¿sabes que las películas son precisamente eso, no? —volvió a molestar Gloria—. La vida de la gente llevada a la pantalla. O sea, literalmente vives una película todos los días.

Esta vez fue Sofía, que estaba sentada justo al lado de Gloria, quien le asestó un fuerte golpe con el cojín en plena cara.

—No te aguanto —sentenció.

Gloria se lanzó a hacerle cosquillas a modo de venganza por el golpe que acababa de recibir y Sara y yo nos miramos como los padres de dos pequeñas niñas malcriadas.

—Pues yo tengo algo que contarles —comentó Sara poniéndose en pie para que toda la atención se centrara en ella y las chicas terminaran con su pelea—. Estoy ovulando.

Nosotras, sin entender ese giro tan dramático en la conversación, nos miramos unas a otras.

—Eh… qué bien, amiga —dijo Gloria al fin—. ¿Y?

—Ah, claro, me faltó lo más importante… —hizo una larga pausa—. Me iré pronto hoy porque Alfred y yo hemos decidido intentar embarazarnos.

Comentó eso como quien no quiere la cosa, pero todas nos congelamos al instante.

—¡¿Cómo?! —gritamos todas casi al unísono.

Nuestra amiga rio.

—Tendrían que verse las caras.

—¿Bromeas? —pregunté impaciente.

—No —respondió sonriente—, lo decidimos hace unos días. Después de una tonta pelea que tuvimos —me miró al decir esto— estuvimos hablando del presente y del futuro… y los dos sentimos que ya estamos preparados.

—¡Dios mío! —gritó Sofía corriendo a abrazar a nuestra amiga mientras se desembarazaba de Gloria, nunca mejor dicho.

Todas gritamos y nos emocionamos. Al fin y al cabo, ¡íbamos a ser tías!

♥

David no me escribió aquella noche. Esperé su mensaje hasta quedarme dormida, pero no llegó. Pensé en nuestro beso tantas veces que hasta creí que lo estaba besando en esos momentos de nuevo. Me gustaba David, me gustaba mucho. Y eso que apenas lo conocía, pero… no podía evitar lo que sentía.

Además era mutuo. Me devolvió el beso que yo le di. Aunque luego se arrepintiera un poco, su excusa no fue que yo no le gustara, sino que no estaba preparado. Son dos cosas muy distintas.

Me despertó el teléfono a la mañana siguiente. Era Sofía.

—Eva, no te lo vas a creer —fue lo primero que dijo al otro lado de la línea.

—Buenos días… —respondí más dormida que despierta.

—Olvídate de eso —exclamó—, no vas a creer quién envió una historia para *En cada latido*.

Eso llamó mi atención lo suficiente como para volver a abrir los ojos, que luchaban por volver a cerrarse todo el tiempo.

—¿Quién? —pregunté curiosa, entrando al juego.

—¡La nueva novia de Luis!

Del salto que di en la cama al escuchar aquello casi me pongo directamente en pie.

—¡¿Cómo?!

—Eso mismo pensé yo al darme cuenta de quién era —rio mi amiga.

—Pero ¿cómo sabes que es ella?

—Cuando abrí el correo para echarte una mano esta mañana empecé a leer la historia de esta chica sin saber realmente quién era. Hablaba de un Luis y fui atando cabos hasta darme cuenta de que se trataba de *tu* Luis.

—Qué fuerte —fue lo único que atiné a responder.

—Tienes que leerla —me animó mi amiga.

—¿Quiero hacerlo? —pregunté algo temerosa.

—Sí, en serio. Ya lo dejaste atrás y esto va a ayudarte a cortar cualquier lazo que aún te ate a ese hombre. Hay un momento en que se pone algo *gráfica*, pero te lo saltas y ya.

No estaba muy convencida de si realmente quería leerla, pero la curiosidad pudo más que otra cosa. Me despedí de Sofía y busqué en el correo electrónico hasta encontrar el mensaje en cuestión. Simplemente decía "mi historia de amor" como asunto.

Al abrirlo, me recosté en la cama de nuevo y comencé a leer:

Conocí a Luis en el despacho. Él tenía una novia de varios años y yo no era más que la secretaria a la que hacían muy poco caso todos, menos él. Luis siempre era amable conmigo y, la verdad, nunca buscó pasarse de la raya. De hecho, siempre hablaba de su novia con todo el mundo y eso ya marcaba cierta distancia con todas las mujeres. Se llamaba Eva.

Eso fue una cosa que me gustó de él, que siempre le diera espacio a ella en sus conversaciones. De hecho, me hace sentir mal el hecho de que por mi culpa terminaran... aunque él dice que no fue así.

Me di cuenta de que, poco a poco, Luis hablaba cada vez menos de esa chica. Un día él se quedó trabajando hasta tarde y yo, aunque ya no tenía nada que hacer, decidí quedarme un rato más solo para poder hablar con él.

—¿Cómo estás? —pregunté acercándome a su oficina—. ¿Necesitas algo?

—No, Raquel, gracias —me respondió levantando la cabeza de la pila de documentos que tenía delante—. Todo bien, ¿y tú? ¿No deberías haberte ido ya?

—Tenía algo de trabajo atrasado —mentí—. Y ya que estamos solos, pensé que podías querer acompañarme con esto —mientras hablaba, saqué una botella de vino de mi espalda.

Él miró la botella sin decir nada. Se me hizo eterno el tiempo que pasó desde que lo propuse hasta que, asintiendo lentamente, extendió la mano.

—Yo la abro, trae un par de copas.

Las tenía ya preparadas en mi lugar, así que no tardé nada en volver a su oficina. Sorpresivamente, Luis ya había abierto la botella. Se había quitado el saco y aflojado la corbata. Nos sirvió una copa a los dos y brindamos en silencio.

—Gracias, sí me hacía falta —dijo al fin.

—¿Todo bien con el caso?

Asintió.

—Sí, de hecho, ya había terminado.

—¿Y por qué no te vas a casa?

No respondió, sino que le dio otro trago a la copa de vino.

—¿Todo bien con Eva? —quise saber, curiosa.

—No del todo —confesó, consiguiendo que me ilusionara un poquito—. Últimamente siento que ya no tenemos ningún futuro.

—Parafraseando a Zafón —respondí—, cuando empiezas a preguntarte si todavía quieres a alguien, es que has dejado de quererlo para siempre.

Luis pareció sopesar aquella frase.

—Quizá tengas razón, no lo sé.

No me preguntes por qué, pero verlo así de abatido y triste me dio una especie de fuerza para acercarme y, antes de que se diera cuenta, besarlo en la mejilla.

—No estás solo, ¿lo sabes? —le dije a dos centímetros de su piel.

Luis tardó un poco en reaccionar, pero no me apartó. Me miró fijamente y, posando la copa en la mesa que tenía justo delante, liberó sus manos para ocuparlas en mi cintura. Me besó entonces. Apasionadamente. Casi arranca los botones de mi blusa cuando me desvestía. Nos deseábamos tanto que...

Ahí tuve que dejar de leer. Aunque ya no sentía nada por Luis, no tenía ganas de leer cómo fue la coronación de mis cuernos, así que avancé en la historia leyendo entre líneas. Aquella mujer era, como había dicho Sofía, demasiado gráfica. Hasta describía la anatomía de Luis, aunque, siendo honestos, la exageró bastante.

...tres semanas después, volvió a suceder algo parecido. Durante esas semanas él estuvo esquivo conmigo. Se sentía culpable por lo que habíamos hecho y quise darle el espacio que necesitaba. Si su relación estaba muerta, solo era cuestión de tiempo para que terminara con ella.

Sin embargo parecía no tener el valor suficiente para hacerlo y estuvimos casi dos meses siendo amantes a escondidas. Hasta que, al fin, ella se dio cuenta de que olía a mí. Me había encargado de perfumarme mucho aquella noche para que toda la ropa de Luis quedara impregnada. Habría sido muy tonta ella si no se daba cuenta de aquello.

Rompieron y, cómo no, Luis se refugió en mí. Al principio le costó aceptar aquella ruptura. No porque la amara, sino porque se había acostumbrado a su rutina con ella. Yo me di a la tarea de hacerlo olvidar.

Casi todos los días me encerraba en su oficina y...

Demasiado gráfica otra vez.

...llevamos ya cuatro meses siendo novios oficialmente. Él me dice que es más feliz de lo que lo ha sido nunca con nadie, y yo le creo. No sé si esta historia es tan romántica como las que publican en este blog, pero sentía que necesitaba contársela a alguien. A mis amistades nunca me he atrevido.

Luis ya no quería a la otra, solo necesitó un pequeño empujón para que aquella relación se terminara. Y tampoco lo obligué a estar conmigo de forma alguna, solo le di el amor que tanto le faltaba y ahora somos felices juntos.

No quise releer la historia, con una sola vez había sido más que suficiente. Una parte de mí se había sentido al fin completamente liberada de mi pasado con Luis, como había predicho Sofía.

Esta historia era la confirmación a todo aquello que descubrí, y el hecho de que Luis llevara dos meses mintiéndome antes de que lo descubriera también me daba las alas necesarias para volar muy lejos de allí. Su relato me ayudó a terminar de reconstruirme y, al mismo tiempo, me hizo valorar aún más que David hubiera sido sincero conmigo, que me dijera que le gusto, pero no está preparado. No es un Luis cualquiera a quien no le importa el daño que haga.

16

Hay personas que son hogar, a las que, cuando vuelves
a ver, sientes que es allí donde siempre debiste estar.
Corazones hechos a la medida de todo lo que siempre
deseamos, aunque a veces cometan errores.

Sin embargo, si por azares del destino terminas
lejos, si algún día tienes la suerte de volver a
encontrarlos, solo sucede con esas personas que
eres capaz de seguir en el mismo punto. Como si
nunca hubiera pasado el tiempo.

Qué curioso el amor, capaz de poner historias en pausa
durante años, incluso enamorándote de otras
personas de por medio, pero respetando el paréntesis
de esas relaciones para que, la historia principal, quede
completa algún día de nuevo.

David no me escribió hasta el viernes en la noche porque, me explicó, habían sido unos días de completa locura en la agencia. Le dije que estaba deseando volver a verlo de nuevo y concretamos todos los detalles del día siguiente para el gran encuentro entre Amanda, Raquel y Fernando.

Después nos quedamos hablando un rato más del trabajo y le conté acerca de la carta de la chica que llevaba el mismo nombre que su madre, que ahora era la novia actual de mi ex, y no pudo salir de su asombro. Sentía que podía hablar de cualquier cosa con él. Me dijo que estaba de acuerdo con Sofía, que aquel debía de haber sido el último hilo que me ataba a aquel pasado y que le daba envidia.

—*¿Por qué?* —escribí confundida.

—*Porque tú ya estás lista* —respondió.

—*¿Para qué?*

Escribiendo…

—*Para nosotros.*

En ese mismo instante sentí que me derretía. No supe ni qué responderle y la conversación derivó a temas menos intensos o personales. Nos despedimos temprano, después de todo el día siguiente sería muy importante para todos.

♥

Las chicas y yo pedimos un Uber, no queríamos perder el tiempo buscando dónde estacionarnos. Todas habían llegado a mi casa y desde ahí partimos juntas hacia la Santa María la Ribera.

—¿Durmieron? —les pregunté de camino.

—Yo nada —contestó Sofía mientras conducía—. No puedo con los nervios.

—Yo tampoco dormí nada, pero por otros motivos —comentó Gloria.

La miré de manera inquisitiva.

—Tenía ansiedad, llamé a una amiga para que viniera a… distraerme.

Eso nos sorprendió a todas, pues era la primera vez desde su confesión acerca del amor de su vida que nos hablaba de un encuentro amoroso con otra chica. Ni siquiera quisimos molestarla ahora que empezaba a abrirse más con nosotras.

—¿Y tú? —me preguntó Sofía.

Les compartí la conversación con David.

—Hasta yo me acabo de derretir —bromeó Sara—. Qué romántico que alguien te diga algo así.

—¿Alfred no te dice esas cosas?

—Cuando te casas todo cambia —comentó tristemente—. Lo más romántico que me ha dicho esta semana es que él lavaría los platos.

Todas reímos.

—¿Y cómo va ese tema? —refiriéndome al embarazo deseado.

—Pues todos los días lo intentamos, pero parece que de momento no hay suerte.

—¿Todos los días? —preguntó Gloria sin creérselo.

—Sí, chica, sí. Tengo a Alfred súper contento. Desde que éramos novios no lo hacíamos tanto.

Tardamos poco más de media hora en llegar al Kiosko Morisco. Lo habíamos acordado todo para que Laura llegara primero con su abuelo y luego David, Raquel y Amanda aparecieran por allí. Aún no sé cómo, pero la familia se había encargado de convencer a Amanda de que aquello era una gran idea. Yo estaba de acuerdo, claro, pero la señora tenía que estar temblando de nervios, temor y recuerdos. No es fácil enfrentarse al pasado. Además, ¿cómo iba a tomar Fernando la existencia de Raquel? Ese día íbamos a descubrirlo.

A lo lejos vi a Laura caminando de la mano de su abuelo. Nos señaló y se acercaron.

—¡Eva! ¡Qué sorpresa! —fingió ella, como si aquel encuentro no estuviera planeado—. ¿Te acuerdas de Eva, abuelo?

Él me miró sonriendo y alargó la mano para que se la estrechara.

—Claro que sí, la chica que trata de vivir de un blog. ¿Cómo va la cosa? ¿Sigues pasando hambre?

Todas rieron. La verdad, la bromita de todo el mundo me tenía hasta la coronilla, aunque razón no les faltaba: el blog aún no daba dinero.

—Todo bien, Fernando, ¿y usted qué tal? ¿Dando un paseo, recordando los viejos tiempos?

—Esta —respondió señalando a su nieta—, que no se calló hasta que vinimos.

—Espero que los recuerdos sean buenos, al menos.

Fernando desvió su mirada hacia el kiosko, melancólico.

—Los mejores —respondió tímidamente, con un brillo en la mirada que me hizo sentir ganas de darle un gran abrazo.

Recordé de pronto que él aún no conocía a las chicas.

—Estas son mis amigas —le presenté a todas.

—Hola, hola. Qué gusto conocerlas —respondió abrumado ante los abrazos y besos que le dieron todas.

Laura miraba la escena divertida y mientras las chicas distraían a Fernando aprovechamos para hablar.

—¿Ya van a llegar? —me preguntó nerviosa mientras nos apartábamos unos pasos, apretando las palmas de las manos una contra la otra.

—Sí, me dijo David que ya se están estacionando.

—Dios mío, ¿vamos a hacerlo de verdad? —Laura se llevó las manos a la cara, no dejaba de cambiar el peso de una pierna a la otra.

—Sí, ¿estás bien?

—Sí, sí. Es que… puffff, no sabes el tiempo que llevo deseando esto. Desde que encontraste a Amanda y a Raquel sueño con este momento, creo que va a ser el día más feliz de la vida de mi abuelo.

—Espero no asustarlo mucho… —es algo que me preocupaba honestamente.

—Es fuerte como un roble —sentenció ella, restándole importancia. Yo no estaba tan convencida.

Volvimos con las chicas y Fernando y le pedí que nos acompañara hasta arriba del kiosko para ver el parque desde las alturas.

—Lo han cuidado muy bien —comentó subiendo los escalones—. En mi época era todavía más bonito. La gente venía aquí a pasar el día hablando y comiendo. No había esas tonterías de internet ni nada parecido —me miró disculpándose con la mirada—. No te ofendas, Eva. Me refiero a cosas de mala calidad, no lo que tú escribes.

—¿Ha leído lo que hago?

—La niña se empeña en leerme las historias que más le gustan.

—Muchas gracias, Fernando —respondí halagada.

Por el rabillo del ojo vi lo que todas estábamos esperando: David caminaba detrás de Amanda y de Raquel, que avanzaban tomadas del brazo. Me di cuenta de que la señora llevaba la mirada fija en Fernando y cada paso que daba parecía costarle una barbaridad. Tenía cara de susto, quizá debería haberme preocupado más por cómo iba a sentarle todo aquello.

Gloria se dio cuenta rápidamente de todo lo que estaba sucediendo y tomó las riendas para distraer a Fernando. Lo agarró de la mano y, alejándolo de nosotras, empezó a hacerle mil preguntas, a decirle lo guapo que estaba y mil tonterías más que no dejaban de hacer sonreír al hombre.

David y yo cruzamos una mirada muy intensa. Estaba serio, pero al mismo tiempo me dedicó una sonrisa de esas que aseguran tener "todo bajo control". Pasito a pasito llegaron hasta la escalera que subía hasta el kiosko. Amanda se acercó a mí, estaba notoriamente nerviosa.

—Está deseando volver a verte, solo que aún no lo sabe —le dije tratando de tranquilizarla.

Ella no respondió, solo dibujó con sus labios una tímida sonrisa, se armó de valor y caminó sola hacia Fernando y Gloria, que en ese momento nos daban la espalda al resto. Nos quedamos allí siguiendo cada paso que ella alargaba hacia el pasado.

Gloria miró atrás y, mientras Fernando señalaba hacia arriba y le explicaba cosas acerca de la arquitectura del kiosko, le soltó la mano y se alejó lentamente para darles la intimidad que necesitaban.

—¿Gloria? —preguntó él al darse cuenta de que la chica ya no estaba a su lado. Se giró buscándola con la mirada, y se encontró con Amanda a apenas un metro de él.

El tiempo se detuvo en aquel instante para todos. Noté cómo Raquel contenía la respiración a mi lado y, al mismo tiempo, la mano de David encontró la mía y yo se la apreté con fuerza.

—¿Fernando? —preguntó Amanda.

Él la miró, sin reconocerla en un principio.

—Sí… ¿Nos conocemos? —respondió, confundido, tratando de recordar aquel rostro añejo que lo miraba esperanzado.

—¿Piensas volver a pedirme salir algún día o vas a quedarte ahí callado para siempre?

Los ojos de Fernando se dilataron, la boca se abrió con la sorpresa, el impacto de tan inesperado reencuentro se reflejó en cada arruga de su rostro.

—¿A… Amanda? —preguntó dando un paso al frente, levantando la mano hacia el rostro de ella—. ¿Eres tú?

Ella asintió mientras sus ojos derramaban las lágrimas que había contenido durante incontables años, sin dejar de sonreírle en ningún momento. Juro que yo misma pude sentir la caricia que Fernando le dio en las mejillas, llevándose consigo la humedad que dejaban los recuerdos vividos en aquel mismo lugar hacía tantos años.

—¿Cómo es posible? —preguntó él, con el rostro igual de feliz y mojado.

Se abrazaron tan fuerte que temí que no pudiéramos volver a separarlos. Miré a David y lloraba, igual que yo. Raquel, más seria, tenía los ojos húmedos pero la cara seca, y mis amigas, sin excepción, eran otro mar de lágrimas.

—Después de todo este tiempo... —decía Fernando—, creía que ya no te volvería a ver.

—¿Entonces no te arrepientes de que esté aquí hoy? —preguntó Amanda, aún temerosa.

—Por supuesto que no —respondió él abrazándola aún más fuerte.

Siento que si se hubieran soltado el abrazo, ambos habrían caído al suelo. Parecían sostenerse mutuamente.

—Lo siento —lloró ella.

—¿Por qué, mi amor?

—Por el daño que te hice, por haber desaparecido. Mis padres...

—Shhh... —la calló él—. Ya habrá tiempo para eso.

No sabría decir cuánto duró aquel abrazo. Largos minutos transcurrieron en los que no volvieron a hablar y en los que nosotros tampoco nos atrevimos a romper la magia del encuentro.

Crucé miradas con todos hasta llegar a Raquel. Observaba la escena más seria que los demás. Imaginé lo que habría sido para ella crecer sin un padre y tenerlo ahora ahí delante.

Como si me hubiera leído el pensamiento escuché a Amanda decir:

—Necesito presentarte a alguien. Este momento también es suyo.

Se separaron por un instante, sin llegar a soltarse del todo y ella extendió la mano hacia nosotras.

—Ven, Raquel, es hora de que conozcas a tu padre.

Tal fue el impacto que se llevó Fernando al escuchar aquello que soltó el brazo con el que aún rodeaba a Amanda.

—¿Có… cómo? —atinó a pronunciar mientras Raquel, armándose de valor igual que había hecho su madre hacía unos minutos, se alejaba de nosotras y se acercaba a ellos.

Fernando la vio caminar con el rostro desencajado tratando de procesar aquella información. Cuando ella los alcanzó y se situó al lado de su madre fue esta quien habló:

—Ella… es el motivo por el que mis padres me alejaron de aquí. Es tu hija, Fernando. Nuestra hija —matizó.

Aún en la distancia noté cómo Fernando pasaba del asombro a la comprensión y después a la tristeza. Asintió lentamente entendiendo de golpe todo lo que había sucedido en aquel entonces, todo lo que se había perdido y dio el último paso que la separaba de él para rodearla en un abrazo tan intenso como el que había estrechado con Amanda hacía un momento. Ella lloraba sin parar al ver el reencuentro entre su hija y su amado, y cuando Fernando extendió el brazo para abarcarla también, ella no dudó ni un instante. Al fin aquella familia se había reunido.

Miré a David, a mi lado, y le apreté fuertemente la mano dándole un suave empujón en la espalda. Sabía que era su turno, pero él no parecía capaz de dar un paso.

Amanda y Raquel soltaron a Fernando y sonrieron a David al darse cuenta del movimiento.

—Este, querido, es tu nieto, David —presentó Amanda.

Fernando, quien yo creo ya no tenía capacidad para asimilar más información, fijó toda su atención en el joven y salvó el paso que los separaba, extendió la mano y esperó a que David se la estrechara.

—Un placer conocerte, hijo —dijo Fernando en tono solemne mientras el joven estrechaba la mano de su abuelo—. Ven aquí —añadió, tirando de él. Y se fundieron en un nuevo abrazo.

Poco a poco las emociones se sosegaron. Fernando buscó la mano de Amanda y esta no dudó en ponerse a su lado.

—Cuando Amanda desapareció —se le quebró la voz—, no... no sé. La busqué durante meses, pero nadie sabía nada de ella o de sus padres. Fue como si se la hubiera tragado la tierra. Durante años pasé por delante de su casa esperando que algún día volviera. Nunca imaginé verte de nuevo, amor mío.

—Mi amor —respondió ella dándole un beso en la mejilla con el cual borrar las lágrimas que aquel hombre derramaba—. Te busqué años después —explicó al fin—, y te encontré en una vida feliz de la que no tuve el valor de sacarte.

Se miraron en silencio, aún extrañándose.

—Lo siento —volvió a disculparse ella.

—No… dejemos de lamentarnos —sentenció él—. Tenemos que recuperar el tiempo perdido —volteó hacia Raquel con los ojos entrecerrados presos de la emoción—. Y tú, hija, te prometo que te compensaré por tantos años de ausencia.

—No hace falta que compenses nada —respondió ella sonriendo—. Me basta con habernos reencontrado y que mi mamá sea feliz.

—¿Lo eres? —preguntó él mirando a Amanda.

—No sabes cuántas veces soñé con este momento.

17

Ojalá que el amor fuera un poquito más sincero.
O, mejor dicho, ojalá que las personas fueran
más transparentes cuando de amar se trata. Ojalá las
familias comprendieran los motivos, ojalá no
tuviéramos que esconder sentimientos por miedo al
"qué dirán". Ojalá... ojalá tantas cosas que no sé ni por
dónde empezar.

Ojalá el sexo no fuera tabú, ojalá todos pudieran amar
a quien les dé la gana. Ojalá todos fuéramos capaces
de mirar más allá de la piel. Ojalá que el amor me
encuentre de nuevo con la ilusión intacta a pesar de
todos los pasados que aquí habitaron.

Ojalá los abuelos fueran eternos, ojalá el amor que
ellos sienten se extienda hasta los nietos y todos
entiendan que no hay amor más sincero que aquel que
sabe que tiene fin y, aun así, regala todo lo que tiene
hasta el último aliento.

Ojalá me amen como merezco.

Ojalá...

—Gracias por el empujón—me dijo David cerca del oído para que nadie más pudiera escucharlo.

Habíamos bajado del kiosko hacía rato ya. Amanda y Fernando paseaban por el parque abrazados contándose las vidas que se habían perdido, compartiendo los pasados que los llevaron a encontrarse de nuevo. Raquel y las chicas nos habían dado algo de espacio a David y a mí, quienes permanecíamos sentados en una banca. Raquel nos miraba de vez en cuando y esbozaba una sonrisa cómplice.

—No tienes por qué darlas —respondí sinceramente.

—También gracias por hacer feliz a mi abuela —añadió.

—De nada, eso sí lo acepto —repuse sonriente.

Guardamos silencio, sin dejar de mirarnos.

—Sobre lo del otro día… —comenzó él.

—No. No es el momento, no te preocupes por eso ahora —lo interrumpí.

Él entendió al instante y cambió de tema.

—¿Vas a escribir su historia, entonces? —preguntó señalando con la cabeza a sus abuelos.

—Claro. De hecho, ya la empecé —confesé—. ¿Quieres leerla?

—Por supuesto.

—Ven mañana a mi casa y te dejo leer lo que llevo —propuse, armándome de valor.

—¿Segura?

—Claro —contesté—. No te pienses que porque te invite a mi casa ya vas a poder acostarte conmigo, ¿eh? —bromeé dándole un suave empujón en el pecho, como queriendo guardar las distancias.

—¿Qué? N…no, no. O sea, perdón, no quería insinuar eso.

Reí en voz alta, casi se me escapa incluso una carcajada al ver el apuro en su rostro.

—Es broma, bobo.

—No tiene gracia…

—Eso es discutible —contesté acercándome más a él, de nuevo y buscando a Amanda con la mirada. Era bonito ver a sus abuelos caminando juntos a lo lejos, en su mundo, salvando la distancia que los separó durante años.

—Todo esto es gracias a ti —comentó David siguiendo mi mirada.

Se me erizó la piel solo con sentir su aliento tan cerca. Me sonrojé un poco, también.

—¿Qué crees que harán ahora? —pregunté.

—Creo que… dar rienda suelta a su amor el tiempo que puedan. El tiempo que mi abuela… —no pudo terminar la frase, se le quebró la voz al recordar la enfermedad que sobrevolaba a Amanda y que amenazaba con borrar todos aquellos hermosos recuerdos.

—Tranquilo —dije, y lo abracé—. Ya verás cómo entre todos la ayudamos. Además, seguro que tener a Fernando a su lado le hará mucho bien.

David correspondió el abrazo.

—Gracias —dijo una vez más.

No pude más que abrazarlo aún con más fuerza.

Después de estar en aquel lugar un buen rato más, Fernando nos propuso ir a su casa en Coyoacán a comer y celebrar. Las chicas y yo quisimos dejarlos en familia, pero se negaron diciendo que éramos la pieza más importante de aquel día, porque sin nosotras nada de todo aquello hubiera sido posible.

Empezaba a sentirme abrumada por tanto agradecimiento, e incluso algo culpable porque una parte de mí había hecho aquello para tener una gran historia que publicar en encadalatido.blog, al menos al principio.

—Brindemos —pidió Fernando en mitad del almuerzo que estábamos disfrutando en el patio de su casa. Habíamos comprado comida de la calle: tacos, guisos y cosas así. Algo rápido, pero delicioso—. Por el amor, que siempre encuentra la forma de llenarnos el corazón. Querida —dijo solemnemente, sin dejar de mirar a Amanda—, puede que los dos hayamos sufrido y amado a otras personas todo este tiempo, pero ahora que te tengo aquí de nuevo doy gracias a Dios por la oportunidad de poder terminar mi vida a tu lado.

Amanda sonreía como una adolescente. Miraba a Fernando casi sin poder creer todo lo que estaba sucediendo aquel día.

—Hija —se dirigió hacia Raquel sonriendo—, esta es tu casa tanto como la mía, también doy gracias por tenerte aquí hoy conmigo. David —levantó la copa en dirección a su nuevo nieto—, apenas te conozco y ya te quiero —giró entonces a su derecha, donde estaba sentada Laura—. Y tú... Dios sabe todo lo que hemos pasado juntos. Gracias, Laurita, te quiero.

—Yo también te quiero, abuelo —respondió ella feliz.

—Eva, Gloria, Sofía, Sara —continuó él, sonriendo—. Gracias por llegar a nuestras vidas y, sobre todo, por hacer posible que nuestra familia se reencontrara.

Todos guardamos silencio, y cuando Fernando alzó su copa antes de llevarla a la boca, todos lo imitamos y aplaudimos coreando aquel brindis.

—Es bonito este lugar —comentó David hablando ya solo conmigo.

Nos habíamos sentado juntos. El mantel de la mesa ocultó el momento en que la mano de David buscó la mía y la apretó fuertemente.

—Sí… —respondí mirando a mi alrededor—. Es como el patio de tu abuela, pero bastante más amplio.

David negó.

—Aquel patio se siente como una cárcel. En este, en cambio, parece que estás en la calle, no en una casa. Mírala —señaló a su abuela—. Se ha quitado cuarenta años de encima y estar aquí, creo, la hace sentir al fin fuera de la prisión en la que la metieron sus padres al sacarla de la Santa María la Ribera.

—¿Crees que querrá venir a vivir aquí? Estoy segura de que Fernando se lo propondrá tarde o temprano.

—Seguro —estuvo de acuerdo—. Y creo que sería lo mejor para ella.

—¿Y tu mamá?

David miró hacia Raquel, que no había hablado mucho, pero se veía en paz. Quizá había odiado a aquel hombre toda su vida y ahora, al encontrarse frente a frente con él, lo perdonó al fin por una vida de ausencia.

La vida no es fácil para nadie, ¿para qué vivir eternamente enfadados? Después de todo, Fernando tuvo muy poca culpa en todo lo sucedido.

—Creo que ella también necesita salir de Puebla —confesó David—. Le voy a proponer que se venga a vivir conmigo acá. Me va bien en la agencia y puedo hacerme cargo hasta encontrar algo más grande aquí. Además —comentó bajando un poco el tono—, también necesita soltarse un poco de mi abuela. Han pasado toda la vida juntas y, desde que se divorció, nunca más ha vuelto a salir, ni siquiera con amigas. Vive casi tan encerrada como mi abuela.

—Nunca me contaste lo de tu papá —quise saber más.

—Ya… es que en realidad no hay mucho que contar. Nos abandonó cuando yo tenía siete años. Se fue con otra mujer. Yo apenas tengo recuerdos de él —su mirada se perdió por un instante tratando de recordar. Al final añadió, sin mirarme—: Olía a café, de eso sí me acuerdo. Y tenía una barba que me picaba al darme besos. Creo que por eso yo me afeito —se pasó la mano por la cara—. Aunque suene tonto, no quiero parecerme a él. No quiero ser alguien capaz de abandonar a su familia.

—No lo eres —apreté la mano que aún no me había soltado por debajo del mantel.

Volvió a mirarme y me sonrió. Estoy segura de que quería besarme en aquel momento, pero recordé aquello de "no estoy preparado" y me incomodé hasta el punto de soltarle la mano.

—¿Estás bien? —me preguntó, preocupado.

—Sí… es solo que, ¿qué estamos haciendo? —casi susurré la pregunta para que nadie en la mesa más que David pudiera escucharlo.

—¿A qué te refieres?

—A nosotros, David. Un día me dices que no estás preparado para nada y al siguiente no dejas de mirarme los labios deseando besarme. Y lo entiendo, yo muero por besarte. Pero no estás listo para tener una nueva relación y siento que estás… jugando conmigo.

Él aceptó el golpe sin interrumpirme.

—Lo siento —contestó al fin.

—Ya…

—No, en serio. Lo siento —trató de sujetar de nuevo mi mano, pero no cedí. Él se limitó a suspirar—. Eva, me gustas. Por eso no puedo controlar mis ganas de tener esta intimidad contigo —se abrió—. Pero acabo de salir de una relación muy larga y…

—Sí, sí, no estás preparado.

Sara, que estaba a mi lado, había empezado a escuchar la conversación disimuladamente. Me di cuenta de que no era el momento ni el lugar.

—Déjalo, mañana lo hablamos, ¿sí? —dije conciliadora.

—Sí… —cedió él entendiendo los motivos de mi actitud.

Sara, que no se había perdido nada de todo aquello, intervino para salvarnos del mal momento.

—David —llamó su atención—, entonces, ¿a qué decías que te dedicabas?

Agradecí en silencio a mi amiga el guiar la conversación a partir de aquel momento. Supongo que la mía era una reacción natural, necesitaba proteger mi corazón de alguien cuyas intenciones aún no estaban claras conmigo, por mucho que yo lo deseara.

La tarde pasó rápido y llegó la hora de las despedidas. Raquel y Amanda prometieron volver esa misma semana a la casa de Fernando para estar unos días con él, pero antes necesitaban resolver algunos asuntos en Puebla y, sobre todo, ir por todas las medicinas de Amanda y demás cosas que ella necesitaba.

—Entonces… ¿te veo mañana? —me preguntó David a modo de despedida.

—Sí, a las diez de la mañana, en mi casa.

Me dio un beso en la mejilla. Uno, dos, tres… segundos. Los besos normales en la mejilla no duran tanto.

—Hasta mañana entonces.

—Que descanses.

—Avísame que llegas bien —pedí.

El asintió con una sonrisa mientras se alejaba con su mamá y su abuela rumbo a su coche. Nosotras también nos despedimos de Fernando y de Laura y, ya en el camino de vuelta, empezaron los chismes.

—Qué fuerte todo, no podía dejar de llorar —dijo Sara mientras Sofía manejaba.

—Ya sé… yo igual.

—Y yo.

—¡Yo también! —exclamé—. Qué lloradera.

—Sí, sí, pero bien que aprovechaste para pegarte bien a David, ¿eh? —me picó Sofía. Sabía que no iban a tardar en sacar el tema.

—Todos se dieron cuenta, incluso su mamá —comentó Sofía—. Nos preguntó que qué había entre ustedes.

—¿Y qué le dijeron? —quise saber.

—Que todavía nada, pero que algo ya se cocinaba.

—Ay, no… —me llevé la mano a la cara.

—No te preocupes, le agradas. Ella también estaba un poco impactada por todo lo de su padre, pero, aun así, a veces los observaba y sonreía.

—¿En serio?

—Ajá —convino Sara.

—¡Ey! Antes de que sigan —nos interrumpió Gloria—, ¿cómo está eso de que mañana lo invitaste a tu casa?

—¡Es verdad! —gritó Sofía.

—¿Y vieron cómo se miraban? —añadió—. Si hasta estaban de la mano todo el tiempo.

—No todo el tiempo —comentó Sara.

—¿Pasó algo que no sabemos? —preguntó Sofía.

Todas se giraron hacia mí, incluso Sofía me miró a través del retrovisor del coche mientras conducía.

—Pues… me incomodé —respondí al fin bajo aquella presión.

—¿Por qué? —preguntó Gloria.

—Pues porque el otro día, después del beso, lo primero que hizo fue alejarme de él diciendo que no estaba preparado. Y hoy, todo lo contrario, de la mano delante de su familia y de ustedes como si ya fuéramos pareja, cuando ni amigos somos. Y… pues no sé, sentí que me está mareando porque no tiene claro nada en realidad.

—Le gustas —dijo Sara convencida.

—Sí, pero eso no es suficiente. Y además, si está tan roto como dice por su última relación, yo no estoy aquí para recoger los pedazos de nadie.

—No seas tan orgullosa —intervino Sofía de nuevo—. Si se gustan tanto como parece, porque se nota a cinco kilómetros de distancia, perdona que te lo diga, déjate de tonterías.

Digamos que el resto del camino hasta nuestras casas siguió esa misma línea de conversación, aunque al final volvimos al gran tema de aquel día: el reencuentro entre Amanda y Fernando.

La verdad, me moría de ganas de escribir aquella historia. Ya la había empezado, claro. Pero como quería dividirla en tres partes faltaba mucho trabajo por hacer. Ya tenía escrito el relato desde la perspectiva de Fernando y acababa de empezar la de Amanda. Después tenía que plasmar todo acerca del reencuentro y, en aquel caso, quería poder hablar un poco del futuro. ¿Qué harían aquellos dos enamorados a partir de ahora?

Quién sabe, solo espero que el amor que reencontraron ayude a sanar todas las heridas que les dejó su abrupta separación.

18

Nos ciegan los pasados cuando aparece una nueva posibilidad en nuestra vida. Quizá no llegue a ser amor, pero de tanto mirar hacia atrás, muchas veces, perdemos la vida. Pasa a nuestro alrededor sin darnos cuenta siquiera de todo lo que dejamos de vivir.

Por eso es mejor avanzar con la cabeza bien en alto. Darlo todo cuando amas para que cuando todo termine, si es que termina, no haya de qué arrepentirse. Si la otra persona es la que no supo amar, problema suyo. Sangra la herida, llora todo lo que tengas que lamentar y luego, cuando alguien nuevo llegue a tu vida, no te cierres a la posibilidad.

Cuántos amores se pierden antes de siquiera empezar...

—*Estoy abajo.*

Me puse muy nerviosa cuando leí aquel mensaje a la mañana siguiente. Me había despertado muy temprano y había limpiado toda la casa. A las 9 ya había terminado, y estaba bañada, vestida y perfumada. Todo listo para cuando llegara David. Pasé la hora más larga de mi vida hasta que, al fin, entró ese mensaje de WhatsApp.

Un minuto después de abrir remotamente la puerta de la calle, un *toc, toc, toc* sonó en la puerta de mi casa.

—Hola —saludó él, sonriente, en cuanto le abrí la puerta.

—Hola —respondí algo tímida, mientras él se inclinaba a besarme en la mejilla a modo de saludo—. ¿Qué tal tu abuela?

—Muy bien, gracias —mientras hablaba, le hice un gesto y se adentró en el departamento, dejó sus cosas encima del respaldo del sofá de la sala—. Nunca la había visto tan contenta —miró a su alrededor—. Bonito lugar, muy acogedor.

—Gracias —respondí sonriente—. Me costó mucho encontrarlo, casi termino con el matrimonio de Sara y su esposo en el camino.

—¿Y eso?

—Me quedé con ellos cuando descubrí lo de Luis, y digamos que me acomodé demasiado —reí.

—Lo puedo imaginar…

Siguió un breve silencio incómodo en el que ninguno supo muy bien qué decir. David se quedó en pie, al lado del sillón, recargando su peso en él y con los brazos cruzados.

Yo, en cambio, estaba enfrente de él, algo insegura también por no saber qué hacer a continuación.

—¿Nos sentamos? —propuso él.

Me pareció una idea excelente y ambos pasamos al sofá.

—Bueno… ¿quieres leer lo que he escrito hasta ahora? —pregunté, recordando la excusa principal por la que lo había invitado a mi casa aquel día.

—¡Claro!

A pesar de que me acababa de sentar, me levanté y tomé la tableta, que para ese propósito había dejado encima de la barra de la cocina con las dos primeras partes de la historia ya concluidas. Se la ofrecí y, mientras él leía, pude espiarlo sin que se diera cuenta de ello.

Vestía camiseta blanca de cuello en V, que dejaba ver una pequeña porción de su pecho, y unos jeans azul oscuro. La luz de la mañana se filtraba por la ventana dibujando un haz cortante que revelaba los tonos castaños de cada uno de sus cabellos. Sus ojos concentrados se deslizaban de lado a lado mientras sus labios, a veces, se movían leyendo en voz queda la historia de sus abuelos. Observé atenta sus manos. Me gustaron. Eran finas, pero varoniles. Nunca me había fijado en las manos de un hombre, pero aquellas me resultaron muy atractivas. Se había sentado con la pierna cruzada debajo de su cuerpo y, poco a poco, me fui acercando a él mientras leía hasta terminar a menos de medio metro de distancia. Fue inconsciente, una parte de mí deseaba tenerlo a dos centímetros y la otra, muy lejos. Era… confuso. Una batalla campal entre mi cabeza y mi corazón. Uno tiraba de mí para protegerme mientras el otro parecía ansioso de latir junto a David.

—Vaya —dijo al fin cuando terminó de leer y volvió a centrar su atención en mí—. Es impresionante cómo escribes.

—Gracias —respondí algo turbada. Siempre me había costado recibir halagos por mi trabajo.

—En serio, aun siendo mi abuela y Fernan… bueno, mis abuelos, siento que no conocía la historia hasta haberla leído ahora de nuevo. Es… increíble —me miraba muy serio, casi como si le costara aceptarlo.

Me entregó la tableta, que dejé en el sillón, entre nosotros, nuestra única separación.

—¿Ya empezaste con la última parte?

Negué.

—Quiero hacerle justicia al momento que vivimos ayer —estaba algo preocupada por ello, en realidad.

—Vas a hacerlo increíblemente bien, ya lo verás —me animó él mientras, sin darse cuenta, creo, se acomodaba en el sillón y se acercaba un poco más a mí.

Nos separaba el tamaño exacto de aquella tableta.

—¿Tú crees?

—Estoy seguro, eres increíble.

Extendió su mano izquierda y colocó detrás de mi oreja un mechón rebelde. Esto activó de nuevo mis alarmas y me levanté como un resorte del sillón.

—¿Vino? —pregunté sin saber por qué.

Él miró su reloj.

—No son ni las diez y media de la mañana.

—¿Café, entonces? —rectifiqué.

—Sí, café sí, muchas gracias.

Caminé hasta la cocina, que estaba en la misma estancia, pero separada por una barra. David esperó sentado.

—¿Con leche o negro? —pregunté mientras rebuscaba en las gavetas todo lo necesario.

—Negro está bien, me gusta solo.

Coloqué el café en la cafetera y, mientras seguía preparando las cosas, traté de sacar otro tema de conversación.

—¿Y tu mamá qué tal está? Imagino que para ella también fue un día difícil.

—Sí… mi mamá es muy dura, pero lo de ayer la afectó más de lo que le gustaría admitir —explicó—. Yo no sé qué haría si de repente me volviera a reencontrar con mi padre. Romperle la cara, seguramente —comentó muy serio.

—Te entiendo… pero la situación de tu mamá es muy diferente, Fernando nunca la abandonó —hablaba sin mirarlo mientras terminaba de preparar nuestras bebidas.

—Sí, exacto. Por eso creo que van a poder salvar su relación de alguna manera. Me gustó mucho la actitud de Fernando ayer con todos, incluso conmigo —añadió.

No me di cuenta cuándo, pero David se había colocado a mi espalda y sus manos reposaron en mi cadera. Me sobresalté de inicio, pero rápidamente me repuse.

—¿Qué… haces?

—Eva… —me giró—. Necesito hacer esto.

Sin esperar a que preguntara a qué demonios se refería, tomó delicadamente mi cara con ambas manos y me besó. Sus labios apretaron los míos, su lengua encontró el camino.

No opuse resistencia, yo también lo llevaba deseando desde el día anterior. Sin embargo, cuando llevábamos unos segundos así, descansé mi mano en su pecho y lo alejé de mí.

—David —dije, arrepintiéndome de cada palabra—, esto no puede ser.

—Quiero estar contigo. No importa nada más.

Quise creerle, pero me estaba costando mucho porque, según él mismo, aún no estaba preparado.

—Es imposible que ya hayas podido sanar todo lo que decías que tenías roto el otro día —mi corazón me daba patadas en el pecho tratando de callar cada palabra mientras mi cerebro miraba toda la escena, asintiendo, cruzado de brazos.

David suspiró y cedió, apartándose.

—Me cuesta mucho estar cerca de ti y no besarte. Me gustas mucho, Eva. Y lo último que quiero es hacerte daño.

Dio un paso atrás justo cuando sonó la cafetera. No respondí, simplemente serví café en las dos tazas y volvimos al sillón.

—Dime —dije al fin—, ¿cómo está la situación con tu ex?

—Simplemente, no está —afirmó, aliviándome—. No hemos vuelto a hablar y, de hecho, el otro día me di cuenta de que me había eliminado de todas las redes sociales. Se me adelantó.

—Suena a una despedida bastante definitiva, ¿no?

—Sí, completamente. Ya no quiero saber nada de ella, Eva —sentía que trataba de convencerme. Levanté una ceja, algo incrédula con aquel comentario—. O sea, no digo que no fuera todo bueno con ella en algún momento. Es más, antes de ella nunca había amado así a alguien. Pero contigo hay muchas cosas diferentes y creo, de corazón, que ya estoy listo.

Quise creerle mientras me mordía disimuladamente el labio inferior.

—Eva… en serio, he visto cómo ayudaste a mi abuela, a mi mamá… incluso a mí. También te vi en acción en la calle el otro día empatizando con completos desconocidos. Eres una mujer increíble, hermosa, inteligente… lo tienes todo. No voy a estropear esto que estamos creando por precipitarme.

No lo dejé acabar la frase. Quizá ese fue mi error. Mi corazón derribó la puerta de una patada tan fuerte que me lanzó contra David. Lo besé mientras él abría mucho los ojos e intentaba desesperadamente posar el café en la mesa mientras me sentaba encima suyo sin dejar de besarlo.

David no se apartó en ese momento, correspondió mis besos con el mismo anhelo. Ya no eran los suaves besos que compartimos antes, ahora eran besos llenos de lujuria. Mordí su labio hasta escucharlo gemir, mientras notaba cómo sus manos descendían por mi espalda hasta afianzarse firmemente en mi trasero. Las mías abrazaban su rostro para impedirle alejarse de mis labios.

De repente se levantó, y a mí con él, sin esfuerzo aparente, y me llevó a… ¿al baño?

—¿A dónde vas? —pregunté abrazada a él con las piernas para no caerme.

—Al cuarto —afirmó convencido, abriendo la puerta del baño como pudo mientras sujetaba todo mi peso con el otro brazo.

—Por ahí, por ahí —señalé la otra puerta volviendo a besarlo.

Al entrar en mi habitación, me depositó en la cama. Sin perder tiempo, se quitó la camiseta y se recostó encima de mí buscando de nuevo mis labios. Lo estreché contra mi cuerpo arañando sin querer su piel mientras una de sus manos encontraba el camino libre debajo de mi propia blusa y acariciaba la ardiente piel de mi vientre. Empezó a subir y, justo cuando estaba a punto de llegar hasta mi pecho, se detuvo.

—¿Estás segura de esto? —preguntó de repente.

¿Segura? No, no estaba segura de que fuera una buena idea en absoluto, pero cada célula de mi cuerpo deseaba seguir. Por toda respuesta tomé su nuca y lo obligué a volver a besarme.

Su mano terminó por encontrar lo que estaba buscando y yo, ya desatada, bajé mis manos por su torso desnudo hasta llegar a su pantalón y, con ansias, metí la mano dentro. Lo que me encontré no era exactamente lo que esperaba entre semejante excitación.

—Y tú… ¿estás bien? —pregunté en ese momento, dejando de besarlo y manteniéndome muy cerca de sus labios.

David me miró, entendiendo. Suspiró.

—Sí… creo —se dejó caer a mi lado en la cama, poniendo fin al momento de pasión.

—Pues tu cuerpo no parece opinar lo mismo —sonreí, comprensiva, abrazándolo para que tuviera claro que aquello no me molestaba.

—Lo siento —dijo él, avergonzado—. Es que comencé a pensar en que quizá nos estábamos precipitando y empecé a ponerme nervioso...

—David —lo tranquilicé—, no pasa nada, en serio.

Le planté un suave beso en los labios, que él complacido recibió.

—Quizá tenías razón —me dijo.

—¿Con qué?

—Tal vez todavía no estoy listo.

♥

Aunque suene extraño, siento que aquello nos unió más que habernos acostado. Habíamos perdido el control y terminamos chocando con la realidad: él todavía tenía una herida que sanar.

Pasamos más de dos horas sobre la cama compartiendo aquella intimidad. Hablamos de nuestros pasados, nos contamos historias de amores de antaño, el trabajo, la escuela, la vida en general.

Antes de irse prometió escribirme y cumplir con lo que acordamos aquella misma tarde:

—Debemos tener una cita —había dicho de pronto.

—¿Cómo?

—Sí, una cita, como la gente normal. Una primera cita real. De esas en que la gente va al cine o a cenar.

La verdad, no me pareció una idea descabellada. Me dijo que me dejara sorprender, que él se encargaría de todo. Que me diría hora y lugar y allí nos veríamos.

Cuando se fue, me acosté de nuevo en la cama mirando fijamente al techo. Tenía el corazón grandote, lleno de la felicidad que aquella mañana me había regalado David. Siento que fue bueno que no termináramos acostándonos, pero sí que llegáramos tan lejos porque aumentaron nuestras ganas de estar juntos y, al mismo tiempo, David se confirmó a sí mismo que primero tenía una herida que sanar.

Una primera cita parecía el paso correcto.

—Qué decepción… —comentó Gloria cuando llegué a la parte en la que él se puso nervioso.

—No seas tonta —respondió Sofía—. Lo importante es que los dos son conscientes de que deben ir más despacio.

—¿Y luego qué pasó?

—Pues nos quedamos hablando un par de horas en la cama —continué mi relato—. ¡Ah! Y me pidió una cita.

—¿Una cita? —preguntó Gloria algo confundida—. ¿No es un poco tarde para eso?

—Amiga, necesitas volver a creer en el amor —le comentó Sara—. Aquella chica te hizo demasiado daño.

Todas guardamos silencio un momento.

—Quizá… —terminó asintiendo Gloria—. Es solo que… Honestamente, me da mucho miedo volver a sufrir como lo hice —explicó, abriéndose de repente.

—No tienes por qué sufrir si la persona que llega a tu vida te ama como de verdad mereces —la animé yo—. Tienes mucho que ofrecer en una relación.

—No sé, no sé… no creo que la monogamia sea lo mío.

—Eso lo dices ahora, pero cuando estuviste con ella, ¿verdad que no querías estar con nadie más?

—Pues… no.

—Pues eso, Gloria, pues eso.

El silencio se apoderó de la estancia una vez más. Fue Sofía la que volvió al tema inicial.

—¿Una cita, dices?

—¡Sí! —sonreí contenta.

—¿Cuándo?

—Ni idea, pero pronto.

—¿Te dijo algo más?

—Que me dejara sorprender.

Todas rieron emocionadas.

—Creo que van a tener algo muy bonito juntos —comentó Sara dándome un pequeño abrazo.

—¡Y el chisme está buenísimo siempre con ustedes dos! —exclamó Gloria.

Todas estuvieron de acuerdo con eso, incluso yo. Hasta sentía ganas de escribir mi propia relación en el blog, aunque algo me decía que todavía no era el momento.

Unos días más tarde llegó la tan esperada primera cita. Durante ese tiempo hablamos sin parar por WhatsApp y por teléfono y avancé mucho con el blog. Revisé más historias de las que jamás imaginé y elegí al menos veinte que publicar en encadalatido.blog. Fue algo muy bonito que me sirvió también para desconectar un poco de todos esos días anteriores, tan cargados de emociones para mí.

Es curioso, pero el mismo día de la cita, unas horas antes, me llegó una posible oferta de trabajo. Estaba a punto de empezar a prepararme cuando sonó el teléfono. No conocía el número, pero aun así contesté.

—Hola, ¿Eva? —preguntó una voz femenina al otro lado de la línea.

—Sí, soy yo, ¿quién habla?

—Me llamo Claudia, trabajo en una emisora de radio y me gustaría hablar contigo acerca de tu blog. Quisiera incluirlo en nuestra programación.

Eso sí que no me lo esperaba.

—Eh… ¡Sí, claro! Por supuesto —atiné a responder algo impresionada.

—¡Genial! —contestó Claudia—. Mira, hoy solo quería pasarte mi contacto y conocer tu disposición. ¿Te parece que hagamos una videollamada mañana para platicar de todo?

—Claro, yo encantada.

—Va, buenísimo, querida. Ahora mismo te envío por WhatsApp todos los detalles y mañana platicamos con calma. ¡Bonito día!

—¡Gracias! Bye.

—¡Byeee!

Cuando colgamos, me quedé mirando la pantalla de mi teléfono algo confundida. ¿Una emisora de radio? Santo Dios… Por suerte, la cita con David estaba a la vuelta de la esquina y necesitaba empezar a prepararme, por lo que no tenía tiempo para ponerme nerviosa.

Puse la música a todo volumen y, aun en *panties* por la casa, no pude evitar dar un pequeño concierto privado a todos mis vecinos con el mango de mi cepillo a modo de micrófono. Sonaba Madonna, y aunque no me sabía la letra, juro que lo hice bastante bien. Cantando y bailando, me vestí, peiné y maquillé.

David había prometido pasar a buscarme por la tarde y, puntual, a las ocho ya me esperaba delante de la puerta de mi casa. Subí por primera vez a aquel coche negro recordando la vez que se había detenido en la carretera para ayudarnos a cambiar una llanta.

—Hola —saludé al sentarme.

—Hola —correspondió él, acercándose y plantándome un beso en la mejilla.

Arrancó el coche y nos pusimos en marcha. No quiso decirme a dónde íbamos, pero no tardé demasiado en comprender que acabábamos de entrar en la Santa María la Ribera. Cuando estacionó el vehículo lo miré con cara de circunstancias.

—Pensé que sería romántico que todo empezara en el mismo lugar donde comenzó la historia de mis abuelos —comentó algo ruborizado—. Es una tontería, ¿no? Podemos ir a cualquier otro lugar —hizo ademán de volver a poner en marcha el coche.

En realidad, sí que me gustó la idea.

—No, está bien. Vamos, paseemos por aquí —le dije abriendo la puerta—. ¿Tienes algo más pensado o solo nos vamos a quedar en el kiosko hablando? —pregunté cuando rodeé el coche.

—¡Sí! Un par de pequeñas sorpresas.

Eso me gustó y cuando extendió su mano, la sostuve decidida y empezamos a caminar alrededor del parque y del Kiosko Morisco, centro de nuestra historia.

—Me acaba de llamar una chica para una entrevista de trabajo —le conté al fin. Había estado aguantando las ganas de decirlo en voz alta desde que me subí a su coche, pero primero hablamos de otras cosas menos importantes.

—¿Cómo? ¡Felicidades! Cuéntamelo todo.

—Pues no sé mucho, la verdad. Solo que tienen un programa de radio y quieren incluir el contenido el blog en él.

—¿Pero te pagarían?

Me encogí de hombros.

—¡Entonces no es ninguna oferta de trabajo! —se burló.

—¡Ey! Por algo se empieza, ¿no?

—Sí, eso sí… después de todo, del blog no se come —puse los ojos en blanco con la bromita—. Calma, lo digo en broma —se disculpó—. Te va a ir genial y, aunque esto no fuera pagado, ya encontrarás la forma de hacer dinero con el blog.

—¿Ah, sí?

—Ya lo verás.

Paseamos largo rato por aquel lugar, hablando de todo y de nada, conociéndonos a cada paso un poco más. El tiempo pasaba volando a su lado y me di cuenta de que me estaba empezando a enganchar de verdad con él. Pasó de no gustarme nada, o no creer que me gustaba, a encantarme cada cosa nueva que conocía sobre él.

Estuvimos platicando casi una hora más allí. Caminábamos y nos sentábamos aquí y allá, antes de volver a caminar. Es curioso cómo cuando empiezas a conocer a alguien es imposible dejar de absorber información. Quieres saberlo todo.

—¿Tienes hambre? —preguntó al fin.

Tenía hambre desde antes de salir de casa.

—Mucha.

—Ven, sígueme —dijo decidido, sin soltar mi mano y metiéndose por una calle que nos alejaba del kiosko.

No tuvimos que caminar mucho antes de llegar a La Cocina de María, un pequeño restaurante que, tras una puerta algo escondida, te sorprendía con un hermoso patio lleno de plantas, piso empedrado y un montón de luces colgantes que convertían el espacio en un lugar muy romántico.

—Por aquí —un mesero nos llevó hasta la mesa que había reservado David aquella mañana, protegida por unos arbustos para mayor intimidad de los comensales.

—Esto es precioso, David —le dije en cuanto nos sentamos.

—Me lo recomendó mi mamá —confesó—. Le dije que tendríamos nuestra primera cita y me dijo que, hace muchos años, un novio que tuvo aquí en la ciudad la había traído a este restaurante. Al buscar en internet vi que todavía existía e hice la reservación. Lo bueno es que se puede llegar caminando fácilmente desde el kiosko.

Pedimos vino y pizza. Todo estaba extremadamente delicioso. Compartimos también un postre de chocolate que juro es de lo mejor que he probado nunca. De hecho, me prometí regresar a ese restaurante con las chicas solo para que pudieran probarlo.

Ya con un café enfrente, nos relajamos en nuestros asientos y disfrutamos de la sobremesa.

—Eva… quiero decirte que me gustas mucho —se lanzó él—. Siento lo del otro día.

—Deja de disculparte, tonto —resté importancia, pues no la tenía—. Tu cuerpo te dijo que esperaras, eso es todo.

—No quiero que pienses que no me gustas o que no… me atraes —explicó mirándome fijamente a los ojos, penetrando hasta mi alma.

Me hizo sonrojar, como siempre.

—Eso lo tengo muy claro —fue todo lo que atiné a responder.

—Cuando sea que suceda eso entre nosotros, será perfecto, te lo prometo.

Sonreí sin decir más dejando morir el tema ahí. Los dos sabíamos que el momento llegaría cuando tuviera que llegar. Mientras tanto, aquella primera cita fue todo lo que ambos esperábamos. Nos conocimos mucho más, nos confesamos secretos y vivencias pasadas. Todo fluía fácilmente entre nosotros.

Cuando terminamos de cenar, me llevó a casa y ninguno pretendió invitarlo a entrar. Teníamos claros los límites.

—Gracias por todo —le dije mientras nos dábamos un abrazo de despedida—. Avísame cuando llegues a casa —le pedí mientras abría el portal.

—Por supuesto.

Nos separamos con ese sentimiento de no querer hacerlo, pero, para ser sinceros, en cuanto me avisó que había llegado empezamos a hablar por WhatsApp hasta quedarnos dormidos ya bien entrada la madrugada.

♥

A la mañana siguiente, lo primero que hice después de desayunar fue sentarme a trabajar. Pronto entró un mensaje por WhatsApp que rompió mi concentración:

—*¿Piensas contarnos algún día cómo te fue en la cita?* —había escrito Sara.

—*Síííí, estamos ansiosas* —secundó Sofía.

Dejé lo que estaba haciendo y teléfono en mano me arrojé en la cama dispuesta a soltar el chisme completo.

—*¡Perdón! Es que acabamos tarde y encima, al llegar a casa, seguimos hablando por mensajes y me dieron las tantas de la noche.*

—*Imagino que no hubo tema...* —Gloria, siempre pensando en lo mismo.

—*No, y está bien así* —contesté convencida.

—*Pero cuenta, ¿a dónde fueron?* —preguntó Sofía ignorando el comentario de Gloria.

—*Al Kiosko Morisco* —respondí.

—*¿Qué? Me esperaba algo más original* —comentó Sara.

Reí, eso mismo había pensado yo al principio.

—*En realidad fue muy bonito. Me explicó que había sentido que aquel lugar ya formaba parte del principio de nuestra historia… y como sea, no nos quedamos ahí todo el tiempo, también fuimos a cenar.*

—*¿Qué cosa?* —preguntó Gloria

—*Qué importa qué cenaron. ¡Cuéntanos detalles de una vez!* —Sofía estaba realmente emocionada por todo el tema de la cita.

—*Hablamos sin parar* —dije—. *Me contó casi toda su vida y yo a él la mía. No te creas que hay grandes detalles, solo dos personas conociéndose mejor.*

—*Qué aburridos* —terció Sofía.

—*¿Hubo besos?* —quiso saber Sara.

—*No…* —respondí algo preocupada por lo que pudieran pensar.

—*Mejor, que luego se emocionan como la otra vez* —sentenció Sofía.

—*Sí, mejor que tenga todo claro antes de seguir ilusionándote, ¿no?* —apoyó Sara.

—*Ya estoy ilusionada* —confesé.

Fui consciente de ello mientras lo escribía. Me había ilusionado de verdad con David. Preferí cambiar de tema:

—*Bueno… voy a tener que dejarlas porque tengo una entrevista de trabajo en media hora, chicas* —escribí haciéndome la interesante.

—*¡¿CÓMO?!* —exclamó Sofía.

—*¡Ya no nos cuentas nada! Santo Dios* —Sara, conociéndola, estaba ofendida de verdad.

Les resumí la conversación telefónica con Claudia y todas se emocionaron muchísimo.

—*Calma, no sabemos nada aún, luego nos cuentas, ¿va?* —se despidió Sara conociéndome porque realmente necesitaba tiempo para prepararme.

—*¡Sí! En cuanto cuelgue les escribo, lo prometo.*

Y es que, con un vistazo al reloj, me di cuenta de que tenía que correr a cambiarme para no tomar la llamada en piyama y *panties*. Me despedí de mis amigas y rápidamente elegí una playera roja y unos jeans, nada elaborado; lo difícil fue arreglarme el pelo, para que no se notara que aquella mañana no me había bañado.

A la hora acordada entré en la videollamada.

—¡Hola, Eva! ¿Cómo estás? —saludó Claudia al otro lado de la pantalla. Era una chica de unos cuarenta años, de piel oscura, casi negra, y pelo rizado estilo *afro* tan grande que su peinado no entraba en el ángulo de la cámara. Su sonrisa, de un blanco radiante, tuvo el poder de serenar mis nervios al instante.

—¡Muy bien! ¿Y tú? —respondí devolviéndole la sonrisa.

—Bien, bien, gracias. ¡Qué ganas tenía de conocerte! Me encanta tu blog, no sabes cuánto.

—Muchísimas gracias —contesté algo apenada—. ¿Hace mucho que lo descubriste?

—Unas semanas… me lo recomendó mi hermana. Me enseñó la historia de un taxista que amaba con locura a su mujer. ¡Quiero algo así! —exclamó riendo.

—Todas lo queremos, créeme —convine emocionada.

—Oye, Eva, yendo un poco al grano porque no tengo mucho tiempo… queremos que te unas al equipo.

Me tomó por sorpresa, creía que solo querían las historias del blog.

—¿Cómo?

—¡Sí! Queremos que tengas un espacio en nuestra radio. No sería nada del otro mundo —se disculpó—. Una hora a la semana en un horario no… estelar.

—Pero si yo no sé nada de radio, Claudia —fue todo lo que atiné a responder saliendo del pequeño sobresalto que me había provocado.

—No te preocupes, no estarías sola. Yo te ayudaré con absolutamente todo. Lo único que tendrás que hacer es sentarte delante del micrófono y contarnos alguna de esas historias tan bonitas que escribes —frunció el ceño—. Además, estudiaste Periodismo, ¿verdad? Lo vi en tu perfil de LinkedIn.

—Este… sí, pero nunca llevé a la práctica lo que nos enseñaron de radio.

—¡Es como andar en bicicleta! —exclamó divertida—. Lo que ya sabes, son como las ruedas de entrenamiento, con un poco de práctica, ¡sentirás que vuelas!

No estaba tan segura de eso.

—Yo… no sé qué decir —realmente, estaba aturdida.

—Sé que es una noticia grande, siento ser tan directa —se disculpó comprensiva—. ¡Pero es una gran oportunidad! Y te pagaríamos bien.

—¿Pagarme?

—¡Claro! Nadie trabaja gratis, ¿no?

—Bueno… no creas que el blog da dinero —reí algo apenada.

—Eso pensé, pobrecita. Pero sí, esto sería una colaboración pagada. La cosa es que sería de madrugada.

—¿Puedo pensarlo?

—Claro —asintió Claudia—. Pero te propongo algo mejor, ven hoy a la radio y conócenos a todos para que se te quite el susto.

No me pareció mala idea, así que accedí.

—A las 4 p. m. Te paso la ubicación ahora mismo y te veo más tarde, ¿de acuerdo? Ahora me tengo que ir corriendo. Un placer conocerte, Eva, ¡bye!

Me despedí y terminó la llamada. Me sentía completamente exultante. Había sido muy rápido todo, hasta el punto de que me sentí en una carrera. Imaginé que así sería todo en una estación de radio. Poco a poco empecé a procesar la información. Loca de nervios, me puse en pie y abrí WhatsApp. Después de contar todo a las chicas, no pude resistirme a darle la noticia también a David.

—*¿Estás?* —le escribí mientras daba vueltas caminando dentro de mi casa, nerviosa.

—*Sí, ¡¿cómo te fue?!* —contestó él rápidamente.

—*Increíble. Me ofrecieron un trabajo, ¡quieren que presente un programa de radio de una hora a la semana!*

—*¡¿Quééé?! Eso es increíble, ¡¡felicidades!!*

—*No me lo creo, sigo en shock. Cuando me lo dijo yo creo que hasta se dio cuenta de que me había dado un microinfarto* —todavía seguía teniendo el pulso acelerado—. *Y encima quieren que vaya esta tarde para conocerlos a todos.*

—*¡Vaya! Sí que van en serio. ¿A qué hora?*

—*A las 4 p. m.*

—¿*Te llevo?*

Qué impacto, me encantó que se ofreciera.

—¿*En serio?*

—¡*Claro!*

19

La emoción de un nuevo comienzo no se puede medir con palabras. Pocas cosas hacen justicia al entusiasmo que sientes. Por una vez tienes ese sentimiento de que todo encaja. De que la corriente de aire de la vida te empuja fuerte desde atrás, llenando tus alas, y todo tiene sentido al fin. Cada derrota, cada caída, tienen un porqué que nunca antes habías sido capaz de descifrar.

Ahora, todo "pasó por algo". Aprendiste qué es lo que no querías en tu vida y te lanzaste al vacío de la felicidad. Y sí, lo llamo *vacío* pues al principio es un salto de fe que te puede llevar a tocar fondo como nunca antes lo habías hecho. Sin embargo, con mucho esfuerzo, todo es posible. Tus sueños están ahí, a tu alcance, al de todas las que nos atrevemos a esforzarnos por lo que queremos.

Y de cada nuevo comienzo, una nueva ilusión intacta que solo mira al pasado para ver lo lejos que ha llegado.

—Te va a ir genial, ya lo verás —me dijo David en su coche estacionados justo delante de la emisora de radio. Él, puntual, había pasado a recogerme y compartía todo mi entusiasmo.

—¡Pero no tengo experiencia en radio! —insistí de nuevo.

Desde que había colgado la videollamada, era mi frase favorita. Las chicas tuvieron que repetirme mil veces que dejara de preocuparme por eso. Si Claudia no le daba importancia, ¿por qué yo sí?

—Ellos no son tontos, Eva —volvió a tranquilizarme—. Si creen que eso es algo que no tiene importancia, no se la des tú. Además, eres la chica más lista que conozco, aprenderás todo lo que haga falta.

Me acerqué hasta él y le di un abrazo.

—Gracias —respondí sintiendo cómo su mera presencia me tranquilizaba.

Abrí la puerta y, cuando estaba a punto de bajar, David me tomó del brazo suavemente.

—Eres increíble —me dijo muy serio—. Me encanta lo mucho que luchas por tus sueños.

Deseé besarlo en ese mismo instante, pero me contuve.

—Gracias… en serio —respondí sincera—. ¡Estoy muy nerviosa!

—No tienes por qué, les vas a encantar —su seguridad me calmó un poco más—. Vamos, corre. Vas a llegar tarde.

—¡Por tu culpa, que me retienes aquí con esa sonrisa tuya! —reí bajándome del coche.

Sentía que el corazón se me iba a salir del pecho mientras subía en el elevador hasta el cuarto piso, donde me esperaba Claudia. En cuanto se abrió la puerta, la vi. Era imposible no distinguirla con ese peinado y altura; medía al menos dos cabezas más que yo. O quizá era por el cabello, no lo sé, pero imponía.

—¡Eva! Querida, qué alegría verte —me dio un fuerte abrazo.

—Veo que estás segura de no haberte confundido de persona —bromeé, nerviosa.

—Ven, tienes que conocer a todo el equipo.

Uno a uno, me presentó a redactoras, guionistas, técnicos y demás personas de la emisora. Se refería a mí como "la nueva".

—¿Y en qué va a consistir mi trabajo, exactamente? —pregunté, cohibida, mientras entrábamos en la que iba a ser mi cabina de grabación y Claudia me invitaba a sentarme en una de las sillas.

—Básicamente vas a sentarte ahí donde estás a hablarle a este micrófono —señaló el aparato que tenía delante colgando de un brazo metálico—. Cada semana deberás elegir tres o cuatro historias, que leerás y comentarás en vivo. Y ya está, Eva, no tienes que hacer mucho más que eso —me tranquilizó—. Yo voy a estar siempre ahí —señaló el vidrio que teníamos justo en frente y en el que se ponían los técnicos a controlar todo el programa—. Más adelante, cuando veamos cómo reacciona la gente al programa, iremos viendo si aumentarte el espacio y otros detalles. Quizá también incluyamos llamadas con la audiencia.

Yo no salía de mi asombro.

—Tendremos un ensayo primero para que se te quite el susto y veas que todo es mucho más sencillo de lo que parece.

—¿Y si lo hago mal en el ensayo?

—Querida, no lo vas a hacer mal. Viendo cómo escribes estoy segura de que a la gente le va a encantar —realmente Claudia parecía estar muy emocionada con todo aquello—. Hazlo bien y poco a poco podremos cambiarte de horario y aumentarte las horas para que puedas ganar algo más de dinero.

—¿Y... cuánto es el salario? —pregunté aprovechando que ella había sacado el tema.

Cuando me dijo la cantidad abrí mucho los ojos.

—¿Por una hora a la semana? —inquirí incrédula.

Claudia asintió.

—Y si el programa funciona y te aumentamos el tiempo, será más —respondió guiñándome un ojo.

Aquella era la oportunidad que había estado esperando y deseando toda mi vida.

—Está bien... —respondí, más o menos decidida.

—¡Anímate, mujer, que parece que te estoy dando malas noticias! —rio Claudia.

—No, ¡no es eso! —respondí rápidamente—. Es solo que me pone nerviosa hacerlo mal, soy muy exigente conmigo. Pero prometo que daré mi cien por ciento.

—Eso es todo lo que necesito saber. Va a salir increíble, estoy convencida.

Le creí.

—¿En serio vas a tener un programa de radio? —Sofía no salía de su asombro.

Estábamos todas en mi casa, para variar, bebiendo vino sentadas en mi sala. Como novedad, esa noche habíamos ordenado pizza para celebrar mi nuevo trabajo. Como David fue quien me recogió en la emisora, fue el primero en enterarse de la noticia, pero estaba ansiosa por contárselo todo a las chicas. En cuanto me senté en el coche, les pedí a todas que fueran a mi casa y en ese ratito aproveché para tomarme un café con David en lo que ellas llegaban.

—¡Sí! —ni yo misma me lo creía aún.

Una vez pasada la impresión inicial, David me ayudó a tranquilizarme. Nos bebimos ese café juntos, platicamos y me dejó en casa justo a tiempo para ver a mis amigas, que esperaban en el portal a que llegara. Gloria hizo algunos silbidos y Sara y Sofía gritaron en broma cuando David se bajó del coche para despedirme.

Ya en casa, todas estaban igual de felices que yo con la noticia.

—Y ojo… ¡debe ser la primera bloguera que va a poder vivir de ello! —exclamó Gloria levantando enérgicamente la copa de vino a modo de brindis haciendo que sus rizos bailaran en su cabeza. Esta vez sí me hizo gracia la broma, supongo que quitarme de encima el estrés de la falta de ingresos era un gran aliciente para recuperar el sentido del humor.

—Y bastante bien pagado, por cierto… —comenté haciéndome la interesante.

—¡¿Cuánto?! —preguntó Sofía súper interesada.

—Por el momento no llega a lo que ganaba en *El Amanecer*, pero esto es solo una hora a la semana y no de tiempo completo como aquello. Además, si lo hago bien, aumentarán las horas y el salario y ganaré algo bastante decente.

Todas expresaron de diferentes formas su asombro, sin llegar a decir nada.

—El fin de semana saldremos a celebrarlo, hay que cenar el sábado —dijo Sara feliz—. Tú invitas, por cierto.

Y no pude negarme, ¿para qué? Todas habían sido mi gran apoyo aquellas últimas semanas.

—Oye, ¿y qué pasa con el osito de peluche ese? —preguntó Gloria refiriéndose a David.

—Nos va bien. Despacio, pero bien —respondí sonriendo y apuré un trago a la copa de vino que tenía en la mano.

—¿Y sabes algo de Amanda y Fernando? —aprovechó a preguntar Sofía justo antes de dar un gran bocado al trozo de pizza que tenía en las manos.

—¡Sí! —exclamé feliz de que sacaran el tema—. Amanda se mudó por unos días a Coyoacán con él y con Laura. Dice David que su abuela no ha vuelto a tener episodios de olvido desde que se reencontró con Fernando.

—Ojalá siga así mucho tiempo —comentó Gloria.

—Sí… ojalá. Se merecen tener todo el tiempo que sea posible juntos —estuve de acuerdo con ella—. Mañana publicaré en el blog la primera parte de la historia ya corregida.

—¡Por fin! —exclamaron casi al unísono.

—Voy a sacar una parte cada semana, empezando mañana. Ya me dirán qué les parece cuando la lean. Al fin y al cabo fueron testigos de todo.

—Sí, está claro que sin mí nada de esto habría sucedido —bromeó Gloria.

—En serio, gracias por todo lo que han hecho por mí… y no me refiero solo a lo de la historia, sino a los últimos meses desde que corté con Luis. Si no fuera por ustedes, ni de lejos habría sido todo así de fácil. Las quiero mucho.

—Y nosotras a ti —respondió Sara dándome un fuerte abrazo, al que se unieron las otras dos levantándose de sus asientos.

—¡Ay! —grité riendo al sentir todo aquel peso encima de mí, pero no las quería en ningún otro lugar. Fue el peso de su amistad lo que mantuvo mis pies firmes en el suelo a pesar de todo lo que me tocó vivir recientemente.

♥

La semana transcurrió rápido. El sábado tuve la cena prometida con mis amigas y el domingo lo pasé con David caminando por Reforma. Me encantaba aquella zona de la ciudad, llena de edificios que rozan las nubes. Y, cómo no, el parque de Chapultepec, donde compramos una nieve que acabó por los suelos después de que se me ocurriera la brillante idea de tocarla con la nariz.

Nuestra relación iba lento, pero avanzaba. Poco a poco él se veía también más entero. Me contaba sus sueños y yo solo quería formar parte de ellos. No como protagonista, sino como compañía en ese camino brillante que tenía por delante. Que los dos teníamos. Yo también soñaba a lo grande ahora.

El programa de radio empezaba la próxima semana, teníamos una prueba el martes y el jueves sería el primer día en vivo. Estaba decidida a hacerlo bien. Ensayaba todos los días cuando me quedaba sola en casa: me sentaba, leía en voz alta y luego hacía reflexiones sobre ellas. También centré toda mi atención en el blog para tratar de adelantar todo el trabajo posible y no dejar a la gente sin relatos. A veces me sentía como esas señoras que leen el tarot en televisión, tratando de adivinar el futuro de las historias sin final que pasaban por mis manos.

Cuando llegó el martes y me presenté en la emisora estaba nerviosa.

—Chica, tienes que relajarte —me dijo Claudia al verme.

—Lo intento…

—Simplemente platica en voz alta, como si estuvieras hablando contigo.

Asentí lo más firme que pude mientras nos encaminábamos hasta la cabina.

—¿Preparada? —me preguntó Claudia al tiempo que me sentaba en una de las sillas y me colocaba unos gigantescos audífonos en la cabeza.

—Completamente —mentí.

—No te preocupes por nada. Hoy solo vamos a hacer una especie de simulacro del programa. Nadie más que tú y yo vamos a escucharlo.

—Perfecto —respondí—. ¿Qué tengo que hacer exactamente?

—Mira, lee esto primero —me entregó una hoja en la que vi una especie de guion—. Es un ejemplo de intro. Imprímele tu mejor voz de locutora.

Asentí muerta de miedo. Aquello iba a ser mucho más difícil de lo que había pensado. Claudia se metió en la cabina técnica y me hizo un gesto con el pulgar hacia arriba que yo entendí como mi señal para empezar.

Respiré profundamente y leí el papel que tenía delante.

—Hoy es nuestro primer episodio de *En cada latido*, el blog más romántico de todo México. Para el que no lo conozca, ¡que deje de escucharnos, que aquí no lo queremos! —sonreí, me hizo gracia esa tontería—. Es broma, es broma. Si no lo conoces, ¡vete a buscarlo en internet o en cualquiera de nuestras redes sociales!

A medida que hablaba, me iba tranquilizando. Pude ver que Claudia sonreía y eso me relajó. Temía que estuviera con el ceño fruncido odiando todo lo que estaba escuchando. Traté de imitar las pausas que hacían los locutores, así como tomarme ciertos momentos para respirar tal y como recordaba que me habían enseñado en la universidad.

—Desde hoy y todos los jueves a esta misma hora estaré aquí para traerles las mejores historias de amor de la semana. ¿Será la tuya? ¡Quién sabe! Envíame un correo a historias@encadalatido.blog y veremos si tienes suerte. Eso sí, aviso a navegantes: recibo oleadas de correos cada semana, así que nadie se desanime si no escucha su historia pronto o la lee en el blog. ¡Seguro llegaremos a ella!

Honestamente, lo estaba haciendo mejor de lo que imaginaba. Aunque, para ser sincera, había estado toda la semana preparando esos mismos discursos. Desbloqueé mi teléfono, donde tenía la primera parte de la historia de Fernando ya abierta.

—Para empezar, hoy les traigo una historia muy especial —me hice la interesante—. Hace tiempo, una seguidora del blog me buscó y la ayudé a encontrar al amor de la vida de su abuelo, perdida en su juventud sin dejar rastro. Esta es la historia de Amanda y de Fernando, dos personas que tardaron toda una vida en reencontrarse y que, al fin, demostraron que el amor nunca se termina del todo.

Me aclaré la voz y, entonces, con toda la lentitud que pude, a pesar de toda la adrenalina que sentía en mi cuerpo, leí la historia que acababa de publicar en el blog, la que era desde la perspectiva de Fernando. De vez en cuando era consciente de la presencia de Claudia en la cabina. Me miraba fijamente, sin interrumpirme. Noté cómo mi respiración se aceleraba poco a poco a medida que me acercaba al final de la historia y, no sé por qué, pero justo cuando terminé y levanté la cabeza para mirarla, la vi seria. Triste, mejor dicho. Creo que la historia le había afectado de alguna manera.

—¿Qué les ha parecido? —pregunté al micrófono sin esperar respuesta alguna—. Es una de las historias más bonitas con las que me he encontrado. ¡Y eso que esta es solo la primera parte con la perspectiva de Fernando! Lo sé, es algo deprimente... pero les recuerdo que esta es una historia de amor feliz. Ahora, amigos, tenemos que hacer una pequeña pausa publicitaria, ¡pero no se vayan! Pronto regresamos a *En cada latido*, las mejores historias de amor de todo México.

—Y... ¡corten! —exclamó Claudia entrando con una sonrisa de oreja a oreja en el estudio—. ¡Ha estado increíble, Eva! No hace falta ni que sigamos con el ensayo, ¡estás más que lista para salir el jueves! —dijo feliz.

—¿En serio?

—¡Absolutamente! Has nacido para esto, ¡lo sabía! —levantó los brazos al techo—. ¡Este programa va a ser increíble! —sin controlarse, me tomó de los hombros, me puso en pie y me dio un gran abrazo—. Vamos a levantar los números de la emisora tú y yo, ¡ya lo verás!

Me relajé mucho al ver lo contenta que estaba ella con el ensayo.

—Vamos, te acompaño a la salida —me dijo dándome una palmada en la espalda.

20

La vida es demasiado corta como para no celebrar los éxitos. Incluso hay quien se siente culpable por triunfar. ¡Qué horror! Seamos conscientes en el esfuerzo, abracemos nuestros logros como lo que son: la culminación de un largo camino lleno de tropiezos, de lucha, de volver a levantarse siempre después de cada caída.

A veces pecamos de fugaces en la celebración de nuestras victorias. Y ojo, no le resto ni una pizca de valor al camino recorrido. Solo pido pausa al cruzar la meta, no buscar inmediatamente metas nuevas. Mira atrás, a todo lo que has dejado allá. Solo tú sabes lo mucho que te ha costado llegar a donde estás.

Celebremos las victorias sin miedo, sin vergüenza. Quien te quiere, celebrará contigo; y quién no, quizá sea hora de dejarlos por el camino.

—¡Felicidades! —gritaron todos mientras David descorchaba una botella de champán.

Habían organizado una cena en casa de Fernando para celebrar mi nuevo trabajo y el éxito del blog. Estaba algo abrumada por tanta felicitación, pero no podía dejar de sonreír. Estaba todo el mundo: Fernando, Laura, Amanda, Raquel, las chicas, Alfred y, por supuesto, David. A ojos de todo el mundo, era como si ya fuéramos novios, pero él y yo aún no tocábamos seriamente el tema.

Las últimas semanas habíamos tenido varias citas llenas de amor y confidencias; a veces sentía que el corazón estaba por salírseme del pecho. En la radio todo había empezado muy bien, el programa era un auténtico éxito. Claudia me decía que estábamos cerca de batir récords de audiencia en aquel horario tan malo que teníamos. Y es que el programa salía de madrugada. Eso hacía que durante el día durmiera mucho y también que arrastrara ciertas ojeras. Por suerte, por el momento era solo un día a la semana en el que tenía que trasnochar.

—Quiero aprovechar la ocasión —comenzó Fernando a hablar mientras todos sosteníamos aún las copas en alto— para, primero, agradecerte una vez más por habernos reunido a Amanda y a mí. Sin ti, toda esta felicidad que ahora sentimos no sería posible. Gracias por ello —levantó la copa un poco más alto haciendo un gesto en mi dirección—. La segunda noticia que tengo... que tenemos —tomó de la mano a Amanda— es que hemos decidido casarnos.

La conmoción fue evidente en todo el mundo. Nadie supo qué decir durante unos eternos segundos hasta que,

David rompió el silencio con un fuerte grito de celebración y empezó a aplaudir muy fuerte. Todos nos unimos, por supuesto.

—Pero ¿cuándo sucedió esto? —preguntó Raquel a Fernando y a su madre. Se veía feliz con la noticia.

—El fin de semana pasado, querida —respondió su madre—. Tuve un pequeño episodio… y ya en la tarde, hablando con Fernando, se lo pedí.

—¿Tú a él? —preguntó divertido David, quien me había confesado que apenas reconocía a su abuela desde que estaba con Fernando. Era una persona mucho más feliz.

—¡Sí! —rio Fernando—. Y, honestamente, es algo que yo ya había pensado. A nuestra edad, no es habitual reencontrar un amor así y, siendo sinceros, no estamos para perder el tiempo.

—No digas tonterías —le recriminé yo.

—¡Es verdad! —insistió Amanda—. No solo somos un par de viejitos ya, sino que mi enfermedad avanza y… quiero vivir este amor tan intensamente como sea posible mientras todavía pueda.

Nadie osó refutar aquello. Además, a todos nos pareció una idea maravillosa.

—Bueno, todo esto si estás de acuerdo, claro —apuntó Fernando mirando a su hija.

Raquel, que en todo momento había sonreído, se acercó a darle un abrazo.

—Claro que sí, papá.

El resto de la velada fue de doble celebración. Creo que fue una de las noches más bonitas de mi vida. Allí, en aquella hermosa casa en el barrio más bonito de la ciudad, rodeada de todas las personas a las que más quería en ese mundo. David incluido.

♥

La boda de Fernando y Amanda iba a celebrarse apenas un mes después de aquel anuncio, pues consideraron que no necesitaban ni un día más que eso para organizar algo íntimo y bonito. Con el permiso de ambos decidí incluir ese nuevo giro en la historia en el siguiente programa de radio.

—¿Recuerdan la historia de Amanda y de Fernando? —pregunté en mitad del programa siguiente—. Pues bien, traigo noticias nuevas y jugosas acerca de nuestros protagonistas.

Claudia, al otro lado del vidrio que la separaba del estudio, me miró con la boca muy abierta esperando escuchar la noticia. Era igual de chismosa que mis amigas. En aquellas últimas semanas creo que también nos habíamos ido haciendo amigas. Estaba siendo un gran apoyo y cubría rápidamente cualquier error que cometía en el programa en vivo.

Mirando a Claudia, exclamé:

—¡Se casan! —dije al fin tras unos segundos de suspenso.

"¡¿Cómo?!", vi que exclamaba ella leyéndole los labios.

—¡Así es! Yo acabo de enterarme el otro día —continué emocionada hablando con nuestra audiencia—. Fue Amanda quien se lo pidió a Fernando, ¿lo pueden imaginar?

Toda una señora moderna, a pesar de su edad —reí—. Y, por supuesto, él dijo que sí.

Dejé que todo el mundo pudiera procesar la noticia antes de seguir.

—Puedo imaginar la emoción de todos nuestros oyentes ahora mismo. ¿Y saben qué es lo mejor? ¡Se casarán el próximo mes! Andamos todos como locos organizándolo para cumplir sus deseos.

Claudia celebraba la noticia dentro de la cabina. Su cabello botaba arriba y abajo mientras ella daba pequeños saltitos, presa de la emoción.

—Pero bueno, después de esta noticia tan grande, es hora de irnos rápidamente a un corte. ¡Ahora mismo regresamos! —exclamé y guardé silencio hasta que me llegó el sonido publicitario a través de los audífonos y la luz roja de mi micrófono se apagó.

—¡¿Se casan?! —me preguntó Claudia en cuanto terminamos de grabar el programa.

—¡Sí! —exclamé emocionada—. No quise contártelo antes para ver tu reacción al enterarte en vivo —reí.

Claudia aplaudió fuertemente.

—¡Eres de lo peor! Casi me da un infarto ahí adentro de la emoción.

—Perdona —me disculpé riendo.

—Bueno, antes de que te vayas… quiero que hablemos de algo —comentó poniéndose seria y sentándose en una de las sillas libres del estudio.

—Dime —contesté echándome un poco hacia adelante—. ¿Hice algo mal?

—No, tonta —sonrió Claudia atusándose la melena—. Todo lo contrario: estamos haciendo mucho ruido con el programa durante todas estas semanas y lo quieren cambiar de horario. ¡Nos vamos a *Prime Time*!

Abrí mucho los ojos con aquella noticia. Eso significaba que íbamos a pasar de un horario de madrugada a uno durante el día.

—¿En serio? Pero… ¡cómo! —tenía la boca abierta con la sorpresa.

—Es lo más normal del mundo —rio Claudia—. Te dije que íbamos a levantar los números de esta emisora con tu programa. ¡A todos nos encanta el chisme! Y encima en *En cada latido* lo cuentas todo tan bonito que nos hipnotizas.

—Claudia, ¿lo estás diciendo completamente en serio? —pregunté sin todavía creérmelo.

—¡Sí! ¡Nos vamos a las grandes ligas, Eva! —me dio un abrazo muy emocionada que yo correspondí inmensamente feliz.

—Gracias por todo, Claudia, en serio —fue lo único que atiné a decir en ese momento.

—No, todo el mérito es tuyo.

—Tú creíste en mí —insistí.

—Bueno, tienes razón, eso es mérito mío —respondió levantando ambas cejas haciéndose la interesante.

Las dos nos reímos mucho. Había sido un gran día. A la gente le gustaba el programa… mi programa de radio. Había luchado mucho para llegar hasta ahí y ahora sentía que la vida, al fin, se ponía algo cuesta abajo para facilitarme un poco las cosas.

21

La vida tiene esas cosas: cuando mejor estás, cuando más te confías, sucede algo que te parte en mil pedazos. Quizá el secreto sea no acomodarse nunca demasiado. Dejar que fluya, pero con las maletas preparadas en la puerta, lista para salir de cualquier presente cuando este se tuerza.

O no... pensándolo mejor, ¡qué vida más triste sería esa! Sin poder llegar nunca a echar raíces, mirando siempre por encima de tu hombro como si alguien te persiguiera. Quizá lo mejor sea no esperar nada, ni bueno ni malo. Vivir el presente con todo lo que tengas y mirar al futuro con la esperanza de que se cumplan tus sueños.

Me gusta más esa forma de verlo. Una en la que la esperanza le gane a los miedos y aprendamos a levantarnos siempre de nuevo, por muy fuertes que sean los golpes que nos dé la vida.

Habían pasado dos semanas desde que Claudia me anuncio el cambio en el horario del programa. Pasé a tener una hora diaria en el radio de la noche a la mañana, en vez de tener una hora semanal. Y no solo eso, sino que el programa se emitía a las cuatro de la tarde, una hora mucho más importante que la que tenía anteriormente. Primero iba el noticiero, luego el programa de Erick Rosales, a quien admiro y a quien espero llegar a parecerme algún día en lo que a presentar un programa se refiere, y luego, yo. De cuatro a cinco de la tarde, todos los días.

Los números parecían respaldar la decisión de la emisora. El programa se estaba consolidando poco a poco y cada día eran más los oyentes, incluso iniciamos una sección en la que la gente nos marcaba en vivo y nos contaba sus historias de amor. El blog tenía ya unos números imponentes, hacía tiempo que era un trabajo para más de una persona y, al comentarlo con Claudia, decidimos que los practicantes de la emisora me ayudarían con todo aquello, ya que, al fin y al cabo, ese aumento en números se debía también al programa de radio. Fue una gran oferta por su parte, pues los practicantes eran suyos. Sin embargo, dada la cantidad de correos que empecé a recibir debido al programa, fue lo más natural del mundo que ellos empezaran a filtrarlos.

Mis amigas estaban muy contentas y orgullosas. Cuando me tocaba en la madrugada, escuchaban el podcast al día siguiente a primera hora. Ahora que ya estaba en un horario mucho mejor, no se lo perdían ni un solo día. A veces, incluso estando en vivo, me escribían por WhatsApp. Me encantaba verlas así de emocionadas por mí.

Con David la cosa se había estancado un poco. El programa de radio empezó a absorber casi todo mi tiempo y a él apenas lo había visto en esas dos semanas. Hablábamos por WhatsApp, pero solo en los pocos ratos libres que teníamos.

—*¿Estamos bien?* —me había escrito un día él.

—*Sí, ¿por?*

—*Te noto... distinta* —explicó—. *Distante conmigo.*

Yo también me había dado cuenta de aquello.

—*Es por el trabajo, no es algo personal...*

—*Bueno, es personal si termina afectándome, ¿no crees?*

—*Lo siento* —me disculpé—. *Me está absorbiendo poco a poco todo lo de la emisora y al final del día estoy tan cansada que ya ni hablamos a esa hora.*

—*Sí... extraño las llamadas y conversaciones hasta tarde* —confesó David.

—*Lo siento, de verdad* —volví a disculparme.

—*O sea, sé que es algo normal... Pero así empezaron mis problemas con Alejandra en su día: consiguió un nuevo trabajo y nuestra vida juntos se esfumó del mapa.*

Sentí una pequeña punzada de preocupación ante ese comentario. No quería que pensara que conmigo iba a sucederle lo mismo.

—*David, léeme bien: te prometo que voy a darte tu espacio, ¿de acuerdo? Solo... estoy aterrizando en todo esto.*

—*Lo sé y te creo* —escribió él rápidamente—. *Solo quería expresar mi preocupación ahora que estamos a tiempo de todo.*

—Por supuesto que estamos a tiempo de todo —respondí sonriéndole al teléfono—. Pero… ¿qué es todo para ti? —presioné.

—¿A qué te refieres?

—A que, técnicamente, ahora mismo no somos nada.

Me refería al hecho de que todavía no éramos pareja. Ni siquiera nos habíamos vuelto a besar o tenido tiempo para vernos y poder avanzar en nuestra relación. Aunque, siendo honestos, era culpa mía en realidad por mi falta de tiempo.

—Vamos a serlo todo —prometió él—. De hecho, este tiempo sin verte me está haciendo darme cuenta de que te quiero en mi vida mucho más de lo que pensaba.

Una punzada de ansiedad me apretó el pecho al leer aquello.

♥

La semana transcurrió volando y el sábado llegó antes de darme cuenta y sin haber pensado realmente en ello. Me había absorbido por completo el programa de radio. Me hacía feliz. Era la primera vez en mi vida que me pagaban por hacer algo que realmente amaba. ¿Cómo no iba a estar feliz por ello? Además, aquel día por fin iba a ver a David de nuevo.

Apenas habíamos vuelto a hablar desde aquella conversación; además, había estado en mi cabeza toda la semana. En parte estaba algo indecisa.

—A ver… ¿pero a ti te gusta todavía, no? —escribió Gloria en el grupo de WhatsApp aquella misma mañana cuando les planteé mis dudas mientras ordenaba la casa, cosa que no sucedía desde… hacía mucho.

—¡Sí! Pero… *no sé si es el mejor momento para empezar algo con él* —respondí.

—*Yo digo que sí se puede* —escribió Sofía.

Llevé los últimos dos vasos sucios hasta el fregadero, que habían quedado abandonados en la barra de la cocina.

—*Creo que estoy en un momento clave en mi vida laboral* —expliqué recargándome en la misma barra que acababa de despejar—. *Con David, además, no estoy avanzando. Estamos estancados en "vamos a serlo todo", pero aún no somos nada y eso está empezando a cansarme.*

—*¿En qué sentido?* —intervino Sara.

—Pues… —contesté—, *entiendo que sale de una relación larga y todo lo que quieras, pero si tan mal estaba con ella antes de dejarlo, no debería costarle tanto, ¿no?*

—*Eso mismo había pensado yo también* —respondió Gloria—. *Si tan mal estaban y ya hace, ¿cuánto? ¿Más de un mes que lo dejaron oficialmente? Pues… está a punto de perderte, amiga.*

Estaba confundida. Empecé a caminar por la casa mientras seguía mensajeándome con mis amigas. No es que no me gustara o no quisiera estar con él, era simplemente que no estaba segura de estar pisando tierra firme a su lado. Como si en cualquier momento todo pudiera irse a la mierda, y eso pudiera afectarme tanto que llegara a notarse en mi trabajo.

Y no quería que nada amenazara lo que tanto esfuerzo me había costado conseguir. Así se lo expresé a las chicas.

—*Te entiendo* —contestó Sofía—, *pero creo que te estás adelantando demasiado en la historia. Llevas dos semanas sin verlo y además sin hablar con él, completamente centrada en el programa de radio, ¿no?*

—*Sí* —respondí mordiéndome una uña.

—*Pues quizá solamente necesites volver a verlo para quitarte todo ese frío que te está dando por dentro. No la cagues por impaciente* —me regañó.

—*Estoy de acuerdo con Sofía* —secundó Gloria—. *Son el uno para el otro.*

—*Lean a la romántica…* —comentó Sara en broma—. *Pero sí, yo también coincido con ellas. Creo que estás exagerando todo un poco. Deja de agobiarte, que te encanta. Y deja de ponerte el pie. Si ahora te está yendo bien en el trabajo y también con él, no lo sabotees pensando cosas que no son antes de tiempo.*

Tenía razón, supongo. Me daba por dramatizar y me vencía mi poca paciencia. ¿Me seguía gustando David? Sí, igual o más incluso que el primer día.

—*De acuerdo, tienen razón* —escribí dejándome caer en el sillón y mirando a mi alrededor dando la batalla de la limpieza perdida por aquel día—. *Me tengo que ir a preparar y demás, quedamos para comer. Las quiero.*

Me despedí y arrojé el teléfono en el sofá, a mi lado.

Me cubrí la cara con las manos y traté de serenar mis pensamientos. Cuando lo conseguí, aunque fue solo a medias, corrí al baño y me preparé para mi cita con David.

♥

—Estás bellísima —dijo David mientras me subía a su coche. Me había puesto jeans y una blusa amarilla que resaltaba mi piel morena y combinaba con mis ojos azules. Le sonreí.

—Tú tampoco estás nada mal —respondí dándole un beso en la mejilla a modo de saludo.

David se había puesto camisa color rosa y unos jeans a juego con los míos.

—Se hace lo que se puede —bromeó.

No fuimos muy lejos, nos quedamos en la Roma y llegamos a un café bastante bonito que yo no conocía. Nos sentamos y rápidamente nos atendió un mesero más joven que nosotros.

—¿Qué tal van los preparativos de la boda? —pregunté mientras el mesero dejaba delante de mí un humeante café con leche.

—¿Quieres que te sea sincero? No tengo ni idea de si van bien o mal —respondió casi riendo—. A mí todo me parece un caos. Mi mamá está como loca hablando con proveedores para las flores, la cena… Amanda y Fernando están en lo suyo y yo ayudo en lo que puedo.

—Siento no ayudar más con todo esto, el trabajo…
—me disculpé.

—Lo sé, no te preocupes. Tienes tus prioridades —sentenció sin mirarme a los ojos, algo incómodo por mi falta de tiempo para él—. Pero todo estará listo para el gran día.

Sentí una punzada de culpa con aquel comentario.

—Lo siento.

—No tienes por qué disculparte —respondió él, comprensivo—. Estás ante una gran oportunidad y no puedes desaprovecharla.

No sabía hasta qué punto creía en lo que decía, si estaba siendo completamente sincero conmigo. Lo que tenía claro era que se había sentido desplazado esas dos últimas semanas.

—No va a ser así siempre —le prometí buscando su mano sobre la mesa—. Con lo del cambio de horario y el aumento de horas tengo mucha presión encima. Necesito que todo salga bien.

—Lo sé, no te preocupes —respondió apretándome la mano.

—Entonces, ¿por qué siento que no estamos bien?

David suspiró y volvió a esquivarme la mirada. Aquello no me daba buena espina en absoluto.

—¿Qué pasa? —insistí preocupada.

—Me escribió Alejandra —soltó al fin.

—¿Tu ex?

—Sí —asintió lentamente.

—¿Y qué quería? —pregunté haciendo como si no me importara, cuando en realidad me estaba muriendo de celos por dentro.

—Dice que me extraña.

—¿Y? —fue lo único que respondí.

—Pues que quiere que nos veamos para hablar conmigo y pedirme perdón por todo. También dice que ha cambiado, que se dio cuenta de que el trabajo no era más importante que lo nuestro y unas cuantas cosas más.

Sentía piedras en el estómago.

—Oye —siguió él acercándose un poco más a mí—, estoy siendo completamente transparente contigo para que no haya malentendidos. No la he visto aún, quería hablarlo antes contigo.

—¿Pero piensas verla? O sea, ¿quieres? —inquirí mirándolo fijamente a los ojos.

David suspiró.

—No lo sé… —respondió al cabo de unos segundos—. Creo que debo hacerlo. Estuvimos juntos mucho tiempo, Eva…

—Sí, pero ya no la amas, ¿verdad? ¿O tú también la extrañas?

—No —respondió él rápidamente—. Pero quiero darle la oportunidad de hablar, solo eso. No va a pasar nada entre nosotros, Eva —buscó de nuevo mi mano, pero yo la alejé—. Te lo prometo.

Quería creer en él, pero todo el estrés que tenía encima, sumado a mis dudas acerca del avance de la relación, me hacía reaccionar de esa manera.

—Dime una cosa —respondí al fin—, ¿hay alguna posibilidad de que vuelvas con ella?

David me miró fijamente a los ojos.

—Ninguna, Eva. El futuro eres tú. Necesito verla para poder ponerle punto final a todo aquello, eso es todo.

—Confío en ti… —dije al cabo de un rato y le acerqué de nuevo mi mano—. Es solo que… me da miedo perderte cuando parecía que por fin íbamos a empezar de verdad lo nuestro. He sido muy paciente.

—Déjame cerrar ese ciclo, Eva. No tienes que preocuparte de nada.

Se acercó a mí y buscó besarme en los labios. Yo aparté la cara en el último momento y me besó la mejilla.

—No —le dije—. No nos hemos vuelto a besar desde aquel día en mi casa porque tú no estabas preparado —él me miraba algo confundido—. Cierra ese ciclo que dices y, cuando lo tengas bien enterrado, vuelve a intentarlo y no me apartaré.

David pareció entenderlo y no volvimos a tocar ninguno de esos temas el resto de la velada. Yo seguí algo incómoda con él hasta que me dejó de nuevo en casa y volvimos a besarnos en la mejilla. Cuando subí, incluso, tuve que tratar de meditar un rato para tranquilizarme antes de contarles todo lo sucedido a mis amigas.

—*¡No te creo!* —escribió Sofía incrédula en cuanto leyó mi mensaje en el grupo—. *¡Vaya cara dura que tiene!*

—*Todos los hombres son iguales...* —secundó Gloria.

—*Bueno... no sé, chicas, no lo veo tan descabellado* —refutó Sara mientras yo daba vueltas inquieta en la cama.

—*¡¿Perdona?!* —exclamó Sofía.

—*Yo también querría terminar bien con Alfred si estuviera en una situación similar* —se excusó Sara.

—*Sí, pero es que la Alejandra esa no quiere terminar con él, ¡quiere volver!* —escribí, pues era lo que realmente me tenía intranquila.

—*¿Y? David te dijo que lo que quiere es ponerle punto final y que quiere estar contigo, ¿verdad?* —insistió Sara.

—Sí... —acepté.

—¿Prefieres que no le ponga punto final y la chica esa siga buscándolo durante meses?

Eso no lo había llegado a pensar en ningún momento.

—Viéndolo así... —comentó Sofía—. Quizá no sea tan mala idea, ¿no?

—Mira, Eva —escribió Gloria—. Si resulta que el muy idiota hace cualquier cosa para perderte, pues que te pierda y punto. Mejor ahora que cuando estés completamente enamorada de él y en una relación.

—¡Exacto! Pero no creo que vaya a pasar nada —insistió Sara tranquilizándome—. Trata de estar calmada estos días. Céntrate en la radio.

Eso sí lo había pensado. Me iba a refugiar completamente en En cada latido para no sobrepensar las cosas.

—Que sea lo que tenga que ser y ya está —sentenció Gloria—. Pero le gustas mucho, Eva, todas lo sabemos.

—¿Y por qué tarda tanto en avanzar lo nuestro?

Era algo que me llevaba molestando ya varios días. Incluso había pensado en si de verdad íbamos a terminar juntos y me agobié al punto de valorar ponerle fin a todo la última vez que lo había hablado con ellas.

—No se sale de una relación de cinco años de la noche a la mañana... —escribió Sara—. Si yo rompiera con Alfred tardaría un montón en querer saber nada de nadie nuevo.

—¿Verdad que todas esas dudas que tenías se te quitaron en cuanto lo viste? —aportó Sofía.

—Sí, completamente... hasta que sacó el tema de la Alejandrita esa... —confesé.

—También es verdad… pero bueno, quédate con que teníamos razón el otro día con todo lo que dijimos. Y tú sabes que te gusta mucho —escribió Sofía.

—Sí, dale la oportunidad de cerrar el ciclo con su ex —me animó Sara—. Ya verás cómo no hay nada de qué preocuparse.

22

Todo pasa por algo, incluso el mal amor. Nos aman mal y de ello sacamos lecciones, no solo heridas. Las heridas, aunque duelen, terminan siendo cicatrices que dibujan los caminos que dejamos atrás. Y la vida, en sí, es un camino incierto que, tarde o temprano, llega a su fin.

Aprovecha el desamor, aprende de él. Vive con las certezas que deje en tu camino. Qué es lo que no quieres, qué es lo que jamás aceptarás de nuevo. La medida perfecta del amor no existe, pero el desamor nos ayuda a ponerle límites.

Lo aprendido por las malas, aunque doloroso, no se olvida. Aunque haya personas que se hagan las ciegas cuando ciertos malos amores vuelven a llamar a sus puertas. Abre los ojos, no aceptes menos que el amor que mereces y regala tu amor en su justa medida a quien te demuestre que llegó a tu vida para hacerte de todo, menos heridas.

Me costó mucho dejar el tema. Incluso se me dificultó mucho no hablar de ello con David cuando seguimos con nuestras conversaciones por WhatsApp. Por suerte, el próximo fin de semana se celebraría la boda de Fernando y Amanda y eso ayudó a distraerme toda la semana.

No iba a ver a David hasta el gran día y le pedí que no me contara nada de su encuentro con Alejandra por mensaje, prefería que lo hiciera mirándome a los ojos para poder saber si me ocultaba algo. Sé que estaba siendo muy desconfiada, pero los ojos no mienten y yo no tenía ganas de adivinar nada.

—¿Preparada para el gran día? —me preguntó Claudia al verme llegar a la radio. Se refería a la boda, claro. Todo el mundo hablaba de eso últimamente. ¡Era un gran evento para toda la comunidad de *En cada latido!*—. ¿Has pensado en lo que te dije?

Se refería a una propuesta que me había hecho para que reveláramos en el programa lugar y fecha del evento para que pudiera ir quien quisiera de nuestros oyentes.

—Sí, de hecho hasta lo hablé con la familia y… lo siento, Claudia, no les pareció buena idea —me disculpé, encogiéndome de hombros—. Por lo mismo que te dije yo: prefieren algo muy íntimo. Solo familia y amigos cercanos.

—Sí…. Me lo imaginaba, es normal —parecía triste con la negativa—. ¡Lo entiendo! No te preocupes, gracias por hablarlo con ellos.

—Tú estás más que invitada —le dije sonriendo.

Su rostro se iluminó y abrió mucho la boca de la emoción.

—¿En serio?

—¡Claro que es en serio!

Dio un par de grititos y varios saltos que hicieron que su cabello afro rebotara contra su cabeza igual que una pelota.

—¡Tengo que ir de compras! —exclamó feliz.

♥

No sabría explicar todo lo que sentí esa semana antes de la boda. Estaba realmente emocionada, pero al mismo tiempo muy nerviosa. David y yo no hablamos apenas esos días. No sabía qué día se iba a encontrar con Alejandra y le pedí que no me lo compartiera. Respetando mis deseos, me prometió que me contaría todo en persona.

El blog era un hervidero de comentarios y mensajes, no solo contándome sus historias, sino también con muchísima expectativa por la boda. Les prometí compartir fotos y *stories* en el Instagram de @encadalatido.blog y, por mucho que insistió todo el mundo, mantuve el secreto de la ubicación de la boda.

Iba a ser en una capilla pequeña en la Santa María la Ribera, tanto a Amanda como a Fernando les parecía el lugar perfecto para proclamar su amor. Raquel se había encargado prácticamente de todos los arreglos. David también había tenido que ayudar mucho a su mamá, motivo por el cual, sumado a su trabajo, apenas habíamos hablado realmente esos días.

Me sentía… nerviosa. Temía que el encuentro con Alejandra hubiera desencadenado un resurgimiento de su amor que condenara lo nuestro. No éramos nada, pero yo sentía que ya lo éramos todo. Por eso me estaba costando mucho mantenerme centrada en cualquier cosa que no fuera aquello.

Las chicas me ayudaron a distraerme, y es que tuvimos que elegir qué ponernos.

—¿Vamos a ir todas iguales? —preguntó Gloria con el ceño fruncido.

—¡Por supuesto! Somos las damas de honor —recordé yo.

—¡Santo Dios! Lo dejamos todo para el último minuto —se agobió Sofía mientras caminábamos por el centro comercial en busca del vestido perfecto.

—Caaaaalma —pidió Sara—. Hoy salimos de aquí con todo comprado y asunto resuelto.

—¿De verdad vamos a ir todas iguales? —insistió Gloria, a la que no parecía gustarle mucho la idea.

—¿Qué problema tienes con eso? —pregunté algo molesta.

—Pues… es que van a elegir algún vestido súper feo, ya lo veo venir… —respondió esquivando a un señor que acababa de cruzarse en su camino.

—Vamos a tener en cuenta la opinión de todas, también la tuya, ¿de acuerdo?

Gloria, por más respuesta, soltó un resoplido que todas preferimos ignorar.

—¿No están emocionadas? —preguntó Sofía agarrándonos a Sara y a mí de los brazos y dando un pequeño salto más propio de una niña pequeña que de alguien de su altura.

—¡Muchísimo! —respondió Sara—. No puedo creer que hayamos propiciado de alguna manera todo esto. Se lo decía a Alfred el otro día: me siento como Cupido.

—Cuidado, amiga, "un gran poder conlleva una gran responsabilidad" —reí yo.

—Pues a ver cuándo me toca a mí, querido Cupido —comentó Sofía dándole un codazo a Sara.

—¡Ey! Yo no decido, solo disparo.

—Pues soy bastante grande, vaya puntería más horrible tienes…

Pasamos toda la tarde en aquel centro comercial hasta que encontramos el vestido perfecto. Gloria había rechazado al menos cinco que nos gustaban a todas las demás hasta que encontramos uno que por fin nos agradó a todas, color violeta con la falda justo a la altura de la rodilla. Era sencillo, pero de corte fino y tirantes que resaltaban nuestros hombros. Era ajustado, justo como buscaba Gloria, y cumplía todos los requisitos para unas damas de honor.

Los zapatos fueron otra discusión, pero al final encontramos unos con los que todas estuvimos más o menos de acuerdo y, sumado a los accesorios, pudimos dar por terminada aquella búsqueda.

—Oigan, chicas, dejen entro un momento en esta tienda —pidió Sara.

Nos detuvimos y nuestra amiga señaló una tienda de ropa para bebés. Todas nos miramos sin comprender.

—¿Pero qué necesitas de ahí? —quise saber.

—Pues… quiero darle la noticia a Alfred con una piyama de esas súper chiquititas y adorables.

—¡¿Qué noticia?! —preguntó Sofía con sus ojos azules muy, muy abiertos.

Sara nos miró haciéndose la confundida mientras todas esperábamos escuchar las palabras exactas salir de sus labios.

—¿Cómo? ¿No les dije que estoy embarazada? —inquirió empezando a sonreír a medida que terminaba su pregunta.

De los gritos de emoción que dimos todas no sé cómo es que no nos echaron a patadas de allí. Resulta que lo sabía desde hacía una semana y se lo había estado callando. Quería hacerlo mucho más especial, pero al pasar por aquella tienda no se había podido resistir más a darnos la noticia.

Creo que nunca me había sentido tan feliz por nadie como en aquellos momentos por Alfred y ella. Eran la pareja perfecta, esa que llevaba junta toda la vida y que iban a seguir así para siempre. Además, Sara era una hermana para mí y me habían apoyado muchísimo tras la ruptura con Luis. Obviamente tenían sus problemas, como todos. Pero se amaban con locura y ese bebé iba a cambiarles la vida para siempre de una forma que no podían ni imaginar.

Y a mí también, claro. ¡Iba a ser la tía Eva!

♥

El día previo a la boda sonó el timbre de mi casa. No esperaba a nadie, así que miré la hora, confundida. Eran las ocho de la tarde. Las chicas tenían planes por su lado y tampoco había pedido comida a domicilio ni nada parecido.

Estaba en piyama, sentada en mi computadora, poniéndome al día con los correos electrónicos pendientes de las seguidoras y seguidores del blog.

Me acerqué al interfono.

—¿Quién es?

—Soy yo —dijo una voz masculina.

—¿Quién es "yo"? —pregunté aún más confundida.

—David.

Abrí mucho los ojos. ¿Qué demonios hacía aquí? ¡Estaba en piyama!

—¿Qué haces aquí? —inquirí.

—Quiero verte… ¿Me dejas subir?

Le abrí el portón de forma remota y corrí a mi habitación. No tenía tiempo para cambiarme, así que me eché encima una bata blanca que usaba cuando hacía mucho frío y traté de peinarme. No encontré el cinturón y no tenía tiempo para buscarlo. Viendo mi reflejo en el espejo, me di cuenta de que era una causa perdida, así que me hice un chongo rápido y corrí a la cocina para meter en la tarja los trastes sucios que había dejado acumulados por todas partes.

Cuando escuché que David llamaba a la puerta miré a mi alrededor, derrotada. No había forma de que no saliera huyendo de allí al verme a mí o el caos que tenía en el departamento.

—Que sea lo que tenga que ser… —murmuré acercándome hasta la puerta.

Al abrirla me encontré con esa sonrisa que me hacía olvidar el resto del mundo. Sus ojos cafés y su pelo revuelto, sus facciones angulares que tanto me atraían. Sentí una punzada de preocupación. ¿Habría venido para romper conmigo? Realmente no quería perderlo.

—Perdona por presentarme así —se disculpó entrando en la casa y mirando a su alrededor. Frunció un poco el ceño, pero rápidamente fijó toda su atención en mí.

—Necesitaba verte, Eva —dijo intensamente dando un paso hacia mí—. Hoy vi a Alejandra —explicó provocándome un nudo inmediato en el estómago—. Está hecho.

—¿Qué cosa, exactamente? —pregunté nerviosa, evitando su mirada.

—Todo. Ya no existe —explicó—. Quería disculparse, hablar de volver a intentarlo y cosas así. Yo le dije que ya no sentía nada por ella, que me había enamorado de otra persona y eso desencadenó en una pelea que mejor ni te cuento… El caso es que me harté de discutir con ella y vine corriendo contigo porque…

—¿Cómo? —lo interrumpí soltando la bata que había mantenido sujeta con los brazos cruzados todo el tiempo a falta de cinturón.

Él miró entonces sorprendido mi piyama de Mickey Mouse y levantó una ceja.

—¿Qué dijiste, David? —insistí yo antes de que hiciera comentario alguno acerca de la piyama.

—Que se acabó todo con Alejandra, que no tienes nada de qué preocuparte.

—No, lo otro —pregunté dando otro paso en su dirección.

—¿Lo de la pelea?

—Lo de que estás enamorado de otra persona —aclaré expectante, acercándome un poco más a él.

—Ah… eso… —sonrió dando otro paso hacia mí a su vez—. Estando con ella me di cuenta de que, en realidad, solo podía pensar en ti. Estoy enamorado de ti, Eva —confesó abiertamente dando el último paso que lo separaba de mi persona y colocando sus manos en mi cintura—. Siento haber tardado tanto en darme cuenta. No estaba preparado, de verdad. Pero ahora… ahora no hay excusa alguna para que no estemos juntos. Si tú quieres, claro.

Por toda respuesta coloqué mis manos a ambos lados de su cara y lo obligué a acercarse hasta mí buscando sus labios. Fue el primer beso que compartimos desde la última vez que estuvo en mi casa. No lo dejé hablar más, no hacía falta. Todas las dudas y los miedos que me habían asaltado esos últimos días desaparecieron en un instante al escuchar la confesión de David.

Yo también me había enamorado de él, por eso había sentido tanto miedo de perderlo cuando me dijo que su ex lo buscaba. A todo el mundo le habría sucedido lo mismo.

—Lo siento —dijo él cuando dejamos de besarnos—. Siento haberte vuelto medio loca con todo ese asunto de Alejandra y también… gracias por haberme esperado, por tu paciencia conmigo.

—No tienes nada que disculpar o agradecer —sentencié—. Gracias a ti por elegirme.

—Eva —me dijo muy serio de repente, mirándome a los ojos como solo él parecía saber hacer—, ha sido la elección más sencilla de toda mi vida. Me gustas… ¡Me encantas! —se corrigió sonriente—. Te admiro y respeto por todo lo que has logrado y espero poder seguir viéndote crecer.

—Yo también estoy enamorada de ti —confesé yo.

David hizo un poco más grande aún su sonrisa, si es que eso era posible. Volvió a besarme una vez más. Cada beso suyo se sentía como algo natural, algo que estaba hecho para ser así. Sus labios encajaban en los míos a la medida de todos mis sueños románticos.

—Ven —dije tomándolo de la mano, decidida, y guiándolo hacia mi cuarto.

—Bonita piyama, por cierto… —comentó él detrás de mí.

—¿No prefieres verme sin ella? —le insinué.

Soltó mi mano y me sostuvo entre sus brazos, levantándome del suelo.

—Esta vez sí que conozco el camino —bromeó.

Cuando nuestros labios volvieron a encontrarse, ya en la cama, se terminaron las bromas y los juegos. Los dos éramos plenamente conscientes del inicio de todo aquello, al fin. Cada centímetro de mi piel deseaba que David lo acariciara con sus dedos. Lo desnudé controlando mis anhelos, quería que todo aquello fuera perfecto.

Y lo fue, esta vez sí. Hicimos el amor lentamente, sin prisas, sintiendo la conexión de nuestras almas además de nuestros cuerpos. No dejamos de mirarnos a los ojos en ningún momento, solo para besarnos una y otra vez mientras las sábanas y la penumbra de mi cuarto compartían la desnudez de nuestros cuerpos en aquella noche en que, al fin, fuimos uno.

23

Creo que lo conseguí, al fin. Encontré el valor
de verme reflejada en su mirada y solo encontré amor.
Mis dudas, mis miedos, volaron lejos al fin. Todo se da
cuando debe, nunca antes. No hay que forzarlo, ¿para
qué? Si están hechos el uno para el otro, solo es
cuestión de tiempo para que ambos mundos
se encuentren y conviertan en uno.

Mi corazón me dio las gracias porque siente que esta
vez no va a doler, por fin. Ya estamos hartos él y yo de
tanto dolor, de tantas veces que tuvimos que recoger
todas las piezas rotas que nos dejó el pasado y tratar
de reconstruirlo siempre desde cero.

Ahora late feliz, con la tranquilidad de que las manos
que lo sostienen no lo dejarán caer. O eso espero. En
esto del amor siempre empiezas entregándote con todo
lo que tienes, creyendo que puedes volar mucho más
alto hasta que te encuentras a mil metros de altura,

sola y sin paracaídas, cayendo en picada hacia la
realidad de un nuevo adiós.

Pero no esta vez.

Un día llega alguien que te hace entender el
porqué de todos aquellos pasados y vuelas, al fin,
sin temor a caer.

David pasó la noche conmigo. Hicimos el amor dos veces más antes de que el sol entrara por mi ventana y nos descubriera ya despiertos, abriéndonos el alma, hablando sin parar de todos los sueños pasados y futuros, del camino que estábamos por recorrer y de las ganas que ambos teníamos de hacerlo juntos.

—¡David, son las nueve! —exclamé de repente al cobrar conciencia de la hora—. ¡La boda es dentro de tres horas!

Se nos había olvidado por completo el transcurso del tiempo, pero no era nada demasiado grave. Se vistió rápidamente y se fue a su casa, no sin antes plantarme un largo beso de despedida.

—Te quiero —le dije mientras abría la puerta de mi casa.

Se detuvo en el acto y se acercó de nuevo a mí.

—Yo también te quiero —respondió besándome lento—. Quise decírtelo toda la noche, pero temí que pensaras que era demasiado pronto.

—No seas tonto y haz siempre lo que sientas conmigo —volví a besarlo—. Si quieres decirme que me quieres, hazlo. Si quieres besarme —le di un beso más—, hazlo.

Me sentía realmente enamorada de David. Creo que nunca me había sentido así con nadie. Terminamos de despedirnos y, cuando se marchó, corrí a prepararme. Pensé en escribirles a las chicas para contarles todo, pero no tenía tiempo y, conociéndolas, estaba segura de que ellas tampoco porque estarían preparándose, muy apuradas, como yo.

A pesar de las prisas llegué puntual a la capilla media hora antes de que empezara el gran evento. Se trataba de un lugar pequeño, dentro de un edificio antiguo. No era la típica iglesia de película por fuera, pero cuando entrabas te sorprendías con sus vitrales y sus imágenes, todo muy colorido.

Me encontré con Raquel antes que con nadie. Estaba guapísima con un vestido color crema y un peinado de estética, no como el mío, que tuve que improvisar yo misma.

—¡Eva! ¿Cómo estás? —me saludó con un beso.

—Muy bien, ¿y tú? ¿Nerviosa?

—¡Tanto como si me fuera a casar yo! —rio ella.

—¿Cómo está tu mamá?

—Más feliz de lo que la he visto nunca —dijo sonriente—. Aunque su enfermedad no le da tregua y sigue teniendo episodios de vez en cuando. Como que todo esto que está sucediendo en su vida está siendo enormemente positivo para ella.

—No sabes cuánto me alegro —respondí sinceramente.

—Gracias por todo, Eva, de corazón —posó su mano en mi brazo y lo apretó con suavidad.

—No hace falta que me agradezcas, en serio —sonreí de vuelta.

—¡Aquí están mis chicas favoritas! —exclamó la voz de David a nuestras espaldas.

Al girarme y verlo casi se me cae la baba. Estaba irresistible con su traje de tres piezas color negro que se ajustaba perfectamente en su atlético cuerpo. Lo primero que hizo fue besar a su madre y luego, delante de ella, me besó a mí en los labios.

Raquel enarcó una ceja.

—Para qué ocultarlo más, ¿no, mamá? —sonrió él.

—Bienvenida a la familia, entonces —sentenció ella con una amplia sonrisa.

David me tomó de la mano y, justo en ese momento, aparecieron las chicas. Vi cómo todas miraban nuestras manos enlazadas y me dedicaban miradas inquisitivas. No pude evitar reír, y cuando terminaron de saludarnos a todos centraron su atención en mí para escuchar las debidas explicaciones.

—Les presento formalmente a mi novio, David.

Todas abrieron mucho la boca, deteniendo el tiempo un par de segundos antes de prorrumpir en gritos de alegría que llamaron la atención de todos los familiares y amigos de los novios que habían ido llegando poco a poco. Vi cómo Raquel se reía de la cara asustada de su hijo con todo aquel espectáculo.

—Luego les cuento todo, ¿sí? —les pedí, no quería robar protagonismo alguno a la boda.

Hablando de la boda, el primero que apareció fue Fernando y David fue a buscar a su abuela. Lo acompañó su mamá.

—Chicas... qué gusto verlas aquí —nos saludó el abuelo, con un impoluto traje negro con corbatín del mismo color al más puro estilo de James Bond.

—Sabes que no nos lo perderíamos por nada del mundo —le dije dándole un beso en la mejilla que rápidamente tuve que limpiar después pues lo había dejado marcado con mi labial carmesí.

—¿Emocionado? —le preguntó Sofía.

Todas estaban preciosas con sus vestidos a juego. Habían sido una gran elección. Gloria especialmente, no sé por qué, pero se le veía más sexy aún que a las demás. Por un momento me dio envidia el cuerpazo que tiene.

—Muchísimo —respondió él, feliz—. Un poco triste porque también me acuerdo de mi primera boda, pero… la vida sigue, ¿verdad? Y Amanda siempre fue mi primer amor. Hay quien dice que el primero será siempre el amor de tu vida. No lo sé, solo sé que la amo con todo mi corazón y me alegro de haberla encontrado gracias a ustedes.

—Gracias a Eva —puntualizó Sara—. Nosotras apenas hicimos nada.

—No seas modesta, sin ustedes nada de esto habría sucedido tampoco —la regañé—. No nos agradezcas, Fernando, estamos felices de haber podido ayudar. Más aún, ahora que la enfermedad de Amanda todavía le permite disfrutar de todo esto —nada más pronunciar aquello, me di cuenta de que quizá no debí haberlo hecho.

—Estoy completamente de acuerdo —respondió él tranquilizándome—. No crean que no sé lo difícil que va a ser, pero… me alegra poder estar ahí para ella. Quizá me miento creyendo que a mí nunca me va a olvidar, al fin y al cabo… no lo hizo en estos cincuenta años —comentó esperanzado.

—Sea lo que sea, estarás ahí para ella —lo animé—. Y nosotras también, Fernando, en serio. Considéranos familia.

Él me guiñó un ojo.

—Ya te vi de la mano con mi nieto —rio haciéndome sonrojar.

Por suerte, justo en ese momento vino Raquel a buscarlo para llevarlo al altar. El padre esperaba ya en su lugar y Fernando se colocó paciente, erguido y sonriente, esperando el momento preciso en que Amanda apareció por la puerta de la capilla.

No sabría describir la felicidad que sentí al verla allí parada, vestida de novia, caminando del brazo de David hasta el altar. Recordé el día en que la conocí, encerrada en aquel oscuro patio interior de su casa de Puebla, rodeada de plantas que no aportaban nada de vida a aquel lugar. Parecía otra persona ahora. Feliz, radiante. Aquel era, seguramente, uno de los días más felices de su vida. Caminaba con la mirada fija en su Fernando. Cuando pasaron justo a mi lado creí ver una pequeña lágrima rodar fuera de sus ojos, elixir de felicidad. Cincuenta años esperando aquel momento, no lo puedo ni imaginar.

La ceremonia fue breve y sencilla. Cargada de amor. David estuvo todo el tiempo a mi lado y, quizá, mi momento favorito fueron los votos de ambos. Decidí incluirlos en *En cada latido*, pues formaban parte del final, o principio, de la historia de los dos abuelos.

Amanda, mi amor, al fin nos encontramos. Puede que la vida nos haya separado durante años, pero no podía ser tan cruel como para no darnos de nuevo la oportunidad de unir nuestros caminos. Te juro que nunca te olvidé, que siempre recordé nuestros primeros dos años como dos de los mejores de mi vida.

Te doy las gracias por haber guardado nuestro amor en el ático de tu corazón para salvarlo ahora, cincuenta años después. Gracias por criar a nuestra maravillosa hija como lo hiciste y gracias, sobre todo, por buscarme tantos años después.

A mi edad no creía volver a casarme nunca más. Pero cuando apareciste en mi vida de nuevo supe que pasaría el resto de mis días a tu lado.

Te amo, siempre lo he hecho y siempre lo haré.

Los de Amanda no se quedaron atrás:

Hoy puedo decir que, por fin, encontré al amor de mi vida. No porque no supiera que eras tú hace cincuenta años, sino porque te perdí durante tanto tiempo que temí no volver a encontrarte. Nos ha llevado toda una vida llegar a este momento, pero... a pesar de todo, nunca olvidé.

A pesar de que los recuerdos ahora me sean esquivos a veces, los tuyos permanecen grabados a fuego en mi corazón. Cuando volví a verte en el kiosko donde todo empezó supe que eras tú antes de que nadie me lo dijera. Te recuerdo, Fernando.

Lo recuerdo todo.

Y no lo olvidaré.

Te amo.

Reconozco que lloré mucho al escuchar las palabras de Amanda. De hecho, todos lo hicimos en algún punto de la ceremonia, pero fueron siempre lágrimas de felicidad, igual que aquella que derramó Amanda de camino al altar.

Puede que el amor sea eso al fin y al cabo: un camino lento, eterno, que todos andamos y del que, a veces, nos apartamos sin quererlo. Hay quienes emprenden nuevos caminos y quienes, igual que Amanda y Fernando, encuentran uno antiguo muchos años después y todo se siente como la primera vez, como si nunca se hubieran separado.

Me gusta pensar en el amor como un pilar en la vida de todos nosotros. Algo positivo e indoloro. Son las personas que no saben amarnos quienes terminan haciendo daño. Nos cuesta encontrar el camino adecuado, el corazón que habitar, pero cuando terminamos haciéndolo entendemos el porqué de todos los senderos pasados.

Aprendemos mientras vivimos, mientras amamos. Cada día lo hacemos un poco mejor hasta que llega alguien a nuestras vidas que no duele, que se siente natural, que encaja al fin perfectamente en nuestro propio rompecabezas.

Para Amanda, ese era su Fernando. Para mí, David, o eso espero. Estamos al principio de nuestro andar juntos y nos quedan muchos retos por superar. Aun así, siento que caminamos con pasos firmes. Quizá esperar fue la clave para que nuestros cimientos se fortalecieran. A él le ayudó a evitar confusiones y a mí, quizá, a precipitarme a un nuevo amor antes de tiempo.

Arriesgarse nunca es sencillo. Salir de una relación, dejar un trabajo que no te hace feliz… son parte de mi historia. Siempre hay que luchar por lo que uno siente que es lo correcto y, seamos honestos, nuestro corazón siempre nos avisa cuando nos falta felicidad. Nos da miedo lanzarnos al vacío sin paracaídas, pero al final es necesario para alcanzar la felicidad.

Mi vida dio un giro de ciento ochenta grados en cuestión de días y me tocó caminar senderos desconocidos para mí hasta ese momento. Me llené de amor propio y de muchas ganas de comerme el mundo. Perdí el miedo a arriesgarme, por fin, y perseguí mi pasión.

Así nació *En cada latido*, fue mi paracaídas, el comienzo de mi nueva vida. Nunca dejé de creer en el amor, pues sé que el amor nunca tuvo la culpa. Por eso abrí el blog, para que todo el mundo entendiera eso mismo. Todos vivimos y morimos, de la misma forma en que todos alguna vez nos enamoramos. Son las tres grandes verdades ineludibles de la vida.

Ya perdí la cuenta de todas las historias que he recibido, de todos los corazones que se han abierto para mí contándome sus historias románticas. Y si algo me ha dejado claro esta aventura es que el amor no entiende de géneros, colores, pasados o dolores. Solo entiende de ilusión, la misma que todos sentimos cada vez que una nueva sonrisa se cruza en nuestras vidas.

No sé lo que me depara el futuro, solo sé que lo pienso enfrentar con las lecciones aprendidas, dispuesta a levantarme siempre después de cada caída, con el corazón lleno de esperanza y alegría en cada latido.

Epílogo

—¡Chicas! —saludó Gloría quitándose el abrigo antes de sentarse ante la mesa del restaurante en que nos habíamos citado—, siento llegar tarde, me entretuve con Elena…

—¿Cuándo vas a presentárnosla? —sonreí animada—. ¡Ya llevan saliendo casi dos meses y seguimos esperando!

Gloria, nuestra querida Gloria, se había enamorado. La noticia fue una de las mayores alegrías del año que había transcurrido desde la boda de Amanda y Fernando. Estábamos deseando conocer a esa chica que había sido capaz de volver a ilusionar a nuestra amiga.

—Pronto, lo prometo —se disculpó—. Anda muy ocupada con un nuevo proyecto y el poco tiempo que tiene… pues lo aprovechamos. Pero esta misma semana se las presento, ¿les parece?

—¡Claro que sí! —exclamó Sofía—. Ay… ahora soy la única soltera del grupo.

—¿Qué pasó con Mario? ¿Ya no salen? —le preguntó Sara, refiriéndose a un chico con el que había tenido un par de citas.

—No, eso no tenía futuro —negó Sofía haciendo bailar su melena rubia.

—No desesperes ni tengas prisa, ya llegará —la calmé yo.

—Eso lo dices porque tú tienes a David.

—Sí, pero si algo he aprendido con el blog es que el amor siempre nos termina encontrando a todos, sin excepción.

El blog, por supuesto, había seguido creciendo, igual que el programa de radio. Hacía unas semanas habíamos aumentado a dos horas diarias de lunes a viernes y además se emitía de seis a ocho de la tarde, una de las mejores horas pues muchísima gente nos escucha en su coche tras salir del trabajo.

Eran cientos los mensajes diarios que recibíamos en redes sociales. En el programa, todo el mundo parecía súper enganchado a todas las historias de amor que se iban contando. Unas veces leía historias de mis seguidores; otras, respondíamos llamadas en vivo de personas dispuestas a abrirnos su corazón.

Claudia se había convertido en una amiga más. Muchas veces cenábamos juntas e incluso habíamos tenido alguna cena de parejas con su novio y con David. Realmente me caía muy bien.

—¿Me dejas cargarla un ratito? —le pedí a Sara, que estaba sentada a mi lado con su bebé en brazos.

—Claro —me la pasó con mucho cuidado—. Vas con la tía Eva un ratito, mi amor.

Coloqué su cabecita en mi brazo y la apreté contra mi pecho. Era preciosa. Se llamaba Emma y arrojó tanta luz a nuestra vida que se volvió algo así como la "hija de todas". A veces incluso bromeaba con David acerca de lo guapísimos que serían nuestros hijos algún día aunque, obvio, no era el momento de algo así para nosotros.

Con David, precisamente, me iba muy bien. A veces teníamos alguna que otra discusión, pero nada grave. Habíamos encontrado un equilibrio entre el trabajo y el amor en el que ambos nos sentíamos muy cómodos y no sentíamos que nada nos faltara.

—¿Cómo está Amanda, por cierto? —me preguntó Sara refiriéndose a la abuela de David.

—¡Muy bien! Comí con ellos el otro día en Coyoacán y me dicen que sus episodios se mantienen estables. De vez en cuando olvida algo, pero… nada demasiado preocupante de momento.

—Que siga así, por favor —rezó Gloria.

Después de la boda se había mudado a la casa de Fernando. Era lo más lógico, realmente era preciosa aquella casa roja llena de magia y encanto. David y yo los visitábamos a menudo, igual que Raquel. Ella se había quedado un tiempo en Puebla, pero había encontrado un trabajo aquí y ya no tenía sentido que fuera y viniera desde allá. Durante unas semanas se quedó con David, aunque aquello no funcionó demasiado bien para ninguno de los dos y terminó rentando un departamento cerca.

David y yo estábamos sopesando vivir juntos ya también.

—Ya llevan casi un año, no me parece nada descabellado —apoyó Sara—. Es el siguiente paso lógico en su relación.

Le di un pequeño trago al café latte que tenía delante y que, al fin, había dejado de quemar.

—Sí, creo que le voy a decir que sí.

—No sé por qué no le dijiste que sí en cuanto te lo propuso —comentó Gloria.

—Pues no sé, temí ir demasiado rápido.

—¿Rápido, ustedes? Amiga... mejor no digo nada —rio ella.

—Bueno, pues le diré que sí y ya está —sentencié acunando a Emma en mis brazos.

Era preciosa, con la nariz pequeñita como la de su mamá. El nacimiento de la bebé había unido más aún al grupo. Ahora sí que sentíamos que todas formábamos parte de una misma familia. Éramos sus tías y estuvimos a su lado las interminables veinte horas que Sara pasó de parto.

Y... mejor no hablemos del embarazo. Resulta que nuestra amiga fue toda una fiera esos nueve meses y al pobre Alfred y a nosotras no nos quedó más remedio que apoyarla en todo lo que necesitaba. Aunque quisiera chocolate a las tres de la madrugada.

—¿Ya habrán terminado el partido? —pregunté a Sara mirando el reloj que había en la pared de la cafetería.

Alfred y David se habían hecho amigos y ahora jugaban juntos tenis.

—No sé... eso espero, porque a Alfred le toca quedarse con esta pequeña toda la tarde porque mamá se merece un largo masaje —comentó mientras yo no podía dejar de acariciar la cabeza de Emma.

—¡Brindo por eso! —exclamó Sofía levantando su café.

Justo en ese momento, pasó un mesero que Gloria retuvo por el brazo.

—Querido… llevo aquí casi veinte minutos y nadie me ha atendido —comentó sin soltarlo, sonriendo y mirándolo fijamente a los ojos.

—Dis… disculpe, señorita —atinó a decir él—. ¿Qué desea?

—Muchas cosas —le guiñó un ojo y el muchacho se puso rojo como un jitomate—. Pero, ahora mismo, me conformo con un café americano.

—Se lo traigo de inmediato.

Y salió corriendo de allí.

—No tienes remedio —le dije poniendo los ojos en blanco.

Todas rieron, también yo. Creo que la vida, al fin, me había dado un respiro. El último año había vivido cosas que nunca había imaginado. Desde la muerte de mi mamá, todo había ido cuesta abajo y sin frenos y, cuando me estrellé con la realidad, me aferré al blog para salir adelante, y lo conseguí.

Creía en el amor más que en toda mi vida y era feliz con mi trabajo, al fin. David era maravilloso y, honestamente, espero pasar toda la vida con él.

Merezco un amor así.

Querido lector:

Gracias por llegar hasta este punto de la historia de Eva. Esta ha sido mi primera novela después de varios libros de prosa poética, ¡y ha sido toda una aventura! Espero hayáis disfrutado tanto leyéndola como yo lo hice al escribirla.

Quiero aprovechar la ocasión para anunciaros que *En cada latido* no se quedará solo en las páginas de este libro: existen las redes sociales y el blog mencionados en la novela (@encadalatido.blog y www.encadalatido.blog).

Ahí podéis enviar vuestras propias historias e iré publicando, igual que hacía Eva, las más emocionantes. Amor, desamor... lo que queráis contarme. Sean vuestras, de familiares, amigos, vecinos o incluso de desconocidos. Puedes enviarlas a: historias@encadalatido.blog

Recuerda adjuntar también fotografías, si tienes. Si no, pondremos fotografías de modelos. Además, te comparto que al enviar tu correo confirmas estar de acuerdo en permitirnos utilizar tu historia e imágenes.

Sin más, quiero agradecerte personalmente que hayas comprado mi libro y lo hayas leído hasta el final. ¡Escríbeme en mis redes! Cuéntame qué te pareció. También te animo a participar en la comunidad de *En cada latido* para hacer juntos algo muy bonito.

Recuerda: nunca dejes de creer en el amor.

ALEJANDRO ORDÓÑEZ

Agradecimientos

No ha sido fácil escribir este libro. Pasar de la prosa poética a la novela, aunque era mi siguiente paso lógico, fue uno mucho más grande de lo que yo imaginaba en un principio. Por ello quiero agradecer en primer lugar a mi editorial, Penguin Random House, por darme la oportunidad de desarrollarme en mi carrera como escritor y, en especial, a mi editora, Amanda Calderón, por aguantarme y apoyarme en todo momento. No ha sido fácil, lo sé, pero hemos construido algo muy bonito en estas páginas.

También quiero agradecer a mi familia y amistades su apoyo no ya a lo largo de este libro, sino a lo largo de los últimos años.

Gracias a todos los que me seguís en redes sociales y a los que habéis comprado este libro. Mientras lo estaba construyendo, pedí historias de amor a mis seguidores y fueron muchas las personas que me enviaron las suyas. Obviamente, no todas podían estar dentro de la novela, pero sí están en el blog *En cada latido* y en el perfil de Instragram y redes sociales: @encadalatido.blog.

Todas las historias que aparecen en esta novela son reales. Cambié nombres y les di forma y personajes, pero el trasfondo es siempre el de la historia original que me compartieron. Gracias a Mónica, Carmen, Ángeles, Alejandro, Eileen y Agustín. Vuestras son las historias que inspiraron los relatos de las personas entrevistadas por Eva en este libro o cuyos correos recibió.

Gracias igualmente a mi esposa, Elvia, por su paciencia y consejo en mis días más cargados de estrés. Y gracias por amarme e inspirarme cada día. Te amo.

¡Ah! Y gracias a mi abuela. Gracias por haberme apoyado toda la vida. Gracias por el amor que me diste siempre y por seguir cuidándome desde donde quiera que estés. Te quiero, muchísimo. Y te echo mucho de menos.

Y ya, me callo, espero que hayáis disfrutado todos tanto este libro como yo disfruté escribiéndolo. Gracias, de corazón, por estar ahí y por haber llegado hasta aquí.

En cada latido de Alejandro Ordóñez
se terminó de imprimir en el mes de mayo de 2022
en los talleres de Diversidad Gráfica S.A. de C.V.
Privada de Av. 11 #1 Col. El Vergel, Iztapalapa,
C.P. 09880, Ciudad de México.